小狐濡尾

四夷译字传奇 ②

Siyi Yizi Chuanqi ②

小狐濡尾 著

时代出版传媒股份有限公司
安徽文艺出版社

图书在版编目（CIP）数据

四夷译字传奇.2 / 小狐濡尾著. —合肥：安徽文艺出版社，2022.5
ISBN 978-7-5396-7369-1

Ⅰ. ①四… Ⅱ. ①小… Ⅲ. ①长篇小说—中国—当代
Ⅳ. ①I247.5

中国版本图书馆CIP数据核字（2021）第276927号

出 版 人：姚 巍　　特约编辑：唐 婷
责任编辑：张妍妍　　封面设计：卷帙设计 QQ: 2649686699 张诚鑫

出版发行：时代出版传媒股份有限公司 www.press-mart.com
安徽文艺出版社 www.awpub.com
地　　址：合肥市翡翠路1118号 邮政编码：230071
营 销 部：（0551）63533889
印　　制：北京盛通印刷股份有限公司　(010)52249888

开本：880mm × 1230mm　1/32　印张：7.5　字数：260千字
版次：2022年5月第1版
印次：2022年5月第1次印刷
定价：46.80元

目录

“你回家，好像不是走这条路。”
“我想走哪条路就走哪条路，括羽大将军连这也要管？”
“……姐姐，我想你快要想疯了。”

生不知为何而生。宇宙十方，他蓦然堕入这一个轮回，缥缥缈缈的，却都是落往她的方向。一切都是注定的。

我的心没有那么大，你就是我的江山。

“我开蒙读的是圣贤济世之书，向往的是‘为天地立心，为生民立命，为往圣继绝学，为万世开太平’。小时候常羡慕男子可以科举为官，一展胸中抱负。阁官，我何尝没有艳羡过？不是为了风光，只是想做一些事情……”

第一章 右接忘归

左钧直茫然地四面望了望。深秋的凉风一阵一阵地刮过来，她紧了紧身上的毛氅，等得有些不耐烦了。

大约因为去年是个暖冬，今年的天气格外冷，虽方十月，却像入了冬一般。

只是这御花园中，各种不知名的灌木仍然苍绿蓊郁，菊花、木芙蓉、秋海棠、寒兰等各色花朵傲然吐艳，不输春日的万紫千红。

突然被从职方司召来这个地方，来了却不见半个人影，左钧直颇有些不知所措。

忽然那些半人高的灌木枝叶簌簌地晃了起来，左钧直心道，难道这御花园中还养了什么兔子之类的小兽不成？但见一团黄灿灿的小毛球滚了出来，身上巴了好些断枝和草叶，一瞅着她，嗖地蹿进了她的毛氅，扒拉起她的官袍，抱着她的腿噌地爬了上去，末了还不忘从里边儿把她的官袍拉扯整齐。

左钧直被唬得一愣一愣的，下意识地跺了一下脚。娘耶，是西洋书上画的树袋熊吗？抱得这么紧！

左钧直正待撩了袍子把那小毛球剥下来，却见前面匆匆忙忙跑过来几个太监和宫女，焦急万分地问道："这位大人，可曾见到小殿下？"

左钧直道："有……啊！"

大腿被掐了一把。

左钧直识相地随便伸手一指："往那边跑去了！"

刚刚被掐的地方被奖赏般地揉了一揉。

左钧直心中直冒火星儿。

太监和宫女们又巴巴地向她指的方向奔了过去。

咚！

小毛球掉下地，从她的官袍下面爬了出来。

左钧直看着那小毛球灰头土脸的模样儿，还一脸嘚瑟的笑意，脸都绿了。

早听说明德太子不是一般的皮，这简直就是惊天地泣鬼神的皮啊！

他爹他娘，他爷爷他奶奶，何曾听说过是这等脾性！据说他爹自打生下来就是不哭不笑、不说不闹、不跑不跳，好几年女帝都是忧心忡忡，以为生了个痴呆儿子……敢情都积给他了！

两人大眼瞪小眼地瞪了一会儿，小毛球非常有太子气概地一手叉起小肥腰，一手高高地指着她的鼻子说："你叫左钧直！本太子认得！"

左钧直颇感欣慰。

她这模样委实一般，别说放在人堆里完全不起眼，便是和别人打过照面，别人也很容易一转身便忘了她的样子。所以，至今还有不少官员见了她，首先是发一下愣，然后讷讷地说"咳……你是……"，或者是"哎……"。

这位明德太子应该是在咸池见过她。能令太子印象深刻，她左钧直甚感荣幸啊。

"咳咳，太子殿下好记性！"

这话本也说得相当没体统，但是小毛球准确地判断出这是一句对他的赞扬，十分满意，慷慨大方道："你刚才帮了我，我赏你不用叫我太子殿下！"

左钧直觉得这小毛球甚是好玩，不用叫他太子殿下，这事儿也是可以用来打赏的？瞧着四下里没人，左钧直便有心逗他一逗："那我该叫你什么？"

小毛球很认真地想了想，道："准你叫我明明德！"

左钧直哽了一下。"为什么不是明德，而是明明德？"

"德"字就算了，皇帝已经诏谕天下无须避讳，只是还连着两个"明"字，这也忒……忒拿她的脑袋当儿戏了。

小毛球振振有词："我姓明，封号明德太子，所以大名当然是叫明明德啦。明是姓，明德是名，那些人都不懂！"

左钧直扭过脸噗地笑了出来。这小萝卜丁还知道名啊姓啊号啊呢，文华殿的太子太师估计攒了一肚子的血吧？

左钧直心中窃笑，"毁"人不倦地竖起大拇指："我懂我懂，明明德，好名字啊！'大学之道，在明明德，在亲民，在止于至善。'太子殿下真是好学问！"

小毛球怔怔地看了她好一会儿，忽然颠颠地跑过来紧紧抱住她的小腿，感激涕零："你真是本太子的知音！翰林院那帮老头儿都说我乱讲，父皇也说我不对！"

知音？老头儿？这些好的歹的词儿都是谁教这小萝卜丁的？不过，反正他是太子，爱怎么叫怎么叫吧……

小毛球扯着她的袍底擦了把鼻涕，伸出两只肥短肥短的小胳膊："抱！"

左钧直脸色黑了黑："禀明明德太子殿下，臣不会抱孩子。"

小毛球挑了挑两条漂亮的小眉毛，不悦道："本太子脖子疼！"

唔，难为他一直费劲儿昂着头同她说话。

左钧直皱皱眉，俯身两手穿过他腋下，像提小时候的长生一样把他提了起来。

小毛球嗷嗷挣扎："不是这样抱的！"

一通手忙脚乱的纠正姿势中，小毛球不小心一只手按上了她的胸……

"哇！"

小毛球两只小凤眼亮闪闪的，瞪得溜圆。

"你是姐姐……"

左钧直慌忙一手兜着他的小屁股，一指抵上嘴唇："嘘……"

事已至此，她选择了妥协："好明明德，乖明明德，这是我们两个人之间的秘密，千万不要告诉别人。"

小毛球一听见"秘密"二字，异常兴奋，在她怀里手舞足蹈道："我知道我知道，要是让别人知道你是姐姐，就会被抢去给别人做妈妈。"

这是什么歪理？左钧直费劲儿想了想这句话的含义，终于还是放弃了。但是……姐姐……这个称呼好像有问题啊。不管怎么样，这小萝卜丁能封住口就行。想到这里，她眉开眼笑："乖……真聪明！"

小毛球见她笑了，欢欢喜喜地凑过头去在她脸上吧唧一声，响亮地亲了一口。

这这这……！

"咳咳！""咳咳！"……

一片老少中青的咳嗽声响起，左钧直顾不得被小毛球涂了一脸的口水，又惊诧又尴尬地转过头去——

爹爹耶……

明严冷着一张脸站在那里，后面恭谨地站了一排内阁和兵部大臣。

悲情啊，只能唾面自干了！

左钧直膝盖一弯跪下地去，把小毛球端端正正地奉在身前："吾皇万岁、万岁、万万岁！"

小毛球一落地，就扭着小屁股噔噔噔地跑过去抱住明严："父皇父皇，将这个左钧直赏给儿臣好不好？"

左钧直觉得被这秋末冬初的寒风吹得一头一脸的凌乱，跪在地上，如芒刺在背，根本不敢抬起头来看那些阁臣和皇帝的表情。

明严弯腰将小毛球抱了起来，伸指抹干净小脸上的泥灰，道："左钧直是朕的臣子，怎么能赏给你呢？"

左钧直松了口气，吾皇英明。

小毛球看看地上的左钧直，又看看明严，对着手指瘪着小嘴可怜兮兮道："儿臣……儿臣都没有哥哥姐姐、弟弟妹妹，那些太监和宫女一点都不好玩……括羽叔叔又走掉了……儿臣……儿臣……"一双小凤眼润润的，盈满水光，将泣未泣，万分惹人怜爱，仿佛不答应他的要求，便是天大的罪过。

左钧直暗叫不妙，这小萝卜丁很懂不能和他的皇帝老子硬来啊，这招以退为进，可比那一哭二闹三上吊不知厉害了多少。

明严凤眸明亮而犀利，将小毛球看得一点一点地低了头，终于是两只肥肥白白的小爪子抓住明严肩上的龙袍，委委屈屈地埋下头去。

"皇上！"

明严身后的阁官哗啦啦全跪了下去："参见皇后娘娘！"

左钧直只觉得身边丽裾翩飞，似百花锦簇、百鸟朝凤。杏色缎舄过处，轻尘生香。

明德奶声奶气地叫了声"母后"，便闻得窸窸窣窣的声音，当是沈慈将明德抱了过去。

明严柔声道："你又有了身孕，不可走得这般急。"

沈慈叹了声："方才嬷嬷们跑来说德儿又丢了，我心急，就……"

明严道："母皇过些日子便会回来。这些日子，辛苦你了。"

沈慈低低道："皇上国事缠身，这些，都是臣妾的分内事……"

后面的话低至难闻。二人又喁喁低语了一两句，沈慈便抱着明德告退了。

皇后深居后宫，外臣甚少得见。左钧直也不过是在正旦大朝会之类的庆典上远远见过沈慈，这般近距离地接触，听见帝、后二人交谈，还是头一次。

人说帝、后二人相敬如宾，看来所言非虚。而明严这么多年来未置妃嫔，也确乎难得。

只是左钧直觉得，这一对天成佳偶，彼此客气到这份儿上，未必有对门卖豆腐的那对夫妻过得快活。

原来在御花园有一场蟹宴。

十月，湖蟹、河蟹与稻粱俱肥，正是吃蟹的好时节。这场蟹宴，用的都是扬州新献的贡蟹，只只大如瓷盘，紫螯如拳。

八角亭榭四面围上遮风黄幔，红泥火炉融融生暖，熏着海棠花气、黄酒醇芳，未饮而已醉。琥珀般的镇江香醋盛以白玉小碟，姜丝、蒜末切得精细，香气扑鼻。鲜活贡蟹洗净了，用蒲包蒸熟，红黄澄亮，诱人无比。揭开脐盖，里面膏腻堆积，玉脂珀屑一般甘腴肥美。人人面前，白银精制的叉、刮、针、钳等“蟹八件”一字儿排开。好些个阁臣都是吃蟹的高手，吃完蟹肉，剔出胸骨，八路完整绝似蝴蝶。

左钧直初时十分忐忑。其他每一个与宴官员的阶品和年纪，差不多都要好几个她才抵得上……

但是几只螃蟹吃下来，她也算是明白而且坦然了——

她得去趟关外。

自入夏以来，天军渐渐化被动为主动，扭转了过去一蹶不振的颓势。个中原因，一方面是京军和东北边境守备军逐渐磨合为一体，夏侯乙旧部与以叶轻为首的新晋将领之间的矛盾慢慢化解；另一方面，便不得不又提到括羽。

这括羽是个奇人。

他赴战不过半年，已经有无数故事随着一封封军报传回京城，为朝野上下所津津乐道。

他抵达叶轻部队的时候，兵部关于他的军帖还没到。可他是拖着女真呵不哈部一支突袭小队的二十四颗人头进的军营，一身煞气冲天，竟无人敢拦。

仅此一战，朝中此前那些说他不过是个银样镴枪头的人一个个都默默地闭了嘴。

边军之中，功赏牌分奇功、头功、常功三等：凡挺身突阵斩将搴旗者，予奇功，升职三级，赏银二十两；生擒敌兵、捉敌奸细或斩杀头领者，予头功，升职二级，赏银十两；斩敌首级者，予常功，升职一级，赏银五两。虽无前功，勇猛作战被伤者，予齐力，赏银有差。

括羽每战必为前锋，凶悍无比，杀将无数，所立军功，足够他升至上将军都不止。

据说攻打开原城时，括羽于城下叫阵，女真大将都烈在城上轻蔑道："天军无将邪？令此白面黄口小儿郎出战！"

括羽拈弓搭箭，大声喝道："射汝盔缨！"

都烈见那距离甚远，哈哈大笑，不以为意。孰料括羽一箭射去，都烈盔顶红缨应声而断。

都烈大惊失色，又闻括羽道："射汝左目！"都烈慌忙向右躲闪。凌空一箭势如流星，正透他眉心。

原来那一箭，瞄的却是他的右眼。

括羽冷笑："白面黄口小儿郎说的话，你也信？！儿郎们，都烈已死，攻城！"

开原城一役，天军大获全胜。自此，天军在辽东站稳脚跟，将女真、北齐逼回了辽河以北。

女真、北齐联军辽河失守，阵脚大乱，叶轻所率京军却愈战愈勇。两军主力在铁狮子口对峙一个月，女真、北齐联军提出各自退兵三十里，停战和谈。

这和谈，自然就需要朝廷出面。

眼下关外极冷，哈气成冰，土都冻结了起来。两军交战之际，剑拔弩张，稍不慎便会丢了性命。

自然是没什么朝臣愿意去做这个要命的差事。更何况和谈这事儿，微妙得很，吃力又不讨好。

最终定下来去办这事儿的，是兵部右侍郎和左钧直等兵部一干人等。萧从戎老了，年轻力壮的左右侍郎总归是要去一个的。左钧直呢，说起来还真是非她去不可。职方司最大的官儿也就是郎中大老爷，下头就是她，她又专司四夷归化，深谙北境地理人情。所以推来推去，这差事终究是落到了她头上。

事实上，除了和谈之外，还有一桩秘密要事，那就是得把私下奔去关外寻找括羽的鸾郡主毫发无伤地接回来。

得知这事儿的时候，左钧直心中重重一叹。

这鸾郡主，虽然刁蛮任性，可是对括羽还真是一片痴情。

可是早知今日要历尽千辛万苦去关外两军阵前找他，当初又何苦要逞一时之快，逼得括羽无法再在宫中立足，无奈投军呢？

人间事千回百转，往往都是悔不当初。

只是，鸾郡主的括羽，起码还知道去哪里找。

她的常胜呢？天涯海角，他又在何方？

抗击女真、北齐联军的天军，以周星、叶轻为左、右大将军。那周星是曾经参加过伐齐之战的老将，为人谨慎正直，作战严谨缜密，与叶轻二人并肩御敌以来，有攻有守，能伐能防，倒是成了忘年交。

左钧直在去往关外的路上，又听闻了不少内情。

这和谈一事，在军中亦分作两派。

大部分将领是赞成和谈的。不为别的，只为这气候实在过于恶劣。未至腊月，已经下了两场大雪。许多将士不是北境人，不适应这酷寒天气，冻伤者无数。北方河水结冰，水运受阻，连日征战之下，征衣、粮草给养上也出现了短缺。

独独括羽坚决反对和谈。他的理由直接明了：女真、北齐联军作战年余，未进寸土，战备必已耗尽，绝不可以因和谈而予其喘息之机，应破釜沉舟、一鼓作气，灭其主力。

此一事周星和叶轻不敢妄断，上报朝廷，内阁也是主和。

据说朝廷要派出使臣和谈的消息传到军中，括羽当夜便去叶轻帅帐中大闹了一番，大骂“文臣误国”，吓得所有人心惊胆战。

左钧直也觉得，这括羽虽然是个难得的将才，但未免专横霸道了些，果如军中笑言，是个匪气十足的南越蛮子。

左钧直等一行到达铁岭的天军大营时，天刚擦黑。崇山峻岭莽莽苍苍，巍峨雄壮。十里连营灯火点点，执矛巡逻的士兵铁甲生寒。偌大营地，十数万大军，竟无一声嘈杂之语，整齐划一，警惕得如同丛林之狼，随时准备应声出击。

大营为叶轻镇守。

两方达成和谈协议后，天军主力撤回铁岭一带，留周星、括羽率五万大军驻扎在铁狮子口以南十里处。

迎接他们的自然只有叶轻。左钧直略松了口气。若是那括羽在，定不会给他们这群人好脸色看。

天气奇冷，好在每个营帐中都燃有熊熊大火，亦有热姜汤暖身，不然真是活不下去。军中条件简陋，左钧直随意用滚水沃雪洗了手脸，喝了些羊汤，已然觉得满足。她深知自己能有干净宽敞的营帐住，较一般军士已是好了许多。看到叶轻派来照应他们的侍卫皲裂的手掌和皴红的脸颊，只觉兵事艰难、军士不易，她只望这次和谈能够成功，起码让将士们顺利度过这个严冬。

此前已经和女真、北齐联军约定明日在铁狮子口谈判，左钧直料理完杂务之后，便早早躺下。接连几日马不停蹄，确实是十分困倦。

也不知睡了多久，突然一声号角似从天边响起，沉浑低郁。这声音仿佛浓云从头顶上四面八方聚涌而来，听得人胸口发闷。

左钧直直觉不妙，猛然翻身下床。她本是和衣而眠，掀了被子只觉得身上的棉袄都不顶用，寒气彻骨。但帐外纷起的人马呼喝跑动之声让她莫名紧张，她扯了厚棉罩衣披上，匆匆出了帐门。

一队盔明甲亮的兵马嗖地从身前飞驰而过。无数支火把如长龙一般向营门聚去，旌旗在呼啸的北风中猎猎招展，但闻蹄声动地，似有数万人马疾驰而出，冲北席卷而去。

为何夜中出兵？

明明两军已经约定停战和谈，为何半夜里又作起这般大的声势来？

左钧直疑惑不解，直奔叶轻营帐而去，在营帐之外却被侍卫拦下："口令！"

"一支穿云箭，千军万马来相见！我乃兵部职方司左钧直，求见将军！"她举起令牌，见到旁边兵部侍郎等几个人也都奔了过来。

这口令是入营时叶轻侍卫所秘授，据说是主帅周星——军中人称"星爷"者——临走时所定。据说周星与罗晋乃是同乡，二人一齐投军，交情极好。这口令借了罗晋大将军生前的诨号，是对罗晋的怀念和敬仰。左钧直在兵部已经有了些时日，从郢京一路沿着军驿过来，和军士们打交道虽还不算太多，但已经分明感觉到穿云箭罗晋已然成为士兵们心目中的一种信仰、一个符号。

或许是因为他出身平民，或许是因为他英年早逝，更或许是因为他不受禄爵孤守南疆，他较归隐的靖海王和晏江侯更具悲剧英雄和草莽豪侠的色彩，亦更有振奋人心的力量。

“前方战事有变，周帅五万大军有危，叶帅已经率兵救援。请诸位大人少安毋躁，在营帐中暂作休息！”

几人俱是心中咯噔一声，面面相觑，难以置信。

战事有变？！

大军有危？！

唯一能做的只是等。

前线的消息一个一个地传了回来。

众人的心也一点一点地沉了下去。

是夜寅时，北齐大军罔顾和谈之约，兵分四路，前后包抄，突袭天军驻地。

天军奋起抵抗，这时四面火箭如蝗，铺天盖地，天军五万大军，顿成一片火海。

火箭之威力，本不该有这么大。

问题出在五万大军所穿的棉服军袄上。

左钧直亲眼看到一名侍卫脱下身上的军衣，凑近火炭，尚未触及，只见荧荧火苗砰的一声骤然突起，瞬间张作大片烈焰扑腾而上，惊得那侍卫赶紧放手。不过一眨眼的工夫，一件厚重军衣已成灰烬。

太可怕。

这若是穿在人的身上，根本不及脱下，整个人便已被烈火吞噬殆尽！

兵部侍郎抽出一根棉丝细细看过，又用指甲轻轻一刮，面色剧变:“这棉是浸过蜡的！”

一旁的左钧直早已面容灰败，心中惨淡至极。

她终于懂了！

是刘徽!

是刘徽!

是刘徽！

繁楼中，他对兵部曲意逢迎！

北境边路，他向库部捐赠百万银钱的冬衣！

何其慷慨！何其豪爽！

她曾对他此举百思不得其解。

这一夜，她终于懂了。

可她懂得太晚了。

五万将士的性命！

五万将士的冤魂！

北边，铁狮子口方向，隐隐可见天边红光隐隐、黑烟滚滚。隔着数百里，似乎所有人都听见了火焰中那些军士凄厉而绝望的叫喊。

所有人都面向北方，僵硬得动弹不得。

所有人都发不出一丁点儿声音。

所有人都似乎喘不过气来。

冰冷寒风如夜鬼嚎叫，孤魂怨灵一般飞窜，森森然彻骨彻心。

这一夜，多少翘首北望的女子失去了良人。

这一夜，多少嗷嗷待哺的孩子失去了父亲。

这一夜，多少白发苍苍的父母失去了儿子。

心在煎，在熬。

左钧直万万没有想到，这个和谈，居然是北齐人的一个阴谋。

她万万没有想到，她第一次来到战场上，所面对的就是如此惨烈的一场战争。

她来了这里才知道，当初夏侯乙被撤下，山海关临时换了守将，便是因为在韩奉府上搜出了所谓夏侯乙通敌的密信。

她现在已经深信不疑，那密信，定是刘徽伪造的。

只有刘徽与韩奉有如此密切的关系。

韩奉事败，刘徽抽身，顺便将北齐人人忌惮的山海关守将夏侯乙拖下水。

这一招委实再狠不过。

山海关实在太重要。无论夏侯乙是否通敌，无论这信是真是假，既然出了这种事，朝廷便难免会对夏侯乙心怀芥蒂。

所以只能选择换将。

换下夏侯乙，便相当于自毁长城。

只是幸亏叶轻能力不凡，斡旋于新老将士和势力之间，虽然打得艰苦，却咬着牙关生生守住了北境防线，未让北齐和女真占到半点便宜。

只是天晓得，他这几年过得何其不容易。

天渐渐大亮。开始有士兵撤回。伤者也一个个地被抬了回来。

都是怎样的一副惨状啊！

一地的伤兵，仿佛一块块漆黑的焦炭！晶莹的液体不断从那些已经看不出人形的躯体上渗出来。一声声微弱的呻吟和哭泣令人浑身发颤。左钧直看了几具身躯，终于再也看不下去。好几个官员直接奔到一边剧烈地呕吐了起来。

人来人往，军医如梭。蹿入鼻中的俱是焦煳恶臭，听在耳中的都是咒骂喊叫。这不是人间！这是地狱！

五万大军，全军覆没。周星战死，叶轻重伤。

蚁群一般聚集的兵士忽然骚动起来，如潮水一般分作两边。左钧直翘首而望，但见一匹毛色漆黑的骏马奋蹄扬鬃，在白得刺目的日光下狂暴驰来！马上一人亦是浑身衣衫褴褛，脸上烟黑如炭，只余一双凛冽如霜的眼睛，利得像刀子一般，令人不敢直视！这人身上还背着一人，奄奄一息，竟是只余一臂！

“叶帅！”

“少将军！”

左钧直细细分辨，这才看出来那人所负之人，竟是叶轻！

那人翻身下马，背着叶轻冲入帐中，一开嗓，嘶哑啁哳，显然是被浓烟呛坏了嗓子！

“不管用什么手段，就算放我的血、挖我的心去换，也一定要把他救回来！”

左钧直在帐外，闻得旁边有人轻声道：“京中来和谈的使臣……”

“和谈！和谈个屁！五万兄弟都死了！五万！谁再和老子提和谈，老子先劈了他！”

声带咆哮，暴怒如雷。

“兵部侍郎大人……”

“让他们都给老子滚！怎么来的就怎么回去！”

左钧直心中一凛，敢在帅帐中大放厥词，对二品侍郎如此不恭，这人定是括羽无疑了。传言他与叶轻亲如兄弟，如今叶轻身受重伤、生死不明，五万同袍兄弟一夜之间葬身火海，他恐怕是被仇恨冲昏了头。

这时，营门外一声传报：“北齐使臣前来求见！”

好大的胆子！好嚣张的气焰！

但只要细细一想，便知北齐人有这个资本。虽是北齐人毁了约定，但眼下天军折损兵力五万有余，两名主帅一名身亡，一名重伤，形势顿时急转直下。北齐人只要此时仍要求和谈，天军便不得不从。而女真、北齐联军若是调集主力打来，天军要靠余下十数万人守住铁岭一带，亦必又是一场苦战，未必能胜。

眼下的主动权，竟是握在了北齐人手里。

左钧直同兵部侍郎一同迎至营门口，但见一名身着貂皮大氅的北齐人骑着高头大马，手执黄卷，趾高气扬。

那傲慢表情，仿佛是说：阴了你们一道，你们又能奈我何！来求我吧！

求我与你们和谈！

要用一个“贱”字形容，丝毫不为过。

满营兵士，俱持兵戈，赤目相向，激愤无比。然而无有军令，仍是无人妄动。周星、叶轻治军之严，可见一斑。

兵部侍郎拱手，以使臣之礼相待。方要说话，但觉身后狂风袭来，一柄寒光闪闪的长戟闪电般将那北齐使臣当胸捅穿，只余赤红如血的缨子在外面飘扬。

那使臣双目圆瞪，似是不敢相信。肥壮身躯已经被从马上挑了起来，挂在戟首，高高扬在空中。

刹那间生变，众人皆没反应过来，只见黑马马尾飞扬，括羽搠着那使臣的尸体，直直奔向营门外的铁旗杆，三两下就将碗口粗的麻绳缚在尸首身上，猛力一拉，那尸体便如委顿的皮袋，飞快升上了数丈高的杆顶。貂皮在白日之下烁着银灰色的光芒，鲜血滴滴落地，渗入尘土之中，令人毛骨悚然。

片刻的寂静之后，军营中忽然迸发出一声巨吼：“杀！”

这一声“杀”，像火药库中被丢进了一枚爆竹，点燃的是冲天的怒火、刻骨的仇恨！

“杀！”

“杀！”

“杀！”

如海潮汹涌，如风吼雷啸，如山崩地裂，如万马奔腾！

左钧直赫然发现，那括羽根本无须豪言壮语，根本无须鲜花铠甲，根本无须剑气如虹。

他只是手提长戟，冷冷地坐在马上。

只是那样冷冷地坐着。

身躯挺拔如箭，气势岿如山岳，身边空气中似有暗流涌动，双目戾如虎狼。

无人能不为之所动。

无人能不心生决绝之意。

无人不愿随他出生入死。

无人能不向他臣服。

这分明是与生俱来的王者之气。

他长臂一扬，两枚闪亮的虎符现于手中：“叶帅已将兵符交付于我。诸位信我括羽否！”

这根本不是询问，而是肯定！

数万将士爆发出同一声雷鸣般的吼叫：“信！”

“换衣！备战！”

其疾如风。

待左钧直回过神来，数万将士已经各自归队备战，括羽也已经不见了踪影。

左钧直猛一激灵，这是要违背圣谕吗？！

数万将士的性命，怎可儿戏？！

她四处去找括羽。她觉得，纵然他再霸道，自己也必须尽此一责，最后劝他一劝。

军士告知左钧直括羽去了后山。

她艰难地绕过去，却见后山山石耸峙，有一个硕大而狭长的冰湖，冰湖对岸是一片苍郁的针叶林。

林旁岸边，黑骏低头啃着干草，却不见括羽。

再看那冰湖，竟被打开了一个巨大的窟窿，浮冰块块，水色深寒！

莫非那括羽在这湖中？！

她费力地自高大乱石间绕近湖边，却半天不见水中有什么动静。

她想起行人那如曾讲过，东北气候严寒，河水结冰，若是有人不慎落入冰窟，不出片刻，必死无疑。

这括羽莫不是已经死在冰湖里？！

她行至湖边，正要喊上一声，却见对面树林中奔出一个灰衣人来。不知是何许人，她下意识地躲到了一块大石的后面。

透过凌乱的枯枝乱草，她看见那人奔到岸边，弯腰低头看向冰窟，似乎同她一样，在诧异括羽怎么还不出水。

霍然一声水响！

左钧直被吓得浑身一震，捂住了心口。但见闪着冷光的锋利戟尖将那灰衣人抵得直直后退，括羽长发披散，踏着水一步步逼向岸边。

日光烈如浓浆，却无一丝暖意。

那括羽全身赤裸，仅腰下用之前的破烂衣衫胡乱系上。微黑的肌肤上滚着粒粒水珠，龙鳞一般泛着银光。高大修长，猿臂蜂腰，并非北地汉子那种肌肉虬结的壮硕，而是劲瘦结实，紧绷匀称的肌骨都积蕴着剽悍的力量。

他背对着自己，左钧直看不清他的面容，但从那灰衣人受惊的表情来看，显然不是什么慈眉善目。

从来没听说过谁下水洗澡，还随身带着兵器。

这括羽绝非善茬。

他腿上还缠着绷带；臂上肋下，几道新伤被冰水激作青白的一片，渗着细细的血痕；肩上有一道细长伤疤，倒像是被剑之类的刺穿过。

都说这人打仗从来都是不怕死的打法，也难怪一身是伤。

“我看你是个女人，战场上饶你不死，你却三番两次跟踪我，是何用意？！”嗓子仍是沙哑，似沉铁过砾。

左钧直细细一看，那灰衣人眉眼清丽，果然是个女子。

左钧直心想，这括羽还真是个祸害，惹得鸾郡主千里追情郎不说，难道桃花还开到北齐、女真去了？

那女子却无畏道："少将军可是崇光十一年七月在西关被罗晋捡到的？身上可有一枚红木小箭？"

括羽手上又用力几分，左钧直看到那女子的喉心淌下血来。"关你这齐贼何事？你究竟是什么人？不说我便动手了！"

那女子锐利目光直视括羽，道："杀了我，你怕是永远不知道自己的爹娘是谁了！"

括羽微怔，女子飞快一指："那边有人！"一个起纵，没入深林。

括羽并未去追。那女子没骗他，从林小径上，确实急急跑过一个人来。

虽是男装，却仍不掩其国色天香。

左钧直暗暗腹诽，敢情自己这不是劝和来了，而是来数桃花的。

"你还好吧？又受伤了？这么冷的天，你还跳下冰水去洗澡？！你……"

括羽不行礼也不答话，径直走去黑骏旁边，将长戟插入土中，探手去鞍囊里拿衣服，刚扯了半件，被鸾郡主伸手按住："喂！我问你话，你竟敢不回！"

括羽瞥了她一眼，道："郡主有什么话，待微臣穿了衣服再说。"

鸾郡主是个任性的主儿，拔河似的抓住他那件衣服，赌气道："不行！先回话！"

括羽不吭气了，放了衣服，索性也不打算穿了，从鞍囊中摸出一瓶金创药，自顾自地搽起伤来。

左钧直暗笑，这鸾郡主还真是个小孩儿脾气。

但凡任性的小孩子，对一些东西的欲望并不在于真心喜爱，而在于有没有人和他抢。

譬如这件衣服。

括羽倘若真同她去夺，她定是宁可扯碎了也不会给他。

但是括羽一旦不打算要了，她便马上弃如敝屣，转身去抢他的金创药。

好似括羽拿着的东西都是宝贝。

她抢到了药，便要给他搽伤口。左钧直脸皮一红，正犹豫是不是应该非礼勿视，却见括羽后退了两步，没让鸾郡主的手指沾身。

唔，这小子还挺有节操。

鸾郡主拿着金创药，俏容含怒，正待骂时，目光落到了他赤裸的脖子上。

“你的红豆子呢？”

括羽仰起头来，仿佛旁边的几棵大树上有什么好研究研究的东西。

“你把它给谁了？！我当初找你要，你还不给！你说是从南越带来的唯一一样东西。现在去哪里了？”

“丢了。”

“我才不信！”鸾郡主跺着小蛮靴，又气又急，泪珠儿已经开始在眼眶中滚动，“我知道，那就是相思豆！你们南越都是拿它定情的！你是不是有了其他女人？你说啊！你说啊！”

居然又扯到定情信物这种俗气玩意儿了……左钧直现在真是哭笑不得。所谓百炼钢化作绕指柔，大约说的就是这个意思。这括羽杀人不眨眼，一身王霸之气，现在却被一个小姑娘这般纠缠，偏生人家身份高贵，骂不得也打不得。若非眼下军情紧急，她倒真该端杯清茶，坐下来好好欣赏这比戏本子还精彩的一幕。

括羽却远比她想象的要淡定。他静静地看着鸾郡主哭闹了一会儿，见声势渐渐弱了，忽然伸指在她肩上一点——

传说中的点穴法？

“括羽你这个王八蛋！”

……

军营果然是待不得的，鸾郡主这种凤子龙孙都学会骂脏话了。

括羽光明正大地伸手，自鸾郡主僵硬的手中取回金创药，淡淡地抛出一句话："七哥，你的女人。"

从林边大树上纵身跳下一个男子，正是林玖。

原来林玖也追随鸾郡主来了。

这可真是……真是好一段三角恋啊……

鸾郡主的眼睛里几乎要喷出火来。

"我要让皇兄把你千刀万剐！割了你的舌头喂猪吃！王八蛋！浑球！！……"

鸾郡主痛骂不止，括羽却置若罔闻，绕到她背后自顾自搽完了金创药，又取了绷带自己缠上，换了腿上的绷带。

然后，他伸手一拉，将腰上的破烂衣衫给扯了下来。

这才真是叫一丝不挂。

左钧直大羞，慌忙埋头，屏息凝神，大气都不敢出。

果然是个粗鲁无礼的南越蛮子！

"括羽，朝廷来的使臣就在帐中等着，你真的不见？"

"七哥，你该带着郡主回去了。"

"你不见他们，让他们如何向皇上交代？"

"怎么交代是我的事。"

"括羽！你小子怎么就这么死性不改呢？这可是十数万人的性命、江山社稷的安危，你一个人担得起吗？！"

"义父没教过我'后退'两个字怎么写。"

鸾郡主不知何时停了骂。林玖默然无语。左钧直慢慢抬起头来，但见括羽衣衫单薄，长发如墨，背影如孤崖削直，竟让她莫名觉得十分熟悉，心中浮现出一个名字来：常胜。

括羽？常胜？

他们年纪相当，又都是孤儿……

不，括羽绝不可能是常胜。

这括羽狠戾决绝，怎会是独自躲在文渊阁中哭泣，总是笑嘻嘻同她撒娇耍赖的常胜？

这括羽冷漠无情，怎会是笑若春日暖阳，和长生可劲儿闹腾的常胜？

这括羽是大将罗晋的养子、皇帝心仪的郡马，身份高贵不凡，怎会是与乡野孩子无异，最爱吃她做的粗面麦饭家常菜的常胜？

……

她怎会有如此荒唐的想法？更何况常胜亲口说过，他不是括羽。常胜绝不会骗她的。

括羽牵了黑骏，翻身上马。鸾郡主突然尖声叫道："括羽！我到底有什么不好？！"

括羽握着马缰的手顿了顿，仍未回头，道："郡主很好。不过括羽是天地间无根飘蓬，配不上郡主金枝玉叶。今日拔营，我保护不了郡主了。请郡主随七哥和兵部使臣回京，千万保重。"

左钧直只觉这括羽对鸾郡主当真狠心，来回句句话语疏离，最后这句总算是句人话，却是话别。

鸾郡主低低地哭了声，林玖忽然道："括羽，我留下来。"

括羽怔了下，道："二哥断了一臂，我尚不知如何向小钟姐和叶老将军交代。你是林家唯一的血脉，怎可冒险？这种事情，还是我这种……这种无牵无挂不知姓甚名谁的人做才好。"说罢，狠加一鞭，绝尘而去。

左钧直只觉他最后那句话说得涩然，似有万千惘然无从念起，心中泛起阵阵涟漪，喟然无言。

第二章 远赴西域

左钧直从后山冰湖回到营地，不由得大吃一惊。

短短一转身工夫，万余营帐消失一空，只剩下光秃秃的白草山梁。

括羽在湖边说“拔营”，竟是说拔就拔！十数万大军，宛如一体，肃然沉默，雷厉风行。

可怜的二品朝官兵部侍郎大人带着三五名小兵，靠在马车边上，就着马背奋笔疾书。

见左钧直过来，他苦笑道：“走吧……唉……伤兵都退回了开原城，括羽和几名大将带着剩余的十一万主力军不知道去了哪里。咱只能硬着头皮回去面圣了。”

这一次出使可谓是无功而返。唯一的收获便是将鸾郡主带了回去，还是在括羽的帮助之下。

上报皇上的信件被加急发回了京城。兵部侍郎一路满心忐忑，皇帝的回应却出乎所有人的意料：

钦点括羽代叶轻履职。另增调京军十万，全权授予括羽统领。

此令一出，满朝哗然。

这是把宝全数押在了一个十六七岁的少年身上。

就算他是罗晋的养子。

就算他生在龙川战火中，长在罗晋帅帐里，从小读的是兵书，玩的是阵法，练的是马战步战。

就算他悍猛无匹、箭法无双、杀敌无数。

那又如何？

毕竟还未成年。虽然女帝旧日主将要么退隐，要么年迈身死，可是还有那么多故部和新将，哪一个吃的盐不比括羽吃的饭还多？哪里轮得到他！

朝中争议纷纭，上书力抗者无数，皇帝却一概铁腕压下。然后后面发生的一连串事情，让这些持异议者哑口无言。

左钧直一行离去不久，北齐军便大举扑来。显然括羽杀北齐使者的时候便料到了这一后果，撤离伤员、拔营转移何其快也！北齐军扑了个空，觅得天军转移的车辙，猛追而去。

然而这恰是括羽的圈套。

他将北齐使者高高挂于旗杆之上，既是要向军士表明死战到底的决心，亦是要挑起北齐人的愤怒。

被胜利冲昏头脑的北齐军顺着车辙追进一片山谷，才突然反应过来大事不妙。

一抬头，漫山遍野，黑压压的，俱是天军。

那一霎静寂得可怕。天军仿佛冷冷盯着猎物的群狼，没有叫嚣，没有口号。所有人的脸都朝着同一个方向，所有人眼中都是同一个信念——

杀！

报应来得尤其快。

无名山谷一战，歼灭北齐军三万余人，山口被堵死，无有一人逃出生天。天军伤两千余，无有亡者。

一战既捷，天军不动声色，衔枚疾行，连夜扑往敌军营地。

营帐中，女真、北齐人正大碗喝酒、大口吃肉，欢庆胜利。当那些杀红了眼的天军蓦然出现在眼前时，他们只以为见了鬼，都忘了自己的刀剑放在何处。

大胜。

后来有人，大约是史官，问起北伐老兵那一战时候的想法。

“其实当时已经被冻得没有了想法，只想抢一件衣服穿。”

所谓哀兵必胜。所谓仇恨聚集人心。所谓无畏者无敌。

此后，天军一改此前大规模骑兵冲击的套路，分兵数路，和最喜欢打游击战的女真军玩起了流动战术。

括羽以生动的事实告诉了女真人和北齐人，打游击，你们还真打不过老子。

这期间，一身匪气的括羽带着五千精兵，神出鬼没，成功地解决了天军的穿衣吃饭问题。

什么？你说什么？

君子之战？

老子不懂！

朝中，皇帝下令，举国服丧三日，悼念五万大军的英灵。皇帝亲自戴孝，率文武百官祭奠周星。

与此同时，一应军需官俱换，改由韦小钟和莫飞飞一内一外，亲自督办军需后勤。

左钧直回程路上，朝中边关邸报如雪片般飞来。她一次次地回想此事的来龙去脉，从头至尾，括羽竟然都是对的。而且，只有他一人始终坚持自己的想法。

不和谈。破釜沉舟，直捣黄龙。

后来，朝廷求和，他妥协，五万大军葬身火海，天军大伤元气。

他仍然坚持之前的判断。

不和谈。破釜沉舟，直捣黄龙。

他是对的。

或许在这件事上，皇帝看得比其他所有人都清楚。

他点括羽为将时，宾服四夷的野心已经昭然若揭。

如果说突破换将之后的磨合期，防守东北边关，沉稳大气的叶轻是最好的人选，那么踏平关外、收复东北，敢问这天下，除了铁血峥嵘的括羽，还能有谁更适合？

左钧直甫入郢京城门，便被数名翊卫拦住，不分青红皂白塞进一辆马车，直奔皇宫而去。

左钧直惶恐之中被告知：小太子发痘子了。

发了好几日，现下全靠云中君的真气护住心脉。饶是女帝、皇帝睥睨天下，现在竟也是束手无策。太医院的人整日里心惊胆战，谁都知道若小太子一口气没了，他们的脑袋也要落地了。

同行的内侍看着她的目光中混杂着不解、不屑和同情。病急乱投医，找你这样一个白白净净弱不禁风的兵部员外郎，又能有何用？太子喜欢你？现在可好，怕是要给太子陪葬了吧？

小腹凸起的皇后沈慈一双眼睛已经红肿得快要睁不开，却不被允许进明德寝殿的门。只因她有孕在身，绝不可被传染。

左钧直低着头，一路穿过无数道诧异目光，被引入了明德的寝殿。她眼睛隐约扫到殿外有许多官员、道士、和尚、方士……看来明德真是病得重了。照皇帝和女帝平日的性子，绝不会随意接近这些异人。

殿中跪着十多名太医，床边坐着明严。

明严一见她进来，嗖地起身："左钧直，你的马是慢死的吗？！"

左钧直脸皮抖了一抖，知道此时跟这个急火攻心的皇帝没有半句话好说，行了礼，便走到明德的床边。

明德小脸发红，呼吸急促，谵妄不止，小小的身子一搐一搐的，仿佛随时会惊厥过去。

左钧直握住明德发烫的小手，心中忽生痛意。虽然只见过一面，她却是发自心底地喜欢这个聪明顽皮的小太子。

她没办法眼睁睁地看着他死去。

她俯下身，在他耳边轻轻唤道："明明德……"

小太子微掀了眼皮，似是明光一闪，张了张嘴，没有声音，她却辨得出他唤了她一声"姐姐"。

骤然心酸。

"敢问太医，给小殿下用了什么药？"

明严冷眼扫过去，一名太医战战兢兢地答道："治疟疾寒热，皆是用青蒿。"

"现在要救小太子，可还有别的法子？"

明严咬牙道："若有别的法子，岂还会叫你来！"

左钧直深吸了口气，道："臣曾听西洋传教士说过，疟疾在西洋亦曾盛行，曾有人食用一种名叫'金鸡纳树'的树皮，竟治好了这种顽疾。后来磨作药粉，唤为'金鸡纳霜'。西洋传教士四方传教，随身携带应急。马西泰曾给过臣一些金鸡纳霜，不知皇上敢不敢让小殿下服用。"

明严问那太医道："你可曾听说过？！"

太医直摇头："不曾！皇上，西洋人的药，岂可乱用！臣看那些传教士神神道道，但言上帝，哪里懂得什么岐黄之术！"其他太医纷纷附和。

明严暴怒道："西洋人的药不能吃！你们的药又吃不好！朕的儿子

命在旦夕，你们说朕该怎么办！”

那群太医跪伏在地，唯唯诺诺，不敢多出一言。

明严气得踢翻一张桌子，转身来问左钧直：“这金鸡纳霜，你可吃过？”

左钧直道：“不瞒皇上，金鸡纳霜一般人吃了会中毒，过则身亡。”

“你拿太子的性命儿戏？！”

左钧直一叩到底：“臣不敢。但臣信这药的效用。”

她心中狂跳，却说得笃定。她已经读过许多西洋医书，心中多少有些底。既是百无一策，她便豁出去了。

明严躁动不安地在殿中走了许久，终于站定在左钧直身前，狠声道：“太子若是不得救，朕要你陪葬！”

左钧直俯首不语，忽然被明严一把拽了起来。明严凤眸隐澜，压着嗓子切齿道：“陪葬还便宜了你，朕要你赔朕十个儿子！”

太医们俱不知何意，却见左钧直脸色登时煞白。

后面几日，左钧直衣不解带，寸步不离明德左右。她询过了马西泰，那药亦被太医拿去在其他疟疾病人身上试用，病情均得好转。然而明德毕竟是两三岁的小孩，不比大人耐受。左钧直将常人剂量减去大半，一丁点儿一丁点儿地喂服，日夜不眠地观察，不敢有丝毫懈怠。

功夫不负有心人，明德终得好转。当太医把过脉，告知明严太子已经转危为安时，左钧直终于再也支撑不住，双眼一黑，栽倒在地。

这一次死里逃生，明德仍是虚弱，却变得极其依恋她。她稍离开他身边，哪怕只是去方便一下，明德便哭闹不止。无奈之下，左钧直只得继续留在明德殿中，再贴身照料他几日。

冬日天亮得晚，明德病中有些怕黑，房中四面均燃着明灯，床头悬着柔和明珠。殿中温暖如春。

明德小小的身躯蜷在左钧直怀中，呼吸均匀，乖巧可爱，一只手贴着左钧直的脖颈，一只手紧紧攥着她雪白里衣的襟口，像是怕她跑了似的。

左钧直一只胳膊露在外面，露出半截纤瘦玲珑的小臂和手腕，细长的手指抚在明德背上，似是拍着拍着他便睡着了。睡梦中舒展开来的眉眼清润悠远，淡色双唇如异花初胎。青丝漫过脂背，削肩一抹香雪，润泽如水色最饱满的撞色美玉。

大约谁也不会想到，平日里那一身端肃官袍之后，那看似平凡无奇的容貌之下，春光乍泄处，竟是凡世难得一见的风流蕴藉。

明严执了明珠，缓缓照到近处。温润流光如水如雾，柔柔地泻落明黄床铺上二人一身。

她的素净容颜上是少女所特有的清澈纯洁，抱着他的儿子，却又隐透着母性的祥和。然而再多看几眼，分明又能从那眼角眉梢中，看出些许令人心驰神荡的媚艳来。

这等冰火不相容的东西，怎会汇聚在同一个人身上……

不，他没有看错。七年之前，他便已经感觉到了。

左钧直半梦半醒间，只觉得眼前亮得有些难受，又有逼人的气势压上身来。她吃力地睁开眼，便见明晃晃的一片，张牙舞爪腾云驾雾的九龙团补子正对眼前。

她一惊坐起，明德的一只小手却还挂在胸前衣襟上，松落里衣险些被拉下来。她慌忙拿开明德的手，拢了衣衫跪倒在床榻上，眼角瞟了一眼窗外，仍是蒙蒙未晓。

明严穿成这样，当是要去早朝的，早朝之前，怎么又心血来潮来看他儿子？明德终于开始活蹦乱跳了，她难得解了衣服和头发舒舒服服睡上一觉，他便这样一声不响地闯了进来，像是自己家似的……罢了，这就是他的家。

静了半晌，也不见明严有何话语，她小心伸手去摸她的官服，试探道:

“陛下，小殿下既是已经好转，臣是不是可以……”

“想走？”明严眉头一凛，“先问问朕的儿子让不让。”

左钧直心中有些悲凉。怎么……怎么就走到了这一步？她好歹是个读书人，好歹是个有品有秩的朝官，现在怎么就沦为一个小娃娃的保姆了呢？

她正悒悒间，听见明严问道：“左钧直，你多大了？”

她小心翼翼道：“禀皇上，微臣过了年，就十九了。”

“十九了啊……”他似是自言自语，顿了顿，指着桌上叠得整整齐齐的一套白罗青单道，“穿这个看看。”

何时来的一套女装？

上衣下裙，十幅潇湘水。璎珞玉玦，明琅寸光。

她不傻。

这等制式，分明就是宫裙。能穿之人，不是皇亲，便是妃嫔。

这一穿上，便再也别想脱下来。

她万分不解。

明严为何要这么做？

无论他是存了什么心，她都绝不可能答应的。

她飞快地爬下床，冰凉的大理石地面硌得只着了薄裤子的她膝盖生疼。

“臣以六部朝臣之身，服此裙装，于礼不合，有违朝纲。”

明严掬起她的一绺青丝挽在手指上，不无讽刺道：“一个女人，竟敢自称六部朝臣，妄谈礼制朝纲？”

左钧直僵持着，纹丝不动。

“左钧直，你身上穿的是官服，还是宫裙，都是朕一句话的事，朕想给你剥了就剥了，想让你穿上就穿上，懂吗？”

左钧直身子微颤，仍是硬硬道：“臣不穿。”

“你要抗旨？”

左钧直倔强地仰起头来，苍白着脸色道：“臣虽食君禄，气节不可移。”

“好个刚直不移的左钧直！”明严自幼说一不二，何曾被这般抵抗过？他怒极而笑，“你在东瀛折腾的那一次朕已经领教过了，你以为朕还会由着你想死就死！”说着长臂一捞，将左钧直丢上搁着宫裙的矮桌，一把扯落了她腰上的衣带。

左钧直急中生智，落上矮桌时伸臂将桌上一套汝瓷茶壶茶杯尽数扫落地下。

叮里哐啷一阵刺耳的瓷器碎裂之声。床上的明德终于被惊醒，揉揉眼睛，惊恐地看见左钧直衣衫不整地被明严按在桌子上，顿时大哭起来，慌慌忙忙跑过去抱住明严的腿往后拖：“父皇父皇！不要欺负姐姐！”

小明德哭得撕心裂肺，明严皱着眉，一松手之际，左钧直立即滚下桌来，跪在地上将明德抱在身前，轻言抚慰道：“小殿下别哭，皇上不是在欺负臣，皇上是觉得臣没有照顾好小殿下，要教训一下臣。”

明德搂住她的脖子，抹了把眼泪，怯生生地望向明严，道：“父皇，姐姐把儿臣照顾得很好，不用打她屁股！”

不愿再多看明严一眼，左钧直温声哄着明德：“小殿下最乖了，皇上要去上朝了，和皇上跪安后我们再去睡个回笼觉好不好？”

明德乖乖“嗯”了一声，有模有样地向明严行了礼，巴着左钧直回了床上。

竟然就这样被下了逐客令。明严冷冷地盯了左钧直一眼，推门而出。

谁也没有注意到，明严推门的那一霎，宫廊柱后，丽裾一闪而隐。

左钧直躺在床上，两眼直勾勾地望着床顶。

她想不通。方才那是梦是真？如果说之前入朝为官，是明严觉得她译字之才可为他所用，那么方才强迫她着宫裙，却是何意？她有几分颜色，她自己是知道的。倘若她够美，也不至于长到了快双十年华，仍嫁不出去。

刘徽尸骨难觅，常胜下落不明。她心中空空荡荡，不知何处可栖。

大户人家向来有让女妾抚养子女的传统，难不成明严是想用这个方法把她留在宫中养明德？

她低头看了看趴在她胳膊上的小毛头，无奈地叹了口气，喃喃道：“明明德，我真是要被你害惨了。”

小毛头竟没有睡着，一抬头，一双精神的小凤眼熠熠发光，看得左钧直又哀叹了一声，姐还想睡的啊……

“姐姐不怕！等括羽叔叔回来，我找他学功夫，保护你不被父皇欺负！”

左钧直哭笑不得，点了一下他圆圆的小脑瓜：“等你的括羽叔叔回来，我早被你父皇抓走了！”

小毛头扑腾两下，肥肥的脚丫子踩着她的腿爬到她胸前，和她面对着面，认认真真道：“不会的！括羽叔叔很快就会回来。”

左钧直摸摸他软乎乎的小屁股，打了个呵欠，顺口问道：“为什么？”

小毛头最好为人师，得意道：“因为父皇说他是常胜将军，从来不会打败仗，和他的名字一样！”

左钧直仿佛被人当头泼了一盆冷水，噌棱棱打了个激灵，方才的那一点睡意刹那间抛到了九霄云外，猛地一下靠着枕头半坐了起来：“你说什么？！”

小毛头被她这么激烈的反应唬得一愣一愣的。左钧直抓着他的两只小小的肩膀，瞪圆了眼睛问道：“你刚才说什么？什么和他的名字一样？”

小毛头嗷地叫了一声，伸爪子拨开她的手，含泪道：“姐姐你抓得我好疼！”

左钧直心急如焚，却也知欲速则不达，忙抱了他又是亲又是拍地哄了一会儿，才强忍着心中慌乱，问道：“为什么说和他的名字一样？”

小毛头扳着指头道：“因为括羽叔叔有两个名字呀！”又凑到她耳边，神秘兮兮地说，“我悄悄地告诉姐姐，别人都不知道的哦！括羽叔叔还有个小名叫常胜！姑姑说只有她和父皇能叫，其他人都不许叫的！”

那一瞬，左钧直脑子中一片空白。

但她毕竟早已不是此前单纯的少女。

怔忡了一会儿，她神色如常，使尽浑身解数，硬是把明德哄得又睡了。她换了衣裳，趁着明严尚未下朝，冲出了宫城，一路狂奔回家，脚步在房门口戛然而止。

她大口大口喘着气，探手将门楣上挂着的那只朱红穗子取了下来。

之前都没有仔细看过那枚殷红的珠子，这时候放在手心，才发现根本不是一颗珠子。

并非浑圆，穿着线的地方，是细小的柄口。

一颗南越的海红豆。

心口抽搐不止，她不知是该笑，该哭，该喜，还是该悲。

掐着那红豆穗子，她双腿一软，颓然坐到地上。

她向来自认是个聪明人，可在常胜一事上自始至终都是糊涂蛋。

七年前，若非刚进侍读班的括羽，谁会大半夜拿着个冷僻至极、刁钻至极的文题在文渊阁寻找出处？她当时将那题解了，只顾着得意，却没想过，那题除了翰林院那几个顶尖儿的大学士，怕是没什么其他的人出得出来。被这样的题刁难的人，又岂会是一般人？她只以为常胜这个“小太监”“小翊卫”是在给他主子代劳，却没有想过他正是那本尊。

他若不是括羽，哪能那么受皇帝和女帝的宠爱？哪里能皇宫大内、六部衙门、内库秘庄任他来去？他的玄络牙牌上，九叠篆文写着一个“羽”字。她只当是翊卫的那个“羽”，却不知他已经把真实身份亮给她了。

那就是括羽的“羽”啊！能将自己的名儿刻在宫禁牙牌上的，放眼整个皇城，能有几人！

……

她又想起常胜离去之前的那一夜。

皇家射御，为鸾郡主选郡马。兵部同僚说，括羽魂不守舍，随时想要离开猎场。离奇落马，险些中箭，未必不是有人要害他。他当是知晓的，却只是假装骑术不精，退出了郡马之争，由此激怒鸾郡主，被逐出宫。

当夜他便来兵部寻她。他恳求她不要嫁给刘徽。他说，他只有一夜的时间。

她忽然想起来，刘徽让她嫁他一事，她并不曾向任何人说起过，哪怕是翛翛和爹爹。

可是当时常胜，呵，该是括羽了，怎会知道这件事？

后来她去找刘徽，刘徽莫名说道："……他果然肯为了你……是真心……很好！很好！"

只能是刘徽不知用什么手段，让括羽在射御之前知晓了此事。

以括羽的傲气，即便鸾郡主没有让他走，她执意嫁给刘徽，他也会远远离开的吧？

括羽走后，刘徽于咸池行刺。

再往前一些，直沽城中，刘徽和括羽直接交手，彼此应该互知了身份。

可是皇帝直到咸池刺杀之后才开始调查刘徽，莫非括羽并未泄露刘徽的秘密？

然而刘徽却利用了括羽作为常胜对自己的感情，迫使他主动离开，不再卫护皇帝左右。

刘徽曾说她：看得清楚这天下大势，看得清楚这人间世情，却看不清身边的人。

她到底是没有看清楚刘徽，更没有看清楚括羽。

刘徽，或许从来不曾真正爱过她。

他和她之间，终究是横亘了内库工匠的生死、天军五万儿郎的性命、朱刘两族与明氏的血仇。

死者长已矣。只是她这一生，再也忘不了他。

而括羽呢？

七年相识，五年相伴，点点滴滴，他对自己的情意远比自己想象的要深。

便是她彼时喜欢刘徽，他为了让她开心，竟指引她去与刘徽相见。

便是自己拒绝再见他，他还是会亲赴南越戡乱，免去她南行之险。

便是自己告诉他嫁刘徽之心意已决，他仍在她房门前孤守一夜，求她回心转意。

……

可她自始至终只会逃避，何曾对他好过？

待他离去，她方明白了自己的感情，可是——

已经晚了。

他已经不再是她的常胜了。

在铁岭，她与他不过相隔一个冰湖之远，她看到了他的背影，本已觉得和常胜相似，可她自己心底里不愿相信。

只因为常胜是她可以接近的，而括羽不是。

那一句话常胜是真真正正地骗了她，但又何尝不是被她所逼？

她此刻观照内心，才觉得自己狭隘无比，而这一层心障，竟是无法突破。

她爹爹是左相之子，妈妈是乌斯藏公主、高昌王后，而在这些带着炫目光环的名号和身份之下的，却是永远无法抹杀的“放逐”二字。

这两个字随她出生、伴她成长，是永远笼罩在她心头的阴霾。

童年时的锦衣玉食、万人朝拜那一瞬间的荣耀、安安稳稳没有颠沛流离的生活、妈妈的宠爱和关怀、爹爹完好无损的手足……一切的一切都好似流沙，在她手中出现过，然而转眼间，又从指缝滑落。

没有什么是她留得住的，没有什么是她值得起的。

爹爹初入仕时，她傻傻地仰慕上了那位潇洒倜傥的状元郎，常常去翰林院偷看他。后来，她眼睁睁看着他风光迎娶了大伯的女儿。

她其实真的什么都不是，连左府的一个庶女都不如。

括羽于她太高高在上了。她从未想过，也不敢去想。正如她自己说的：“括羽这样的人就是为天家公主而生的，旁的女子若是动了心，岂不误了终身？”

她甚至不如他长得漂亮，年龄也比他大。他究竟凭什么喜欢她？他喜欢她，又能喜欢多久？

左钧直痴痴呆呆的，也不知坐了多久，地上的影子起初被东升旭日拉得很长，又渐渐缩短，直至足边。

虚掩的院门突然被推开了，一个雍雅的女子声音响起来：

“左钧直，你丢了家门钥匙了？”

左钧直拍拍膝上的灰站起来时，犹不敢相信自己的眼睛。方才同她说话的人竟是女帝？通向隔壁爹爹和脩脩院子的门开着，女帝果如她自己所言，去找她爹爹长谈了。

双腿发麻，院角的狗洞冒出一个白毛黑脸儿的狗头，然后便见长生整个儿地钻了进来。

这狗洞是在它小时候给它开的，没想到它后来长得巨大还能进出自如，真是天生缩骨功。

长生摇拨浪鼓似的甩了甩长毛上的灰土，又是一身雪光似的银白，奔到她身边叼着她的衣服向大门方向拉。

“你要带我去哪里呢？”

长生呜呜叫了两声，将她带出了院门。

门外停着一辆乌幔马车，外表并不见张扬。那赶车人的容貌却甚是清奇不凡，双目微闭，抱臂养神。日光反照，左钧直一眼瞅见他白色棉袍衣角底下以银线绣着的霁色云纹和日月辉光，才确信女帝是真的来了。而且不止女帝，这车驾中，恐怕还坐着云中君。

春米胡同的巷子本来就窄，这时似乎越发地窄了起来。

不过长生才不管什么天皇地君，仍是衔着她的衣服向南疾行。

行得五六个胡同，到了一个贫民聚居之所。房屋低矮破败，烂泥荒草杂布，碎乱器物俯拾皆是。

左钧直正不知长生为何要带她来此，却见一群野狗凶光毕露地围了过来。她有些害怕，长生低低地吼叫一声，带着她径直绕进了一座倒塌房子的后面。那些野狗紧紧随着，却无一只敢接近。

在几块破板撑起来的逼仄空间之下，左钧直看到了奄奄一息的子龙。

成年后的子龙她见过，高大威武、凶狠好斗，京城之中，绝无敌手。相比之下，长生真是温驯得紧。

她有时候也会看着蹲在大门口的长生觉得过意不去，总觉得英雄气短。

作为天生的斗犬，子龙俯瞰群雄，荣光万丈。

而长生却乖乖地给她守门，在狭小的院子里遛弯儿，给花花草草菜菜果果施肥。

如果长生会说话，她很想问它：你后悔这一生不能和子龙比肩，像一个英雄一样去战斗吗？你后悔这咫尺天地、安逸人生，束缚了你的能力吗？

不过长生只是回头看她，吐出舌头哈哈两声，眯起眼睛像是在朝她笑。

刘徽咸池行刺之后，子龙便失去了踪迹。

现在的子龙已经瘦得不成形状，两腿折断，伤处腐烂生蛆，浑身上下没有一块好的皮毛。若非那庞大的骨架和结成一绺一绺的黑色长毛，她定是认不出来。

子龙身后侧卧着一只同样干瘦的大狗，干瘪的乳房早已经没有了奶水，几只小狗挤在那里，却都已经死了，只剩一只小黑狗还在顽强地刨动吮吸。

长生呜呜地叫起来，眼中似有泪水，走到子龙身前轻轻地舔它。

左钧直看见子龙睁开眼，那目光如同迟暮的英雄。它看见左钧直，费力地用两条前腿支起身子，侧头看向那只小黑狗，浑身抖得像风中的芦苇。

左钧直明了了它的意思，撕下一大块袍子，包着那小黑狗抱了起来。

子龙两条前腿并作一处，使尽全身力气向左钧直作了个揖，颓然倒下，眼皮合上，再未睁开。那母狗爬过来哀吠了两声，忽然摆头狠力撞上身边的木柱。本就半坍了的窝棚轰的一声彻底倒塌，左钧直连连后退，看着厚厚的灰土木屑将子龙和那只母狗掩埋了起来。

狗犹如此，人何以堪？

弘启五年末，在左钧直出使关外时，西域边疆撒马畏兀儿、哈密、吐鲁番一带爆发内乱，部落混战，天朝原来设立的安定、阿端、曲先三大卫所被废，按察使唐旷被策反的哈密国右都督阿木郎扣留。应撒马畏兀儿番邦酋长所所请求，明严命左右大臣推举儒臣中能文能武长才者远使西域。

然而西域雪山流沙、穷荒三万里之远，兵戈纷乱，说不定有去无回。群臣纷纷推脱，一两个月无甚定论。

左钧直其实是其中呼声最高的一个。

也不知是什么人放出风声，左钧直的身世之谜竟大白于朝中，一时间被传得沸沸扬扬。诋毁者有，好奇者有，不屑者有，更多的是看热闹之人。左家一门三缄其口，对此事不置一言。

然而对左钧直的出身争议归争议，在出使西域的人选上，凡是有可能被推上去的官员，都将左钧直当作了宝贝，恨不能双手双脚举着她搁上使臣的宝座，烧香供奉，赶紧把她送到西域去算是了结。大臣之中上书无数，一反常态，对左钧直大加夸赞，列举出她精通西域语言、通晓各国风土人情、多次出使不负皇命、忠贞慎勤、晓义明理等诸多大善，极力要求皇帝点左钧直为出使西域之臣。

皇帝却以左钧直尚未归朝为由，加以反对。又言，既然左钧直之母乃是高昌先王流亡的王后，以左钧直为使臣，恐遭高昌人抵制。众臣却针锋相对，称此行乃是调停撒马畏兀儿诸多部落、哈密国和吐鲁番番酋之间的混战，与高昌国无关，何须顾虑此事？

左钧直回京之后，荐举之潮更是一波猛似一波。左钧直被关在太子殿中，自然不知晓这些。明严身在外朝，又以太子尚未病愈为由，严拒群臣之请。

左钧直未及弱冠，已经官至四品兵部职方司员外郎，除了侍读班“八英”之外，从未有人获此殊荣。

皇帝拒绝让左钧直出使西域，本已引起朝中人众的窃窃私语。左钧直刚一回京，便被召入宫中为太子治病，皇帝竟任她对太子施用西洋药物，更是令群臣难以置信。而她数日未出太子寝殿，皇帝曾入殿与之独处，传出衣帛撕裂和瓷器碎裂的激斗声音的事情，也被私密地传了出来，一时间流言蜚语猛烈流窜。

弘启五年腊月二十八，皇帝终于正式颁旨，命兵部职方司员外郎左钧直出使撒马畏兀儿及哈密国，安抚诸番，重设关西之卫。

此旨出后，此前的流言本该不攻自破，然而大内之中又传出了皇帝在圣旨上加印玉玺之后，气急败坏，掀翻御案的事情。

喜怒从不形于色的年轻天子发了这么大的火，诸臣事不关己，自然乐得看这一场热闹。

然而使团竟静悄悄地不知道什么时候就走了，诸臣最终没能围观到皇帝和左钧直君臣见面的一幕，各个心中又十分失望。

只是满朝上下，以及当事人左钧直，都不知晓皇帝和女帝之间有过一段不曾为史官记录的针锋相对。

那日女帝来找明严，质问他西域之事要拖至何时。

明严正焦头烂额，抑郁道："北面战事不休，东面战事未至，南面险燃战火，西面战祸又起。母皇，儿子并非三头六臂，总要一件事一件事来。"

女帝仿佛脱了皇位一身轻松，全然不似明严这般焦虑。她同情地拍拍明严的肩，笑道："为帝不易啊。不过也巧了，我同你父君打算去西域走走，看在你是我儿子的分儿上，帮你把西边的事情解决了吧。"

女帝口气轻松，仿佛解决此事不过指掌翻覆之间。明严狐疑道："母皇何时对儿子这般体贴了？"

女帝微微一笑："好说。只是要向你借一个人。"

明严瞬间反应过来，斩钉截铁道："不行！"

女帝脸色一沉："嗯？"

明严缓了脸色，低声下气地解释道："德儿现在离不开她。"

女帝点了点头："哦，那我了解。"

……

正午时分，东宫总管和嬷嬷们急急来报："不好了！不好了皇上！太子殿下又不见了！"

明严政务缠身，又闻此事，怒意早难压抑，横眉呵斥道："早上不是还在吗？这是第几次丢了！要你们这群废物何用！左钧直呢？！"

东宫总管小心翼翼答复道："左大人今天早上出宫了。"

明严大怒："给我捉——"

这时熙宁宫总管却匆匆登殿而来："启禀皇上，太上皇与君上方才已经离宫，命奴才将这封书信转交皇上。"

明严取信展开，原来是女帝所写，道是已经和云中君离开，带走了明德，让他陪着皇后安心养胎，开春皇后生第二个孩子，必然没有精力照顾明德。又说明德既是太子，便更应该多出去走走，历练历练，过个两年再还给皇帝。

明严大为气郁，却无处发泄，将众侍从都轰了出去。他狂躁地转了两圈，又唤进内侍：“传人拟旨！就说出使西域的人，就定左钧直了！”

第三章 纵横捭阖

湛蓝的天空中没有什么云彩，偏西的斜阳射出的强烈白光依旧炫目。

祁连巍巍划下遥远的界线，辽阔的荒漠上大石飞沙，簇簇杂乱干枯的骆驼刺矮伏于地，白目刺天。

一座金黄色的石头城矗立于敻远的天地之间。贯城而过的河床在这冬末干涸固结成流畅的曲线形状，静静地等待着开春后，汹涌的高山雪水呼啸而至。

“骟马城。嘉峪关外，肃州之西。回回墓在其东，赤金城在其西，固西域之大道，番族所居也。有二水贯城西流，夷人往来必宿于此。”

戴着羊角毡帽的小娃娃坐在高凳上，小短胳膊刚好能够到桌面，摇头晃脑地小声读着一个小羊皮簿子。一只软趴趴的小黑狗耷拉在他肩膀上打瞌睡。

“姐……哥哥，这里为什么要叫骟马城？”

相比于这小娃娃的漂亮可爱，旁边穿着窄袖束腰袍服的年轻男子便十足只是一片绿叶。听到两人兄弟相称的食客们都不由得摇头，不厚道地揣测这年轻男子该是相貌平平的原配所出，而这粉嫩的小娃娃，定是年轻貌美的小妾的孩子。

“这里是嘉峪关外一个交纳差马，以马易茶的官市。关外各族进贡、贩卖马匹都要经过这里进入关内。为了能多换茶叶，这里大部分小马长到四岁就要骟割，也就是‘去势’。因为去势之后的马勇壮、耐寒，而且性情温驯。慢慢地这里就叫骟马城了。”

胡服的年轻男子声音温柔，讲得十分细致，不像是在随便回答一个孩子的问题，倒是像个老师一样在细心教导。

小娃娃两手托腮，问：“什么叫骟割？”

“咳咳，就是……把马变成太监马，嗯。”

“哦……”小娃娃恍然大悟的样子，两眼放光，满怀希冀，“那是不是也有皇帝马？”

“咳咳……是的……瓦剌人叫‘移剌马’，也就是……种……马……”

赤裸裸的真相。

在西北大漠待着，这小娃大约也知道种马的意思，被雷劈了一般瞪向那年轻男子。

男子不自在地掩口咳嗽了两声，拿筷子敲敲桌面：“上菜了，吃饭吃饭！”

小娃娃抖出一个绿竹筒，拧开盖子，倒出一条亮晶晶的小白蛇来。小白蛇优哉游哉地爬到菜食旁，嗅了嗅，嫌恶地爬开了。莹白的蛇身竟然浅浅地蒙上了一层黑色。

小娃娃收起小蛇，纠结道：“第一次碰到有毒的，哥哥，怎么办？”

年轻男子猛地掀翻了桌子，随着饭菜盘子哗啦啦落地，四五个手提马刀的打手霍地跳出来，将年轻男子和小娃娃团团围住。而周围其他夷族打扮的食客竟都恍若未见，依旧吃肉喝酒。

年轻男子将小娃娃揽得近些，冷笑道：“原来是个专做汉人生意的黑店！”

为首灰布裹头的汉子凶神恶煞：“银两留下，小娃留下，放你一马！”

年轻男子摸摸自己的脸，叹道：“这副长相当真不值钱啊……”

话音未落，一个打手哆哆嗦嗦地叫道：“蛇……蛇！”

为首那汉子叫道：“哪来的蛇！”顺着那打手发抖的手指转身，一条浑身赤红的大蛇已经猛扑了过来，咬上他的手臂。汉子大叫一声，把赤蛇甩开，手臂瞬间肿胀发黑。随着令人发怵的窸窸窣窣声越来越密集，但见百多条赤蛇从小饭馆的窗子、大门外爬了进来，众番商、食客惊声尖叫，鸟兽四散。

年轻男子抱着小娃爬上一张桌子，道：“都跑啦，快让蛇走开！”

小娃捏着一个瓶子，万分苦恼：“爷爷只教过我唤蛇，没教过我怎么赶它们走呀！再说，这些都是番蛇，我不熟！”

年轻男子怒道：“真笨！丢瓶子！逃！”

小娃如醒醐灌顶般“哦”了一声，将瓶子朝那几个打手逃窜的地方丢了过去，群蛇果然掉头去追那瓶子。年轻男子抱着小娃，小娃抱着小黑狗，跳下桌子急急朝反方向跑去。身后却还有蛇不依不饶地追了过来。那年轻男子直直奔着一个瓦剌人打扮的大汉冲过去，躲在那大汉铁塔一般的身躯之后。

这大汉是小饭馆中唯一一个端坐未动的人。

手起刀落，身边又多了两截蛇身。

“好刀法！赏卜塔儿大人真英雄也！”

赏卜塔儿，瓦剌赤斤千户首领那颜。赤斤，故时北胡百大千户之一。北胡国为齐国彻底灭亡之后，分裂为瓦剌、鞑靼与兀良哈三部。赤斤、罕东等千户流动于嘉峪关一带，虽属瓦剌，却不服瓦剌贵族所管。

赏卜塔儿端着的酒碗停在空中，看着方才那个年轻男子毫不客气地在他对面坐了下来，那一口流利的蒙语让他有些惊讶。

"在下左钧直。"一张盖有天朝皇帝玺印的敕牒在他眼前晃了一下，那年轻男子道，"那颜大人让本官好找。"

左钧直——好生熟悉的名字！

赏卜塔儿这才抬起眼，将那年轻男子上下打量了一番。

近日来，畏兀儿、回回、蒙古各族中口口相传，天朝皇帝下派了一个未及弱冠的文弱臣子出使西域，抚谕诸邦。此事已成一个笑柄，天朝固然是惹不起，但一个手无缚鸡之力的文臣，起码还是可以无视甚至调戏一番的。

果然甚年轻，甚文弱，甚……娘们儿。

赏卜塔儿一口灌下一碗酒，轻蔑道："左大人不去撒里畏兀儿和哈密平乱，找我有何贵干？"

左钧直微微一笑："本官想找那颜大人借兵一用。"

赏卜塔儿一口酒吞到一半，险些喷出来："找我——借兵？"

左钧直正色道："不错。本官想借赤斤、罕东之兵，助哈密国右都督阿木郎抵御吐鲁番。"

赏卜塔儿笑不可抑，大约觉得左钧直是个疯子，也不同她多言，抬腿便走。

"罕东那颜班麻思结已经答应了本官。"

赏卜塔儿一听此言，顿时愣住，转头道："班麻思结是傻子吗？！"

左钧直不置一词，从袖中取出一沓龙火纹花样的白色苔笺纸放在粗木桌面上，修得平整干净的指尖轻划，斜斜展做扇状。

天朝宝钞，面值万贯。

银庄太平，任君提取。

赏卜塔儿双目顿时再也移不开，顾不得矜持，劈手夺过。

左钧直负手起身："那颜大人好好思量一晚，本官就住在太平驿，希望明早能在城门口见到赤斤大军。讨伐成功，赏赐百倍有加。

"若大人归服，我天朝将设赤斤卫，大人便是都指挥使。

“届时赤斤族人俱为我天朝子民，茶马免赋，享我天朝荣恩。”

如下重药，一剂猛似一剂。

赏卜塔儿直勾勾地盯着手中宝钞，一言不发。

“对了，得告诉大人一声，这宝钞，须加盖卫所都指挥使之印，方可流通。”

左钧直使团一行十数人，跋山涉水，历时两月有余，两渡黄河，越过乌鞘岭，方经由河西走廊抵达嘉峪关，来到这出关西行百里之外的骟马城。

女帝及云中君与使团若即若离，虽与使团同行，却极少露面。使团中人俱为吏部秘密拔调，行止严明大方，更兼忠心耿耿、守口如瓶。

进入河西地区，定期补给大多依赖太平驿。

这太平驿，绝非简简单单的一个驿站，马场、客栈、钱庄、镖局、衣食铺子等一应俱全。对于往来客商来说，太平驿的价钱是比别处贵些，但贵在两个“全”字：安全、齐全。

西域一路，盗贼无数，心狠手辣，唯独太平驿从来无人敢犯。

只因黑道白道的人都心知肚明，太平驿，乃是旧日北极会堂、当今天朝内库所设。

和太平驿作对，那便是同北极会堂作对，同云中君作对。

左钧直幼时去过乌斯藏，却因高昌不容她父母二人的关系，不曾来过西域。这次来她才发现云中君在西域的名头，似乎比女帝还要大。想来也是合理，天朝疆域，北至嘉峪关长城一线，西抵撒里畏兀儿与乌斯藏，而云中君旧日北极会堂的势力，却是穿过阿尔泰山、天山和葱岭，北达罗刹国，西至花剌子模。

西域有句行话：“宁杀天军十将，不惹云姓一人。”

待问及此话作何解释，满面皱纹的老人却面露畏惧之色，连连摆手道：“莫提莫提。流沙河水赤，黄沙化作红。一战千人死，江湖一夕空。”

问不出更多的故事来，左钧直也只得作罢。大约是说武林人士被灭杀一空，鲜血将西域的流沙河都染成了红色吧。她却无法想象，这几日路上所见的那个容颜不老、终日不动不言的瞎子云中君，是如何做到以一人之力狙杀千名武林高手的。而云中君除了对女帝偶有回应，几乎是个无情无绪的活死人，却不知什么事情能让他愤怒至此，大开杀戒。

左钧直离京之前看过撒里畏兀儿番酋长呈递给皇帝的书信，那书信言语缠夹不清，只知西域一团混战，往来贸易之路滞堵不通。

待来了这里，她才发现事情远远没有之前想象的那么简单。

简直就是一团乱麻、一锅煳粥。

左钧直并非急躁冒进之人，索性也不急着前去撒里畏兀儿，在嘉峪关外先盘桓了几日，乔装打扮去查访西域局势。若是一般人，早被那些畏兀儿、回回、乌斯藏、蒙古等诸多不同部族、不同国家乃至不同宗教的名字和历史搅得头昏脑涨，但好在左钧直打小就是听着这些乱七八糟的话长大的。白度母夫人有三个贴身侍女、五个亲信护卫，分别来自乌斯藏和西域不同的地方，常常因为吃猪肉吃牛肉、喝青稞酒马奶酒之类的事儿相互掐架。所以左钧直如今听起西域诸邦纷争的故事来，倒也不觉得头疼。

左钧直敏锐地觉察到，问题的关键，不在撒里畏兀儿，不在吐鲁番国，而在与高昌国相邻的哈密国。

阿木郎不是叛变，而是复国。

女帝统一南北之后，封哈密国国王安可帖木儿为忠顺王，赐予金印。

去岁年底，吐鲁番速檀阿力率兵攻破哈密城，俘虏哈密王，夺取金印。哈密国右都督阿木郎起兵反攻。

撒里畏兀儿广袤千里，位于嘉峪关西南，西距天可里、哈剌火州，北抵沙洲、赤斤，东抵罕东，南界乌斯藏。天朝原本赐予撒里畏兀儿酋长卜颜帖木儿部下五十八铜印，设安定、阿端、曲先三卫，据守关西。

然而三卫势力随着部族分裂日渐式微，速檀阿力破哈密之后，又分兵攻伐撒里畏兀儿，夺取铜印，废除三卫。

吐鲁番在速檀阿力称帝后快速兴起，嗜战好杀。本来吐鲁番打哈密，都是在天朝疆域之外，哈密不向天朝求援，天朝也不便出手干预。

可是打掉安定、阿端、曲先三卫，那便是侵犯天朝疆域。是可忍，孰不可忍！

更何况，倘若吐鲁番掌握哈密这天山北麓的贸易要道，天朝陆上与西方的贸易往来必然会被切断。如此一来，西面多出一个强敌，天朝希望均衡西域番邦势力来羁縻北胡的安边策略很可能会落空。除此之外，内库的外贸和税赋收入也将大减，东北正在作战，军费恐将吃紧。

左钧直没有一兵一卒。

女帝和云中君并没有亲自出面的意思。

她只能靠自己了。

多年之后，天朝的子民迎来了他们的第三位皇帝——明德帝。他们惊奇地发现，这位明德帝是自大楚到天朝以来最没有体统的一个皇帝。

这位明德帝处处开风气之先。

比如，引入西学，西方太阳历与天朝太阴历并用，废除代代职业和身份因袭的户籍制度，选拔西洋人和女子为官，鼓励商业，允许土地买卖，强迫贫民子弟进入免费的县学学习，还向四海番国派去了许许多多留学生……

大家都说明德帝是小时候发疟子吃西洋人的药吃坏脑子了。

明德帝还有许许多多奇奇怪怪的癖好。

比如，他喜欢看女子着男装，尤其是窄袖束腰的胡服。

比如，他喜欢吃大盘鸡和馕，宫中常有西域厨子。

比如，他喜欢在夕阳正好之时，偷偷换了便服爬上宫城高高的城墙，远眺，发呆。有时候在西边，有时候在东边，有时候在北边，有时候在南边。

没有人知道为什么。

甚至有好事者写了首小诗——《城墙》：

京华有城墙，

城墙何巍巍。

君坐城墙上，

君坐城墙东，

君坐城墙西，

君坐城墙南，

君坐城墙北。

这首《城墙》诗红极一时，千百年为后人所传唱。评论家说，这首诗看似简单，却采用了《诗经》中的比兴手法，借用并升华了《诗经·卫风·氓》中“乘彼垝垣，以望复关”的深远诗意，艺术地表现了思念远人时怅然若失的情怀。句式纷沓而略有变化，令人如临其境，仿佛亲眼见到了夕阳西下，高高的城墙上那个孤单的背影。

反正此君非彼君，你管我说谁！

当然，明德帝最爱做的事情，还是在夜深人静时摸进皇家档案馆——皇史宬，去看一些旧日文书。曾有新进的皇史宬小吏好奇地去查看皇帝看过的那些资料，却惊奇地发现，被翻得最烂的乃是一箱被辑作《西域行程记》的日记和书信。

那日记的字迹极为俊丽，只是内容十分简单，几是流水账，淡无滋味。比如：

“……二十四日，晴。过嘉峪关，关上一平冈，云即古之玉门关。关外沙碛茫然。行十余里，至大草滩沙河水水边安营……”

“……初六日，晴。早起，向西行，过一平川，约行一百三十里，方有水草，安营。哈密使人来接……”

“……二十五日，晴。早起，向西北行。道北山青红如火焰，名火焰山。道南有沙岗，云皆风卷浮沙积起。中有溪河一派，名流沙河。约有九十里，至柳陈城，于城西太平驿安营……”

小吏翻过许多篇章，大多是这种记录，或有狂风暴沙，或雪深阻路，甚至有“马由浑河水中渡，泥陷，死者甚多”之类的惨剧，却不知皇帝为何要反复地看这种东西。

又翻到书信集子，才知道这些东西都是一人所写：

“行在兵部职方司员外郎左钧直谨奏：……臣诚不揣谫劣，谬荷陛下拔擢之荣，被以远使西域之命……唯愿昭盛陛下柔远之仁、华夷一统之望……臣多方思虑，赤斤、罕东乃瓦剌流亡之部，悍猛而无忠君之节，荣禄安怀可以使之……非无旧例。今蒙古三分之一兀良哈部，曩昔为齐人重金所诱，入朱昀彀中……臣欲合纵赤斤、罕东、哈密、柳陈、高昌诸邦，以御强番……”

小吏一页页读过，不由得对当年藐藐一身深入不毛之地，捭阖群雄、立疆正土的那一人心生向往。

可是，读着读着他突然想起来，这左钧直，不正是弘启一朝狐媚间主、弄权一时的天下第一大奸臣、自古无双女阁官吗？！

弘启六年四月，速檀阿力赐死哈密忠顺王及其二子一女，哈密王族灭亡。

哈密人得知消息，悲泣不已。其军民拥立阿木郎为新王，接受左钧直的建议，与赤斤、罕东两部合军，攻打哈密城。

赤斤、罕东骑兵悍勇无比，吐鲁番军不支，被迫收回攻打撒里畏兀儿的部队，撒里畏兀儿之危解除。

五月，哈密军里应外合，城破。吐鲁番军被迫退出哈密城，但仍徘徊不去，虎视眈眈。

速檀阿力万万没有想到，天朝派遣来的使臣左钧直是以这样一种手段介入了西域的纷争。

西域本来已经够混乱，那左钧直反倒像是还嫌不够乱，策动瓦剌人也加入了这一场战斗。

而这一手宛如神来之笔，四两拨千斤，轻轻松松令他处心积虑所谋划的一切都化为泡影。

速檀阿力恨左钧直恨得牙痒，而正在这时，但闻其名不见其人的左钧直，竟不怕死地自己送上门了。

停战。谈判。

停你爷爷的战！谈你奶奶的判！

速檀阿力的马刀本已搁到了左钧直的脖子上，然而左钧直仍是不慌不忙地向他讲完了谈判之必要。

速檀阿力能够崛起于哈剌火州，自然不是只会打仗的莽夫。那刀终于还是被收回了嵌满宝石的黄金刀鞘。他思忖半晌，同意了左钧直谈判的建议，不但同意，还主动提出要做东道主。

要谈判可以，但是要在本王的王帐中谈！

左钧直同意了。

弘启六年六月的哈密城外，水草丰美，牛羊如云。远眺万里无垠，直令人心怀开阔，荡涤胸中块垒。

戈壁滩上竖起高大的立柱蓬桩，遮天蔽日的巨大奶白毡帐被百名强壮的吐鲁番士兵拉了起来，宛如小山，其中可容纳上千人。

速檀阿力坐镇帐中，左钧直及数名副使坐于天朝使臣之位。撒里畏兀儿各部族首领、赤斤那颜赏卜塔儿、罕东那颜班麻思结、哈密王阿木郎等俱携亲随入帐，次第就座。

然而令速檀阿力有些措手不及的是，除了以上直接卷入这场混战的部族和国家，竟还有几位在他意料之外的人。

原来左钧直同他所说的“西域诸国”之间的会谈，真的包含了西域中所有举足轻重的国家！

哈剌火州三分地界：后起之秀吐鲁番、古国高昌，以及依附高昌的柳陈。三地民风相近，俱言高昌语，亦即畏兀儿语。

高昌王和柳陈王都来了。

还有哈剌火州西方的大国亦力把里国之王等。

速檀阿力寻思着应变之策，目光不自觉便落在了不远处垂目静坐的左钧直身上。

这样一个不起眼的柔弱文臣，竟能在数月间走遍西域诸国，斡旋于大漠群雄之间，看来天朝皇帝派遣她来，果然不无道理。

只是你促成这桩多国会谈又能怎样！

权力，掌握在有刀枪的人手里！

其实此时左钧直的内心，和速檀阿力一样并不平静。

高昌、柳陈、亦力把里等西域国家都是她邀请来的。

可是还有几个不速之客——葱岭以西的帖木儿王国国王沙哈鲁，以及他的两个孙女儿乌云齐齐格与郢桑齐齐格。

帖木儿王国近十年来国力强盛，沙哈鲁的铁蹄踏遍花剌子模等中亚细亚地区，向南甚至战胜印度。

他不请自来，没有人胆敢赶他走。

只是沙哈鲁来这里作甚？

和平的气氛并没有维持多久，很快被速檀阿力与阿木郎等人的争执打破。

在此之前，阿木郎已经接受天朝的封赏，成为名正言顺的忠顺王。

阿木郎指责速檀阿力残忍杀害哈密王族，速檀阿力却讥讽阿木郎是伪君子，根本就是想自己做忠顺王。

眼看速檀阿力又要拔刀而起，左钧直忽然以畏兀儿语厉声喝道：“速檀阿力！我天朝立国以来以文明御时，以仁信柔远，从未侵犯西域邻国寸土。撒里畏兀儿乃天朝疆土，哈密乃我朝贡属国，你却废三卫、夺金印、掠夺我朝丝路商旅，置我天朝于何地？”

营帐中顿时静了下来，只听到几名译者低低转述。众人也没想到此前一直温文尔雅的左钧直竟也会疾言厉色，一身正气浩然难犯，不由得都失了声。

速檀阿力亦愣了一下，座下忽起一人，针锋相对道：“以文明御时，以仁信柔远？真真笑话！尔天朝女帝征伐四方，何等跋扈！吾王今日不一统哈剌火州和撒里畏兀儿，来日尔朝必将犯吾王！”

左钧直识得此人乃是速檀阿力麾下大将脱不花。此人祖上和北齐颇有渊源，有四分之一的北齐人血统，是吐鲁番中不折不扣的仇视天朝一派。只是这人说话甚不小心，直接透露了速檀阿力的野心。

左钧直不动声色地扫过同属哈剌火州的高昌王、柳陈王的脸色，道：“脱不花将军这话真是空穴来风。我朝太上皇光复大楚旧地，华夷一统，开盛世江山万里之太平。吾皇深知国之运祚，在德不在威。莫说旧日北齐旧臣如寿家、左家等仍然得到重用，便是西南夷、安定、阿端、曲先、东北关外女真流民等，凡归顺我朝者，俱得优待。”说着，唤出副使中的一名官员，“我朝皇上欣赏萨都木大人经营之能、交谈之才，擢为户部重臣，掌管边贸。似萨都木大人者，我朝郢京之中，数不胜数！”

她面对西域诸国首领，将天朝对待番国番客的政策侃侃谈来，萨都木亦作证辅。其间不时有诸国官员打断斥责，左钧直一一驳斥，尽言天朝仁德安边之大义。她畏兀儿语、蒙古语、汉语转换自如，有理有据，辞气磅礴，令人不服也难。

眼看左钧直舌战诸国官员，渐占上风，脱不花恼羞成怒，噌然跳起来，抄起身旁三尖戟叉上左钧直的喉头，怒道：“大王！这奸贼仗着三寸不烂之舌，招摇撞骗，大王千万不要被她蒙骗！方才明明在说吐鲁番、哈密交战，怎的又被她扯到了归服天朝之事上！且让我收拾了这奸贼！”

众人被脱不花这么一说，才猛然意识到这会谈的话头已经被左钧直牢牢抓住，掌控了全局，不由得齐刷刷看向脱不花和左钧直。

左钧直身后的副使一个个慌忙起身。此前被阿木郎释放出来的按察使唐旷拔出腰刀，指向脱不花："放下！"

脱不花一见局势瞬间转向自己，四顾狞笑道："不是我脱不花大言不惭，各位国主都被天朝这纸老虎吓怕了！天朝如今的兵力都在东北与女真、北齐作战，根本就是自身难保，各位国主不若与吾王联合，将那天朝打个落花流水！"

天朝诸使都暗自心惊，脱不花所言并非毫无道理，如今关西三卫已为吐鲁番所破，西域边防略显薄弱。倘若吐鲁番集结大量兵力快速东攻，朝廷来不及调兵，甘、青一带势必难保！

左钧直临危不惧，将手中酒碗狠狠掷在地上，大怒道："好你个脱不花！你是想要你家大王死吗！"

速檀阿力和脱不花俱是一惊，不知左钧直是何意。却见营帐两侧，呼啦啦拥出数百吐鲁番、帖木儿武士来，一个个杀气腾腾、剑拔弩张！

左钧直暗骂一声，果然是鸿门宴！不过速檀阿力大概也没想到，那沙哈鲁既然敢来，其护卫自然也都是以一敌百的精兵强将，随时做好了迎战准备的。而且，这两人还都想到一块儿去了，都是以摔碗为号。

沙哈鲁抬手道："都是误会，退下！"

速檀阿力也是识时势之人，知道若是真打起来，指不定还是沙哈鲁渔翁得利，便也示意吐鲁番武士退下。

左钧直朗声道："我朝京军百万雄兵，投入东北之战者不过三十万，还不论我嘉峪关至山海关九边军镇所驻扎的数十万兵力。而西北肃州卫、西宁卫、松潘卫，西南南越驻军，又岂会让尔等区区一二十万军队染指我天朝河山！若论大将，叶轻、括羽这些后起之秀在东北的战绩有目共睹，驻守京中的林玖、莫飞飞等，任一个都能挥师西向！更别说靖海王、晏江侯等百战神将，倘若复出，敢问尔吐鲁番国中，何人能挡！

"我左钧直，此生虽恨不能征战马上，为国捐躯，却也绝非畏死之人！

左某今日就算被当众枭首、血溅五步，也绝不眨一下眼睛！左钧直不过微末小臣，生死无关天朝荣辱存亡。但倘若大王你今日听信脱不花的谗言，胆敢犯我天朝一寸疆域，我天朝将士，岂会容你苟活！我左钧直促成今日会谈，一心只愿表达我朝陛下与诸国通好之意，行德安民。若是大王你一意孤行，只会祸连贵国苍生！”

这一席话慷慨铿锵，大义凛然，无人不为之动容，点头称是。速檀阿力沉吟不语，却有了解天朝事务的官员向他低语道：“……这左钧直确属不屈之人，当年出使扶桑，中途为倭人所掳，竟投海明义……”

脱不花见速檀阿力仍犹豫不决，趁着强弩之末的那一点威势，将三叉戟蛮力向前送去。戟尖入肤，左钧直颈上留下一道血痕，那戟却被唐旷死死顶住。

左钧直仍是端坐席上，神色不变，道：“大王若不断绝吞并撒里畏兀儿、高昌、柳陈的妄念，我天朝只好断绝与贵国之间的贡路。大王早已习惯了使用我中土物产吧？彩缎不去，王无华衣；铁锅不去，王无美食；大黄不去，人畜受暑热之灾；麝香不去，床榻盘虺蛇之害。这些都是大王日用之所不可无者，又不止于此。一旦绝贡，一物不出，大王和贵国国民，能忍受几日？就算贵国能忍，贵国西方之亦力把里、帖木儿国，又岂能容忍因贵国之害，断绝己国之贸易商路？本官说脱不花谋害大王，岂是虚言？”

亦力把里王及沙哈鲁均微微点头。速檀阿力色变，忙怒喝道：“来人哪！将脱不花拖下去，重罚三十鞭！”

一场危机终于化去，左钧直却也不喜不乐。她又拿了个酒碗，斟满美酒，缓步走到速檀阿力座下，道：“大王可愿就此从哈密国退兵，从此诸国和平共处，共享茶马互贸之利？”

速檀阿力冷冷一哼，侧过身去不理睬她。

此举甚是无礼，唐旷、萨都木等人均有怒色。左钧直却不紧不慢，转身向众人道："我天朝有句古话：唇亡而齿寒。今日吐鲁番犯哈密、撒里畏兀儿，接下来便是高昌、柳陈，甚至亦力把里、乌斯藏。方才脱不花说的话，诸位大王都听得很清楚了吧？"

速檀阿力哼道："方才脱不花信口胡言，诸位勿放心上。高昌、柳陈、亦力把里、乌斯藏等俱是我吐鲁番之友邻，本王无意冒犯。"

左钧直淡淡道："哦？大王能这么想，本官求之不得。说起来，本官和高昌、乌斯藏还真有些渊源。"

众人面面相觑，高昌王却不自在地咳了一声。

左钧直端着酒行到高昌王跟前，温然道："若论血亲，我还得唤大王一声'兄长'。当年若非大王开恩，留我和我父亲之性命，我岂有今日？这一碗酒，我敬大王恩义。"说着仰头喝干了碗中酒。

高昌王讪讪，惭愧不已。当年岂是他要留左载言和左钧直的性命？实是他觉得白度母的出逃和改嫁丢尽了他高昌王族的脸面，所以派兵去抢走白度母夫人及其一切。若非白度母夫人的侍卫誓死相护，左钧直和左载言也难逃一劫。

如今速檀阿力野心勃勃，便是脱不花不说，他也知道速檀阿力灭了哈密之后，下一步就是高昌。

只是他从没想到，最终竟是要靠左钧直来挽救自己的国家。

可是左钧直不但挽救了他的国家，还不念旧恶，给他这样一个台阶下。

高昌王心中五味杂陈，无言可对，将一碗酒一饮而尽，碗底示与左钧直。左钧直微一点头，回头又自己斟满了酒，行到速檀阿力座下一名红衣喇嘛座前，施了一礼，以藏语道："迦南国师，倘若归返乌斯藏，请向赞善王问好。"

那名红衣喇嘛深深礼拜。

众人已是目瞪口呆，虽不懂藏语，却能看出红衣喇嘛那一礼不同寻常，乃是对王族之礼。交头接耳间，熟悉或者不熟悉白度母夫人之异闻的人，都大略明白了左钧直就是白度母夫人在中土与汉人留下的一颗遗珠。

速檀阿力心知大势已去。左钧直这般做，可不是为了认亲，而是为了示好，是为了让他看得清清楚楚，她和高昌、乌斯藏的关系非同一般。她今日既然可以策动赤斤、罕东来对抗吐鲁番，来日也可以联合北面的高昌、南面的乌斯藏来对抗他。而亦力把里向来与天朝交好。如此四面树敌，并非立国求存之道。

本想借此宴克制左钧直，没想到反被压制。奈何！奈何！

速檀阿力心中郁怒，却又不敢动那左钧直一根毫毛，只得端了酒，撒气般道："好！退兵可以！只要左大人今日能与本王痛痛快快喝一场酒，本王就与哈密签订停战之约！"

唐旷、萨都木等人俱看出速檀阿力的恶意——就算被你逼得退兵，我也要在酒场上扳回一局！

西域的男人都是海量，自然看不起这文弱女气的左钧直。唐旷低声道："左大人，请勿答应，在下代你喝。"

左钧直轻叹一声："他今日被我挫了锐气，岂会轻饶过我？酒是西域人的面子和荣光，我若不喝，堕的是天朝的声威。倘若我醉了，唐大人把我拖回去便是。"

一场豪饮，昏天暗地。

到最后，所有国主、酋长俱已醉倒。速檀阿力更是醉得口齿不清，开始揽着左钧直的肩膀称兄道弟："左……左贤弟……好……好酒……量……"一个"量"字说了一半，一头栽倒在酒案上。

左钧直揉着发胀的太阳穴，摇摇晃晃地走出了大帐。一旁的唐旷和众副使都看得呆了，慌忙跟着追了出去。

"左大人你……"

左钧直扬唇一笑，拱手道："本官……幸不辱使命。后面的事情，就交给诸位了……本官……本官要……睡个三天三夜……"

众人没料到左钧直竟这么能喝，喝倒了其他所有人，脑子竟还如此清醒。只是这左大人声音忽男忽女地飘忽不定，又是怎么回事？

云中君的赶车人已经在帐外候着。左钧直踉踉跄跄过去，有些把不准马车的位置，险些跌倒。唐旷眼疾手快地扶住，左钧直抽了手，笑嘻嘻道："多谢唐大人……我……还没醉，不劳唐大人送我回去了……"

这句话中，又有半句是灵韵女声。方才柔滑触感似乎还停留在手上，唐旷怔然看着一个小毛头手忙脚乱地把左钧直拖进车厢，隐隐约约听到那小毛头说："……闭嘴……你被打回原形了！"

这场大宴奠定了两百年西域诸国和平共处的格局，影响极其深远，史称"哈密之盟"。

大宴之后，哈密国主动向天朝称臣。左钧直向朝廷请旨，设立哈密卫。哈密从此被纳入天朝疆域，犯哈密则犯天朝。

此外，左钧直与唐旷等边疆旧将，重整撒里畏兀儿诸部，复设安定、阿端、曲先三卫，经与赏卜塔儿、班麻思结等交涉，又加设赤斤、罕东和沙洲三卫。

关西七卫，由此而立。从此番夷效顺，天朝西陲百五十年晏然无事。

左钧直不费一兵一卒，唇枪舌剑间平战乱、定西疆的事迹被随行史官忠实记录下来，名垂青史，威震四夷。

这自然是后话。

左钧直果然睡了三天三夜。醒来时，眼冒金星，她扭头看见明德托着两腮，坐在床边的小凳上。

"姐姐，你真能睡。"

床头小桌上搁着碗醒酒汤。左钧直捏着鼻子咕咚喝了。那味儿委实难闻，比当年娘亲喂给她的还难喝。

"姐姐，你叫了好多声常胜哦！你认得括羽叔叔啊？"

难喝的醒酒汤果然更有效！左钧直顿时清醒了，碗差点儿从手里掉下来，强作镇定道："明明德你听错了，我叫的明明是长生，我家的白毛儿大狗，你见过的……"

明德："哦……对哦……那，姐姐，你梦见长生狗狗什么了？"

左钧直真恨不得过去啪啪啪几巴掌把明德拍晕过去，让他闭嘴。所幸胡编故事也算是她左钧直的一大特长，她绞尽脑汁道："这个嘛……让我想想……哦，我梦见有天兵天将来捉长生，说它是大闹天界的叛逆神仙，当年在一场恶战中被剥夺元神，于是跌落凡尘，化作一只小狗，被我捡到了，从此躲在我家。我养了长生这么久，自然舍不得它啦，于是就和他们抢长生。可是天兵天将太厉害，长生就被抢走了。我眼睁睁看着长生被缚妖索捆住，带上天庭受九九八十一道雷刑，便大喊：'长生！长生！……'就被你听见了。"

她不过把之前写的一个小故事随便瞎改了改，明德却听得入了神，泪花闪闪道："长生狗狗不会被抢走的！谁敢抢我就帮姐姐打谁！"

这小笨蛋……也不枉我这一路上含辛茹苦又当爹又当妈地照顾你啊……既然能安睡这么久也没人打扰，看来差不多是尘埃落定了。左钧直心中松了松，揉揉明德的小脑瓜，心道：趁还没回京，就多欺负欺负你吧，等你做回太子，我就没机会了。

"明明德……我好饿啊……有没有吃的？"

明德屁颠屁颠地跑出门去，边跑边道："有！爷爷早上带我抓了条能吃的大肥蛇！我去端蛇汤给你喝！"

左钧直咚地瘫倒，蛇……又是蛇……许多人都说云中君是妖孽，她真心越来越觉得云中君很可能就是一条大蛇妖……浑身上下，说不准什么地方就会冒出一条小蛇来，也不知与他同床共枕的女帝如何能忍……

不光是蛇。

这些日子相处得久了，左钧直多少也对云中君和女帝有了些了解。他们出行带的随从不多，大多是女帝的。云中君只有两个亲随，一个便是那个名叫和光的赶车人，另一个……是个烟视媚行的妖娆女子，名叫蓝棠。

和光算是个正常人，蓝棠……怎么说，她不会说话，不睡觉时，与云中君永远相隔五步之遥。她的饮食起居，都需得到云中君的指令方会进行。

准确地说，她没有自己的意识。

这是左钧直观察了许久才得出的一个结论。

后来她与和光熟了，向他说出自己的疑惑，和光才告诉她：蓝棠是一具行尸。

这背后的故事，甚是令人扼腕。

蓝棠大云中君八岁，是北极会堂上一任堂主。

云中君四岁时被明殊带回天姥城，十四岁时剪除北极会堂中的叛党，立同是被明殊收养的蓝棠为新任堂主。蓝棠自那时起喜欢上了云中君，立誓非他不嫁，终生追随。后来云中君被明殊封入天姥城下的极寒冰窟，蓝棠为帮助女帝夺取他的身体，不惜自服一种名叫“游丝软系”的尸毒，令修为大增，与明殊对抗。而她从此也化作行尸一具，只听命于云中君，终生不离其左右。

“君上自认此生辜负蓝棠良多，便一直将她带在身边，也算是满足了她的夙愿。你既然知道云中君还有一个女儿名叫云沉澜，那么应该知晓她本有一个未婚夫，名叫蓝烟。那蓝烟，就是蓝棠的侄子，蓝棠化为行尸之后，君上便收养了那个孩子。可惜那孩子竟然薄命。”

听完这个故事，左钧直只能无言。和光说，中尸毒游丝软系者，将随着指令者的去世灰飞烟灭。至情至性，生死相许，大约说的便是蓝棠了。

世间竟然真有如此邪诡之事，若非亲眼所见，各种细节又能与雪斋所述相互印证，左钧直断然难以相信。

自与女帝、云中君上路后，左钧直曾多次试图打听云沉澜的情况，却没有得到任何结果。女帝和云中君都不是情绪外露之人，所以她也看不出云沉澜是存是亡的迹象。

问和光，和光也道不知。

刘徽，你真的已经不在这个世上了吗？

等了好一会儿，左钧直自己穿好了衣服，洗完脸梳完头，还不见明德回来。脑子还有些发涨，她慢吞吞晃出门去，一出去便遥遥望见两匹骏马，骏马上坐着两个胡服少女——乌云齐齐格与乌桑齐齐格。

乌云齐齐格举起哇哇乱叫的明德，娇声笑道："左大人，要你弟弟就随我们来！"

这可是太子啊！左钧直脑子一炸，纯然忘了应该先叫人，自己牵了匹马扬鞭追去。

一直追到一个四面不见人烟的荒漠上。齐齐格姐妹勒马拦在左钧直面前。两姐妹俱是英姿勃勃，紧身短装勾勒出丰满曲线，露着纤细蛮腰，一见便知是西域热辣如火的女子。

乌云齐齐格将明德压在马上，开口以生涩的汉语道："左大人，我妹妹喜欢你，想招你做驸马。"

"……"

驸马？

左钧直不敢相信自己的耳朵，面庞唰地红了。乌桑齐齐格一见她这副窘迫模样，银铃般地咯咯笑了起来，对乌云齐齐格说："他害羞了！我还没见过男人害羞的，真是可爱极了！"

"……"

左钧直这下是真没话说了。她努力回想那天的大宴，似乎这对姐妹确乎一直注意着她。也罢，反正自己是个女人，这桩事迟早是个笑话，先把太子要回来再说吧……

“两位公主，这事好商量，可否先把舍弟送还给在下？”

两姐妹又嘻嘻哈哈地笑起来：“说话还文绉绉的呢……”

“中原男人真是好有趣！”

“长得好白呀……真想摸一摸……”

“昨天还那么能说，见到我们就张不开嘴了……”

明德呜呜叫道：“救命啊……”

左钧直无奈至极。对待女人，她从来不知道该如何下手。之前的葳蕤和翛翛，她没有一次说得过她们。

没有办法，也得硬着头皮去夺。

她策马过去，方靠近乌云齐齐格的马，便被乌桑齐齐格拦腰钩过，叭地在她脸上亲了一口。

居然被女人轻薄了！

左钧直自然是又羞又怒，奋力挣开道：“公主，请自重！”

“哈哈哈……左大人，什么叫自重呀？姐姐呀，汉人的手感可比咱身边的那些男人好多啦！”

乌云齐齐格笑道：“这左大人一看就知还没有过女人，妹妹你要好好珍重！”

乌桑齐齐格道：“那是自然。姐姐你难道不想找一个汉人吗？”

乌云齐齐格高傲地摇头道：“妹妹你就喜欢这种文弱的，我要找一个会武的！”

左钧直道：“两位公主，我可以同你们走，但是请先把舍弟放回去。”

乌云齐齐格和乌桑齐齐格对视了一眼，乌云齐齐格道：“好！”扬手像丢小马崽儿一样将明德丢了出去。

左钧直心中大叫不妙，你们在西域这样丢小崽子丢惯了，这明德太子细皮嫩肉的不经摔，掉下去可不得断胳膊坏腿的！方要策马去接，却被乌桑齐齐格一把拉住缰绳。正心急火燎间，远方一人疾行而来，尖厉的破风声宛如哨鸣鹰啸。明德在将要落地的一霎，被生生止住坠势，凌空倒飞了出去，正落入那人怀中。紧跟着一名蓝衣女子也如蓝云一朵飘然而至，纱裙飘展，媚眼如丝，好似大漠中一朵盛开的妖蓝海棠。

明德一入那人怀抱，立即伸手紧紧抱住那人的脖子，哇哇大哭起来，估计是被刚才那一下吓得够呛，舌头都捋不直了："耶耶耶耶耶耶耶……"

乌云齐齐格和乌桑齐齐格自然没听明白明德叫的是什么，却也无心去听，齐齐被这突如其来的一人吸引得再也挪不开眼。

人如璧，颜如玉，九天神仙差可拟。

左钧直趁机闪开。

乌云齐齐格和乌桑齐齐格发了好一会儿呆，才双双道：

"你是这孩子的爹？"

"你为什么不看我们？"

好问题。

左钧直见云中君循着姐妹二人的声音，缓缓转过头面向她们——看起来就和正常人无异。她低声道："君上，这两姐妹是帖木儿沙哈鲁国王的孙女儿。"

云中君轻轻抚慰了明德一番，道："蓝棠，抱着德儿。"

蓝衫美人伸手接过明德，明德哆哆嗦嗦的，对她很有几分畏惧。左钧直同情地看了明德一眼。

"姐姐，你说这蓝衣服的女人是他妻子吗？"

"我看不像。你看那孩子都不亲近她。"

"那左大人是他儿子吗？"

"笨啊！当然不是！长得都不一样呢！这位公子哪来那么大的儿子！"

……

听着两姐妹窃窃私语，左钧直对明德的同情很快转移到了她们身上。别说儿子了……云中君和明严要是各自都积极些，孙子都有咱这么大了……

乌云齐齐格和乌桑齐齐格商量一番后，乌云齐齐格难得地微带羞涩地问道：“这位公子，你可有婚配？”

云中君：“有。”

云中君竟然会答外人的话，难得啊难得！左钧直见云中君破天荒没有走的意思，心中又生起几分疑惑。

乌云齐齐格问道：“有几位夫人？”

云中君：“一位。”

废话……那一位可是女帝啊！有一个女帝，再多半个夫人也不成啊。

可是事情依旧是一发不可收拾地向戏本子上才有的情节狂奔而去——

“中原人三妻四妾乃是常见，帖木儿的姑娘也不讲究这些。帖木儿王只有我们两个孙女儿，早听说中原男子有才有貌、文武双全，所以想来中原挑个能干的驸马。我对公子一见钟情，公子意下如何呢？”

左钧直望向云中君，不看则已，一看大惊——

云中君竟然笑了。

虽然那一笑极浅，只是唇角稍稍向上牵了一牵，可是已经够了。他本是神仙品貌，平日里不笑不言拒人于千里之外，可这浅浅一笑，整个人顿时鲜活生动起来，好似刹那间一足踏入紫陌红尘，风姿皎然，缱绻如画意难言。

若说刘徽是浊世风流，明严是天家雍贵，括羽是明珠湛华，都是人间少见，那么这云中君，根本只应天上有。

更何况他所经所历，俱非凡俗常事。数十载俯仰沉浮，三千大千世界，他大约已经看得倦了，所以不想再看。

这一笑，并非刻意，却可望见昔日绝世风华，直令人色授魂与。

难怪蓝棠会誓死追随，难怪女帝会倾情相付。

云中君道：“中原人的婚事，讲究媒妁之言、父母之命。你们的祖父帖木儿王呢？”

乌云齐齐格和乌桑齐齐格早已被迷得神魂颠倒，争抢着道：“马上就来！”

有女怀春，吉士诱之。

左钧直已是啼笑皆非。对付女人，还真的得靠男人啊。云中君不过笑了一下，说了一句话，就能轻轻松松手到擒来。倘若有个女儿国，那连仗也不用打了，直接把云中君祭出去，定会倾倒三军……

齐齐格姐妹身后天边一线黄沙飞卷，大部人马如大漠旋风，不多时已至眼前。一骑当先者，黑面白须，孔武有力，正是沙哈鲁王。

乌云齐齐格和乌桑齐齐格欢欢喜喜地迎了过去，却见她们的祖父一脸惊诧，翻身下马，径直走到云中君跟前。

“你……你是……你是云兄？”

齐齐格姐妹没料到沙哈鲁竟然称呼眼前这个不过二三十岁年纪的人为兄长，方才的一脸喜色顿时化为难抑的讶异。

“别来无恙，沙哈鲁。”

沙哈鲁显然也不敢相信数十年的岁月竟然未在眼前这人身上留下任何痕迹。只是诧异归诧异，数十载南征北战的王者雄风仍是不失。打量着云中君，沙哈鲁不无讥讽道：“三十多年前，我还以为你会成为一代枭雄，没想到竟做了那个女人的裙下之臣，可悲啊可悲！”

云中君道：“比起江山，还是她对我更重要一些。更何况，我后来发现，征服的快意，并非只来自杀戮。”

沙哈鲁抚须长笑：“我倒想听听一个曾经杀人如麻的瞎子的高见。”

云中君道：“你，打下万里江山的沙哈鲁，嗜杀好色，气数将尽。子孙虽多，无一有开疆拓土之才，金山银山迟早被挥霍一空。”

沙哈鲁被说中心中痛处，脸上青一阵白一阵。

云中君指间五弦无形，右手轮指拂过，其声铮铮然，是短短一句苍茫胡调。

“昔日我助你登上王位，你承诺我不犯西域。今日我特意来提醒提醒你，不要忘了当日诺言。”

任谁都看得出来，沙哈鲁率兵借道亦力把里，嚣张赴宴，本就有意挥师东进。可此时听了云中君指间调，他竟然汗如雨下。

帖木儿千百将士、乌云齐齐格和乌桑齐齐格两姐妹，目瞪口呆地看着他们的王，不可一世的沙哈鲁，向那传说中的云姓之人额首臣服，指天起誓道：“沙哈鲁一日也不敢忘！”

云中君道:“听说波斯以西的驿道,因帖木儿的战争而废弛了。有劳。”

沙哈鲁竖起三指：“三个月！三个月定然修好！”

云中君拱手一礼:“多谢。”说罢反身飘然而去。左钧直急急催马跟上，只见明德朝云中君伸出双手：“爷爷，怕怕，爷爷抱。”

云中君接过明德，身后飞箭倏然而至，蓝棠手中乍现细薄长刃，一劈两段。一道蓝影如烟行水上，魑魅般扑入沙哈鲁身后军卫丛中，白光过处，血柱冲天。

残阳如血，戈壁滩上的石英砂反射出炫目白光，一望宛如钻石之海。

天地间寂静得只听得见大风吹过的声音。

乌云齐齐格和乌桑齐齐格怔怔地望着消失在茫茫天际的几道人影，心中有些恍惚。

待她们知道了所有真相，才发现今天所做之事有多么荒唐。

招的第一个，是个女人。

招的第二个，自己和那孩子都该唤他一声“爷爷”，而他的夫人，是天朝女帝。

她们今天所做的唯一一件有意义的事情，其实是把天朝的第三代皇帝捉来马上好好地耍了一耍。

第四章　金风玉露

因着关西七卫的整顿和设立，左钧直在西域很是停留了些时日。在此期间，左钧直将此前特地让会同四夷馆高昌馆翻译出来的《齐民要术》《农桑辑要》以及段昶父亲钦天监监正新著的《农经》等书介绍给速檀阿力、阿木郎等，为吐鲁番和哈密等国主管农业的官员详解其中疑难之处，将中原灌溉之术传播至西域。速檀阿力对左钧直带来的各种新鲜玩意儿兴致勃勃，甚至在宫中开辟了一大块菜园子种植外来蔬果等植物，有时候特地将左钧直请入宫中请教天下万国形势、天文、历算、水利、农桑、火药等诸多学问，最后竟私下将左钧直奉为国师。

完成西域事务之后，使臣返京，左钧直却又被女帝邀往乌斯藏游历了一大圈。这一游历中没有其他使臣跟随，左钧直带着明德与女帝、云中君等同行同止。女帝一日无意间感慨为何左钧直能经年余寒暑风雪，肤质白皙细腻依旧。左钧直这才后知后觉地意识到女帝也是凡人，虽天生丽质，然先历西北干旱风沙，后经高原苦寒，在养颜一事上也会颇为苦恼。纵然云中君看不见，她却不愿在容貌上与云中君相去太远。

要说养颜，左钧直娘亲白度母夫人那是真正的行家。女帝和左钧直一拍即合……到最后，明德无聊地坐在门槛上打呵欠，云中君来问：“怎么还不去睡？”

明德答曰：“皇祖母和姐姐还在研究蔷薇清露的功效。”

云中君哼了一声，略提高了声音，让屋里的两人也能听见：“睡不够，什么都白搭。”

步履急响，两个女人快步而出。

直到次年夏季，女帝和左钧直一行方经由青藏至甘陕一带，准备回京。西域诸国得知这一消息，纷纷遣出以王子王孙为首的使臣，请求随同左钧直一同赴郢京朝觐贡献。左钧直与女帝、云中君商议，又上书请示明严，终于决定携带这个逾六百人的庞大西域使团归返郢京。其中，速檀阿力、阿木郎亲自出使。

明严派林玖率六千精锐骑兵自嘉峪关起一路护送，经由北长城九边军镇东行。每一军镇都由天军中蒙、回、畏兀儿军官设宴接待，阐述天朝华夷如一之政策，此前脱不花等仇华派所传的天朝排斥、虐待夷族的谣言不攻自破。而九边军镇兵强马壮、营垒如铁的坚固边防亦让各国使臣暗自叹服。

左钧直自然是做了使团首领。各国使臣民族、语言庞杂，风俗、信仰各异，除了她，整个天朝也寻不出第二个人能协调其中，令人信服。可这个位置，看似风光无限，实则苦不堪言，每天都有处理不尽的口角和斗殴，有事没事来找她斗酒的使臣也不少。女帝和云中君早就带着明德行了别路，只留了个和光来护她周全，真真是让她一腔苦水无处倒。

然而最令左钧直难受的还不是这些。

须知这些使臣大多是能征善战的西域汉子，每日讨论最多的，自然是战争。其中，括羽就是他们日日必提的话题。

本来入了西域，左钧直已经尽可能地去忘记括羽，不去关注括羽的任何消息。

一想起括羽，她便辗转难眠。她更怕听到坏消息。沙场之上，时时刻刻命悬一线，永远不知道自己的生命将结束于何时。

她真的害怕再也见不到他了。

可是天天同那帮西域使臣在一块儿，括羽在东北战场上的大小战役一场场被详细转述过来，括羽突袭、括羽布阵、括羽攻城、括羽受伤……惊心动魄、跌宕起伏，让人心惊胆战，她越不想听，却越是往她耳朵里钻。

“那小子太狠，带了十个人就敢夜袭吉城。那城将还以为大军来袭，居然唬得大开城门投降，这输得真他妈憋屈！”

“盛京这一仗打得该是最苦的了吧？两军交锋整整四日三夜，都是前仆后继啊。据说后来清理战场，地上都是人压人，压了三四层厚……”

“括羽那一战身中三箭，恁是把城给破了，擒了北齐代王，俘虏万余北齐兵。”

“若是我，就一把火把那盛京烧得干干净净，北齐人一个不留，免得日后又作乱！当年那女皇帝不就是因为手下不够狠，没有赶出山海关去将北齐、女真铲除干净，才造成如今之祸？”

“嗐，要我看，那括羽到底是被罗晋带大的，用他们汉人的话说，就是讲究仁义，不杀降军。那女皇帝可是比他心狠手辣多了。当时若非国中疲敝，再加上罗晋力劝，女皇帝肯定是要追到关外去的。”

……

初时还是称呼括羽，渐渐地那“野狼”诨号传扬开来，西域人也懒得再叫那拗口的汉名。

“蒙古兀良哈部那个不识相的，竟然乘天军打到松花江去的时候阴插一足，去辽东烧抢了一番。这可真是把那头野狼给惹毛了。那头野狼是一天不打仗就手痒心痒的，立马率军五千南扑。兀良哈三万人还抱着抢来的东西睡大觉呢，就被那野狼给剃光了头！真要命！活该啊！”

“那是兀良哈部实在太蠢，都打了这么久了，谁不知道那野狼最善奇袭？”

“你才蠢！兀良哈骑兵踏遍漠北的时候，你们躲得像狗一样！”

于是，又吵起来了……

“我听这边天军的人说，跟那野狼打仗就两个字：痛快。又野又匪又不要命，可不痛快！合爷爷我的口味！天天听天天讲的，爷爷我都心里痒痒，想和那野狼去干一仗了！”

“哼哼，那野狼能百战百胜，主要是没遇到爷爷我啊！”

“哈哈哈！看眼下这进度，北齐已经被灭，女真也快被打到乌苏里江北边的老家去了。等我们进了京，差不多就能和那头野狼会面，你敢和他比试比试吗？”

“有何不敢？不就是个毛小子？爷爷我一根指头就能压死他！”

……

听得越多，左钧直觉得括羽离她越远。这是一个让她完全觉得陌生的人，或者说，这才是真正的括羽。

括羽属于那片高远的天空，属于塞外长城上的烽火狼烟。

之前的常胜，真真像她织出来的一场梦幻。

和女帝在一块儿的时候，她也零星听过括羽小时候的一些故事。

他脾气又倔又硬，从不屈从于任何人。

可一旦决定，绝不回头。

从他嘴里，听不到一个“求”字。

她终于知道他那句“我求你”，为何说得那般艰难。

他肯为了她折杀一身的傲气。

但他终究是括羽，他会等她一夜，却也会在日出之前决然离去。

北伐天军由叶轻和括羽共同率领，叶轻稳重大气，数十万大军指挥若定；括羽奇谋迭出，千里疆域纵横驰骋所向披靡。二人性格、战术相得益彰，配合得天衣无缝，砍瓜切菜一般将女真人逐出三江，再无回天之力。

使团离京城越来越近。大军班师的日子也越来越近。左钧直越来越害怕，却不知道在怕什么。

弘启七年七月二十日，天朝皇帝明严在宫中接见西域各国使臣。诸使臣皆行叩拜之礼，独帖木儿国沙哈鲁之子哈烈及吐鲁番王速檀阿力以“吾国非天朝朝贡之国”及“吾国无此风俗”为由，坚持只行鞠躬礼。明严一笑而过，并不在意。随后，使团被安排在郢京四边游赏风光，尽览中土之富庶繁华。

弘启七年八月初一，北伐大军胜利回京。

大军入城那一日，郢京百姓扶老携幼倾城而出，夹道欢迎，争睹天军威仪。

左钧直没有去看。回京之后，她仍整日价与西域使团在一处，不敢回兵部，更不敢单独入朝觐见。好在明严也并未找她麻烦。天军凯旋，本有许多使臣怂恿她一同去看，她却借故推托了。

后来事实证明她没去看是十分明智的。

大军经过的大道两侧被数万百姓挤得水泄不通，尖叫欢呼之声震耳欲聋。那是每一名战士的荣耀之时。

如果你以为括羽是其中最荣耀的一个，那你便错了。

括羽成了天朝有史以来凯旋班师的将领中最狼狈的一个。

天朝有一个淳朴可爱的民风，那便是女子一般将心爱的男子称作“某郎”，比如叶轻，便是“叶郎”。直呼文官武将的姓名，那是很不尊重的。于是当时真可谓是“赵钱孙李郎”“周吴郑王郎”的呼声满天飞，呼声最高的自然是“叶郎”。

括羽没人叫。

……

“你来，是因为想我。”

“姐姐，当时在诏狱，我也觉得我之前那十八年，活得像一场梦般虚假。可后来你去了，我忽然觉得，好像我走的每一步，冥冥中安排，都是在让我靠近你。”

“我去了关外，却还是忘不了你。我总想你在做什么呢？是不是和刘徽在一起吃饭？说笑？画画写字？是不是你已经有了他的孩子？我胡乱地想着，痛苦得不得了，一夜夜地睡不着觉，只好发了疯似的去打仗。我觉得挨上一刀，都比想你要好受些。就这样过了两年多，我停不下来。哪一天不打仗，我就会想到你，想得发狂。

“回来后没敢去找你。我真害怕看到你和别人在一起的模样。我也不敢问起你。直到今天来了围场，才知道你没有嫁人，而是去了西域。你不知道我当时有多高兴。若非皇上不让，我真恨不得立马就去找你。

“猎场上见到你，我知道你心里是想着我的。可是我也听说……我只能装作不认识你。可我当时真恨不能把你劫走，让你服服帖帖地跟了我，再不分开。结果射猎完了又被他们拉去喝酒……我想着早些回来换了衣服去寻你，结果你自己来了。

“姐姐，不管我是常胜还是括羽，对你都是真心，你要不要我？

“我如今有了官位，有了宅子，有了俸禄，养得起你和左伯父，可以光明正大娶你做妻子，你要不要我？”

大将军括羽情话大全

“……我想了好多年，以后要在院子里种很多六月柿，要养好几只小长生让它们施肥，什么时候饿了，就可以缠着你给我煮一碗面。我想和你生一堆的孩子，你可以继续写你的书，我带着他们摸爬滚打上山下水，编一支小小的‘常胜军’……姐姐，我是个浑蛋……你忘了我吧，你还是清清白白的，就当……就当我根本就没有回来，这几个月，你就当是做了一场梦一般……”

“我的心没有那么大。你就是我的江山。”

“你这说得，倒是让我有点想做皇帝了。宰相和皇后都给你做。这样白天能见到你，晚上也能见到你。”

“我什么都没有了。雪那么大，可是我看到你了。抱着你，我觉得很真实。我想，你一定是来救赎我的那个人吧。”

姑娘们可真是犯了难。难道叫“括郎”？太傻了！“羽郎”？没这种叫法！“括羽”？不行不行，淑女不能这么没教养。

当然姑娘们的智慧是无穷的。没法叫，那就换种方法示爱吧！

最开始是扔手绢。

谁都知道这是有难度的。团起来扔，打中了就引来一片尖叫。

反正是手绢不是刀子，括羽默默地忍了。

不知道是谁扔了个梨。

姑娘们，被这个砸到会疼的！括羽皱皱眉，一伸手便接住了。

接了！

接住了！

他接住了！

皱眉的样子太好看了！

姑娘们疯了。

一瞬间，漫天的白梨、沙梨、秋子梨、柑橘，甚至柚子向括羽飞了过去！

两边仪卫大喊住手，可有谁会听？

古来有潘安掷果盈车，那其实挺合算。可是如今括羽骑的是马。

古来还有看杀卫玠，如今难道要看杀括羽？

从来没有被敌人打下马的括羽大将军心中抹了把辛酸泪，在叶轻同情的目光下弃马而逃，混入大军之中才算逃过一劫。

凯旋班师的大将，萧瑟到步行入城的，大约自古以来也就括羽一个了。

八月初十，西域诸国使臣接到了天朝皇帝秋狝的邀请。

名为秋狝，实是阅兵。

万里山河通远徼，九边形胜抱神京。

燕柔围场，草原广袤，松林千里。明严调五军、三千、神机三大营十万精兵，合南越、东吴远调而来的土狼兵、白杆兵等，浩浩荡荡集结于围场，在叶葵指挥之下，步调如一，军容极壮。后有官员记叙曰："……马蹄卒步，滔滔旷旷，眼与俱驶，猛掣始回……"

变阵疾若风雨，步骑击如闪电。更有神机营之各色火器操练，一百门新造的佛郎机大将军炮连发不歇，崩山裂石。西域使臣无不色变。

这场规模盛大的秋狝整整持续了一个月，令西域使臣大开眼界，心悦诚服。到了九月初十，方是以往一年两次的例行狩猎。

在燕柔围场待了一个多月的左钧直，直到此时才混杂在各级朝官和官员家眷中远远见到了括羽。

她本以为阅兵时括羽会来将兵，然而括羽始终没有现身。诸多使臣十分失望。

这狩猎他却来了，然而未似其他人一般着骑装。看来明严大约觉得之前一个月的兵威已经足盛，根本无意再让括羽出手。

括羽，以开疆拓土，驱逐北齐、女真之伟勋，封一品骠骑大将军，仅位列三公之后。赐飞鱼服，另赏官宅、金银珠宝无数。

年仅十九，由侍读生一跃而上，几乎位极人臣，实乃古所未有。

然而无人敢置一词。

收复东北，灭北齐，逐女真，至此方是彻底完成女帝一统之大业。

是不世之功。

是出生入死、浴血苦战，鬼门关前无数来回。

遑论皇族对有功武官从来不吝重赏，此乃惯例。

是他应得的。

括羽今日穿的是一袭藏香飞鱼袍，雪白护领紧致端雅，百褶衣襕饰以蟒形飞鱼和寿山福海，越发衬得他长身玉立、气质清贵华美。那一众官员俱是华服黼黻，他一人却如昭昭明珠，映得四侧之人黯然失色，与明严恰如一月一日，相映生辉。

凡不识得他的人，无人能想到他便是疆场上有野狼之名的括羽。

倒像是个宫阁贵胄。

这样的人至多是手执墨毫挥斥方遒，怎会去打仗？

左钧直心中忽然生出一种异样的感觉——听了那么多的战事，她原本觉得他是为战场而生，此时见了他，却觉得又并非如此。

但无论如何，都不是那个常胜了。

这次秋猎据说比以往要热闹、精彩许多。因为有北伐天军将士、西域使臣参加，皇帝又有意大展天朝鼎盛国力，便宣布凡京官、京官家眷，不分品级，均可参加。燕柔围场的主猎场虽然方圆数百里，却也被围了个密密匝匝。

秋高气爽，天风浩荡。军中健儿英姿勃发，朝气正盛。

盔正明，甲正亮，龙腾虎跃，气震山河。

望着帅台上蟒龙戎服的明严，及其身后雄姿勃发的文官武将，所有人都真切地感受到，这已经是一片崭新的、属于明严和所有充满活力、勇气的年轻人的天下了。这个历经数百年，经历了裂国篡位山河飘摇的大楚天朝，已经彻底脱胎换骨，重新焕发出勃勃生机。

这一次取消了往日只属于少数贵族的猎杀，取而代之的是更可观赏的骑射表演。身手矫健的将士在沙场上驰骋来回，百步穿杨箭无虚发。或有百马同辔，骋足并驰。或立刀门，门周利刃林立，骁将纵马从狭窄门中疾驰而过，不上分毫，令人惊叹不已。此技名叫“透剑门伎”，非勇者不敢习练。而在马戏之中，又有“飞仙膊马”“镜里藏身”“惜柳枝”“献鞍”“绰尘”等无数花样，看得人眼花缭乱，大呼过瘾。好些西域使臣看得心里发痒，摩拳擦掌，跃跃欲试。

帖木儿国王子哈烈向明严道：“我们西域诸国此次拜访，带来数百良马进献给皇帝陛下。天朝有言，宝马配英雄，何不借此机会让贵朝将士来试一试我们西域良驹？”

明严闻言大喜，命御马监随西域诸使引马入场。

那些高头大马一入沙场，立即引来一片惊叹之声。一匹匹膘肥身健、毛色鲜亮，不停地尥蹄喷气，满是桀骜不驯的模样。只是这些马无一匹身上配鞍戴缰，原来都是未驯之野马。

哈烈道：“早听说天朝英雄骑术了得，却不知我们西域的这些马，英雄们驯得驯不得？”

此话颇有挑衅之意。明严点头示意，一旁早有数名悍将按捺不住，在赶马人逐次放马出栏时，以套马杆套马而驯，技艺十分娴熟。

这场驯马可谓是精彩绝伦，百十匹野马驰入沙场，为胆大勇猛的将士牵挽压驯。虽也有不少将士被踢伤摔伤，可这烈马的嘶吼和飞舞黄沙令勇士们越发兴奋激动，来回不过一个时辰，所有野马竟被一一驯服。

明严笑道：“哈烈王子，朕手下的这些儿郎如何？！”

哈烈赞道：“果然名不虚传！钦佩，钦佩！不过，吾国之沙哈鲁王去年在雪山之下捕得神驹一匹，至今无人能驯。吾王命我将此马进献给陛下，相信天朝定有猛士能降伏这匹烈马！”

他说着一招手，两个帖木儿武士推进一辆巨大木笼车，其中困着一匹白马。

赶马人抽开木笼门，只听见一声暴怒的咆哮，那匹白马竟如猛兽一般奔腾而出，状极暴烈。好几名将士眼疾手快，以套马绳掷去止住其去势，却被那马狂躁地甩开。为防那马突暴伤人，场将一声令下，数十名驯马好手蜂拥而上，只求将那马困于场中。

众人定睛细看，只见那马首高九尺，身长丈余，浑身上下雪白如霜，半根杂毛也无，奔驰跳跃，恰似一尾矫健白龙。

好几名骁勇之人试图爬上马背，都被摔了下来。那马被几番欺凌，越发暴躁，奋蹄狂踢，接连踢飞数名将士。这些将士急急被抬下场来，竟是被踢得臂折腿断了。

哈烈眯着眼看着场上的一片混乱，不无讥讽道："原来所谓天朝的猛士，也不过如此！"

明严朗声道："凡驯服此马者，可获此马！"

这一声令下，又引得更多人拥了上去，却仍无人能近得马身。有人发狠道："皇上，请用钢鞭、铁刺，此马必能驯服！"

明严沉眉道："休得如此！如此神骏之驹，岂能以刑屈之！"旁边陆挺之、左杭要上场，却被陆鹤之、左载贤拦了下来。莫飞飞揶揄道："莫逞能，这烈马能踢得你们断子绝孙！"

明严冷眼看了一会儿场上情势，唤道："叫括羽过来！"

方才骑射之时，本有许多京军将士和场下之人久闻括羽精于射艺，高呼让括羽来一展身手让大家开开眼，括羽却早不知溜到哪里去了。明严身边随从寻到括羽时，括羽正与几名军中掌造箭的小吏讨论箭翎形状对箭速的影响。

瞅了眼那匹疯疯癫癫的白马，括羽不情不愿地磨到明严身旁，扯了扯身上的衣服道："皇上非要臣今天穿这官服来当花瓶，现在又让臣去驯马，这也太强人所难了。"

一旁内侍忙道："备有骑服……"

明严狠狠剜了一眼括羽，抬手止住内侍，道："你的意见很大？"

内侍小心道："那马靴、马刺、套马绳……"

明严道："都不给！"

括羽换了副笑脸："皇上想赐臣宝马，也用不着做这么绝吧！"

明严命道："所有人都退下！"

日光如金，照得那白马皮毛闪闪发亮。无垠碧空大地之间，众人只见帅台上一道身影冲天而起，金虹一般掠入沙场，几个起纵追上狂奔的烈马，飞身而上，下摆海云襞积在空中划出飞扬弧线，又似大朵繁花烂漫盛开。

身上一着人，那马立即开始剧烈上下跳跃奔突，摆头猛咬，想将身上之人甩落。

括羽赤手空拳，只是双手紧攥马鬃，双腿紧夹马背，随着白马跳动的节奏而上下晃动。那马见这些招数不顶用，又开始狂奔激突，时而猛蹿，时而急刹。然而括羽稳如泰山，无论它怎么颠簸，愣是如黏皮糖一般紧紧伏在马身之上。但见那马双目暴怒似火，猛然间雷鸣般长嘶一声，抬起两只碗大的前蹄，直立起来。众人一声惊呼，却见括羽伸手抱住马脖子，腾身而上，当那马落地时，修长身躯一摆，又跨上马背。如是几番，那马终于停了下来，呼呼喷着鼻息，绕场缓步而行。众人舒了口气，正以为那马已经被驯服时，那马忽然趴下，飞快向一侧滚去！

这一招极是厉害。这马比人还高，筋骨如铁，足足有几百斤重。一旦被压上，不死也伤。

众人急抽一口冷气，却见括羽手按马颈，整个人掠上半空，层层叠叠的秋香褶裥漫然飘飞，刚劲之余又极致华美。

那马愤然爬起，括羽黑面白底的皂靴轻一点地，又飞身上马，轻盈如羽。那马团团奔跳几圈，突然又趴滚下来。一技一用再用，对于括羽来说自然不在话下。三番两次之后，烈马终于技穷力竭，低低咆哮一声，摇头摆尾，伏贴于括羽身下。旁人拿来鞍鞯要给白马套上，那马却又尥蹶子狂踢，独括羽亲自上鞍时，方服服帖帖，不再发难。

围观人群中爆发出雷鸣般的喝彩之声。括羽牵了那马到明严身前，拜礼道：“请皇上赐名。”

“昆吾挺锋，骕骦轩髦，此马雪白如练，便依了古名，叫骕骦吧！”

言语豪气而傲然，天子气象昭然无遗。本想让中土人出丑的哈烈终是服顺，拱手而赞。

左钧直混在人群之中，将这前前后后看得清清楚楚，即便是心中相信括羽的才能，方才惊险处仍是捏了一手的冷汗。只听见旁边有人低低地议论道：“……这般烈马都驯得，当年怎会被一匹驽马给颠下来？”

“我看是有人暗中作祟……”

“我怎么觉得是括羽不想娶郡主呢？”

“嗐，括羽不娶郡主还能娶谁啊？人家郡主都等他等到十八岁，成老姑娘啦！当时括羽一介白身，现在有了功业，我敢打赌，皇上很快就要赐婚了！”

左钧直心中一沉，却遥遥看见括羽谢了恩，又牵了马走到叶轻面前，双手举缰过头，道：“当年狮子岭一战，二哥的照夜狮子殉身。括羽知道二哥对那马念念不忘，故而驯此马补偿给二哥。”

这句话顿时勾起经历过那场战争的所有将士心中的沉痛和血气来，场中静寂片刻，忽然齐声高呼：“叶帅！叶帅！叶帅！”

叶轻咬牙，一臂空空如也的袖管轻晃，一臂缓缓抬起，突然狠狠一拳击上括羽的肩头：“好括羽！”

兄弟之情，同袍之义，铁骨铮铮，令人动容。

场中气氛终于又缓和下来，喧闹之声不绝于耳。左钧直忽然觉得无趣，转身向后挤去。只见人潮突然汹涌起来，她举目一看，只见一匹方才已经驯过的青鬃马不知受了什么惊，挣脱缰绳猛然向场外人群冲去。

人群纷纷躲闪，那马几乎是贴着左钧直身前而过。旁边有几个丽妆少女尖叫躲闪，却被长长的裙子绊住，眼看就要被那马踏上。

左钧直识得那竟是左家的几个小姐，也算是自己的妹妹，当下顾不得那么多，死死拽住面前飘飞而过的缰绳。这一拽使尽了她全身的力气，竟将那马拉得偏了半步，险险避过那几位左家小姐。

然而西域之马何其暴烈，被左钧直一拽之下，竟更加凶猛地奔跑起来。

左钧直飞一般地被拖了出去。秋中天气，她官服之内穿得也不甚多，很快便觉得擦在地上的腿膝火辣辣的，手上剧疼，想必已经被那粗糙缰绳勒破了。耳边俱是人们的惊叫声、风声和马蹄声，沙砾扑打在面上，令她痛苦得睁不开眼睛。

背上忽然一紧，剧烈的拖曳之势霍然而止。左钧直踉跄着被人抓着背上衣领提了起来，耳边那再熟悉不过却又再陌生不过的声音却字字让她心惊：

“笨！不知道撒手吗！”

带着几分怒气。

左钧直心中骤然涌起委屈，勉勉强强站稳了身子，却被突然挤开。那几个左家小姐急急小碎步过来，声声对着青鬃马鞍上的人道：“谢将军救命之恩！”

左钧直微微抬头，正瞟到疾行过来的左杭看向她的不善眼神，突然恍然大悟——原来自己好心坏了别人的好事！

这马本来就是冲着那几位小姐去的，那几位小姐身后站着身手矫健的家丁，便是自己不仗义一下，那马也是踩不到她们的……

不明不白的情绪在胸中泛滥开来，左钧直只觉得憋闷。听见括羽道：“是那位大人救了你们，且谢她吧。”她越发地想躲开，后退了两步，却被人揽住了肩膀——

“原来左大人在这里啊！本王还以为你不来了呢！”一口大咧咧的畏兀儿话，正是速檀阿力和好几个熟识的西域使臣。

左钧直不自在地侧了侧身子，速檀阿力却浑然不觉得她这是闪避，直接勾肩搭背上去，指着括羽对她道：“左大人，我给你介绍介绍，这位就是大名鼎鼎的野狼括羽！你且教教本王，‘本王要向你挑战’用汉话怎么说？”

这时“八英”和其他好些将领也都赶了过来，西域使臣更是团团围过来看热闹。速檀阿力早就打遍使臣团无敌手，被推举为第一猛士来和括羽干上一仗。左钧直本以为他们路上说着玩，没想到竟是要来真的。

嘴角抽搐了一下，左钧直迟疑道：“大王还是别……”

速檀阿力却等不及，指指括羽，又指指地下，做了个打斗的手势。

括羽点点头，翻身下马，行到速檀阿力面前礼了一礼，然后——以迅雷不及掩耳之势一腿将速檀阿力扫荡在地。速檀阿力还没反应过来，括羽已经反身将他狠狠压倒，肘尖顶住他颈部要穴。

众人都看傻了眼。

速檀阿力这个姿势可不舒服，脸颊着地，尖利的杂草和砾石顶着脸鼻，四肢被压制得半点动弹不得。他大叫道：“不算不算！你抢先！”

旁边跟过来的高昌馆通事译了话，括羽便放了手。速檀阿力一个鲤鱼打挺站起来：“再来！”

叶轻将括羽向后拽了一把，低声道：“到底是番王，你怎的下手这么狠？给些面子！”

括羽道了声“好”，速檀阿力挥拳打来时，两招将他打翻在地，还附加了一记黑拳。

叶轻扶额叹气。

速檀阿力仍是不服，又打第三轮。这次括羽更无半点迟疑，咔吱一下卸脱了他的两只胳膊，然后一声不吭扬长而去。

过了些日子，速檀阿力才后知后觉地反应过来自己稀里糊涂遭的一通胖揍是怎么回事——

敢碰老子的女人，就是找打！

每每想到当时括羽正恼火动不了他这个吐鲁番王，他自己却做了一回愣头青送上门去，可不令括羽心花怒放……速檀阿力便捶胸顿足。

一场盛大秋狝之后，天朝军威震惊四海，一时间四夷宾服，万国来朝。此前拒不行跪拜礼的帖木儿王子哈烈和吐鲁番王速檀阿力，在最后一次觐见天子时叩首触地，再不言半句“吾国无此风俗”。数月之后，帖木儿王沙哈鲁殡天，哈烈继任为王。弘启八年正旦大朝会上，帖木儿国和吐鲁番国使臣拜表称臣，从此西域乃至花剌子模一带再无逆反之国。往来商旅越发增多，瓷茶满载，丝路繁华盛极一时，户部、内库更是日进斗金。时和岁稔，民安物阜，史称“弘启盛世”。

那一日狩猎之后，左钧直陪送西域使臣回返京城下榻会同四夷馆。诸事理毕，已是亥牌时分。之前的官服已经不能穿了，她换了件常服，准备回家。

左钧直心中空荡而失落。

仍是念着括羽的。

他三打速檀阿力后便消失得无影无踪，据说后来和“八英”等回城纵情欢乐去了。

虽然当时说要和他再不见面的是她，坚持要嫁刘徽将他拒之门外苦守一夜的也是她，可是当他真的把她当作陌路人的时候，她才发现被冷落无视的感觉这般不是滋味。

若是在以往，她受了伤，他定会过来小心翼翼地给她包扎，还像小孩子一样给她吹吹，看着伤口念咒语般道：“不疼！”

哪怕是几天不见，他也会对她笑得春花烂漫，飞跑过来抱着她，一副小狗模样，磨磨蹭蹭，亲昵得不得了。

不论她在哪里，家中、会同四夷馆、兵部衙门、郊外秘院，他都能寻得去，就为了同她见上一面。

可他一整晚都没有出现。

他怎么会不知道她在会同四夷馆？

两年半了。两年半不见，他过去再喜欢她，这感情也难免渐渐转淡，更何况是在她断了他的念想之后。

她咀嚼着燕柔围场上他拎起她时说的那短短一句话，竟觉得若即若离、捉摸不透。

可若是换了别人，他也会这样指责吧？

抓着她的衣服救她起身，疏离得似例行公事。他称呼她“那位大人”，莫名其妙打了一架之后头也不回地走了，看都没多看她一眼。

关外，鸾郡主问他海红豆去了哪里，他说“丢了”，他说他无牵无挂，没什么可留恋的人。

他果然已经不再把她放在心坎儿上了。

左钧直一路失魂落魄地走回家，突然看到前面大路上横七竖八地躺了好些人，各自抱了被子，却也都不是什么乞丐。

左钧直定睛一看，发现自己竟不知不觉走到了括羽御赐宅邸的那条路上。那宅子甚大，却无匾额，大约算是京中独一无二。也是，括羽无姓，那宅门上能题什么？

那些人正是睡在括羽宅子的门口，当真邪门。

左钧直心中跳了一跳，虽不知是怎么回事，但走夜路时稀奇古怪的事儿她也没少碰见过，眼下她一个孤身女子，还是绕道而行比较稳妥。

旁边的路是个清静许多的小巷子，稀疏的几个灯笼洒下昏黄光线来，松槐株株，影影绰绰。

槐字半为鬼。左钧直贴着墙匆匆而行，只想快点离开，低头快走了几步，面前突然对上四只马蹄。

年轻男子的清越声音在头顶上响起，空气中弥漫了浅淡酒香。

“你怎么在这里？”

真……真是见到鬼了！他放着自家大门不进，怎的要走后门？左钧直有些慌乱地抬起头来，却仍是不敢仰首直视他的眼睛。

锦衣鸾带，身如芝兰玉树。他骑在马上漫不经心地随着马儿的步子轻晃，语气带了慵懒和笑意。果然已经不是曾经的常胜，而是贵族子弟的意味了。

这才是他本来的面目吗？

各种传闻中，都说他“鲜衣怒马”“华服锦绣”，原来就是这副模样儿。试想他十岁入宫，身边不是皇室，就是“八英”。虽然无亲无故，亦无贵族血统，然而二帝宠幸之下，未必不是皇子王孙般的待遇。

她呢？

不过一个住在南城平民区的被逐出宗谱的平凡女子罢了。

她垂下头，平复了翻涌的心绪，淡然道：“回家。路过。”

她抬步，绕过他前行。那马儿随着她悠悠踱步，依然横在她面前。

“你回家，好像不是走这条路。”

他依然在笑，在她耳中恍如嘲讽一般。

是，是她自作多情了。她心中忽然郁怒起来，言语间便忍不住带了刺：“我想走哪条路就走哪条路，括羽大将军连这也要管？”特意加重了“括羽大将军”这五个字，听来振振有词，却掩饰不住那薄薄一层自尊下的虚弱。她自小觉得说话要以理服人，此刻却浑然不觉得自己说的这话有多任性、多尖酸，倒像是在冲他撒气一般。

她听到了一声轻笑。衣袂划出一个优美的弧线，他翻身下马，走到了她面前。

她双目微垂，自己的身量，只到他胸了。两年不见，他竟高大壮实了这么多。扑面而来的浓郁酒香和男子气息令她烦躁不安，她想要抗拒，却陷在他的阴影中无处可逃。

下巴被握住扳了起来。他的手指修长有力，铁钳一般令她挣扎不开。

今日自见到他，她就一直没敢直视他的眼睛，这时被他迫得看他，越发地心虚。

仍然是挺秀端直的眉，眸中的两簇烈焰却是从未见过的，令她觉得莫名害怕。以往的常胜，是乖巧的、紧跟在她身后唯她是从的。她真真切切地感受到眼前这人是括羽，是野狼括羽，她在他面前，柔弱怯懦得像一只绵羊。

她强打精神道：“你喝醉了。”

他置若罔闻，只是捏着她的脸深深地看进她的眼里去，仿佛要将她穿透。“你来，是因为想我。”

左钧直猛然挣扎起来，像一头暴烈的小兽，他果然松了手。她的头用力向后挣去，在撞上墙的那一霎，被他伸手垫住。

靠得近了，便闻到他身上除了酒味，还有脂粉香气。

不知为何，她以前常见刘徽依红偎翠，并不觉得有多不可忍受，可一想到括羽方才抱过其他的女人，心中便是一阵愤恨气苦。

她硬硬地咬牙说道：“是啊，是我有眼不识泰山，是我自作多情。我不该走这条路，碍着将军大人进门了。”

她拔腿便走，两腕却被突兀制住反扣在背，整个人被紧紧抵上砖墙，粗糙坚硬的砂壁磨得她痛哼一声，那声方出了一半便被压在了嗓眼里。炽热的气息席卷而来，几令她窒息。

上一次他已经够蛮横，这一次更是如同烈火一般，非要将她一同焚尽方休。左钧直又惊又羞又怕，却无论如何挣扎不开、挣脱不得，只得任由他在她唇舌间肆虐。他发泄够了，方慢慢停下来，额头抵着她的额，鼻尖轻轻摩擦着她的小巧鼻尖，带出十分的缠绵情致。

左钧直听见他喃喃道：“……姐姐，我想你快要想疯了。”

她心口骤然一酸，僵硬抗拒的身子软了下来。这称呼，这语调，这怨慕，这转侧悠颤的尾音……还是她的常胜啊！

他放开了她的手，却揽着她的腰，轻车熟路地抽去她的束发短簪，令鸦发如瀑泻落一身，五指插入如云秀发之中，一下下轻柔梳弄。

恍然间时空穿梭，又回到那两小无猜的青涩岁月。他为她梳发簪髻，她为他振衣结带，踏雪寻梅，共祝烟花。那等静好时光，似水流深。她的一颗心渐渐化为绕指柔，怯怯然合抱住他的腰，含糊地叫了声“常胜”。

沉沉眉眼蓦地抬起，黑睫微颤，刹那间春林尽盛，春水漫生，春风十里春草深。

他忽地翻身上马，倾身将她掠上马鞍摆正坐好，一夹马腹驰出街巷。

两边灯火急速后退，马鬃大喇喇地刷过她的手背，左钧直惊喘道："你要带我去哪里？"

身后之人将她抱得紧些，似是怕她受冷，横臂护住她的纤细腰身，咬着她珠玉般的耳垂道："没人的地方。"

马蹄声消失在街角，几条人影从巷子另一头的大槐树下现出身来，一个个皆是不敢置信的神色。

却是除了虞少卿、叶轻和韦小钟之外的"八英"。

林玖结舌道："括羽他……他喜欢男人？"

莫飞飞拍了林玖一下："女扮男装。没瞧见那头发、那腰身……？啧啧，括羽的眼光还真不一般。"

林玖仍是一脸震惊："刚才那莫不是霸王硬上弓？"

陆挺之点点头，若有所思道："难怪之前在花楼上一个女人都不碰，还急着回来……"

莫飞飞摸着下巴，眯眼意味深长道："小野狼看来忍得很辛苦啊……"

几人兴奋地议论个不停，另二人却是望着人迹消失处，缄默中各怀心思。

段昶手掌在袖中握得死紧。他对那个纤秀身影太熟悉……括羽他怎敢……

左杭脸色森冷，原来……竟是如此。

晚风带着浮翠河的水汽，扑面轻寒。河边生着丛丛簇簇熟透的芦苇，芦絮飘飞，金黄苇叶微凝了白露，在风中轻轻摇晃。

左钧直呆呆地看着括羽寻了块石头将马拴了，回头向她展颜一笑，好似春暖煦阳，明朗澄澈一如过往。

她心中大跳，脸上不争气地发起烧来，不自在地别过头去。

他执了她的右手细细看了一番，问道："还疼不？"

不问则罢，一问，左钧直想起白日之事，又是万分委屈心伤，赌气道："疼！哪儿都疼！"

他低笑，拿着她的手在手心伤痕边上吻了一下，诚恳地诱哄："还有哪儿？让我亲亲就不疼了。"

不要脸！

左钧直满面飞红，飞速抽回手来，怒目瞪他，心尖儿却又酥又软，这怒意自然没有半点儿气势，反而还带出几分娇嗔的味道来。

"姐姐，"他凑过来，"你再这样看我我忍不住又想亲你。"

她的脑袋又轰的一声炸了，满脸血色似火灼烧，幸好是夜晚，想必看不大明亮。当下再不敢瞪他，慌慌张张后退了两步。

这人现在说话怎么这样儿！

还能再直白一些吗！

但是想想，他从来都是直白的，只是彼时她把他当弟弟看，也以为他只把她当姐姐看。

她从东瀛归来，他同她说，他好想她。他还说："你这模样真好看。"后来她问他想要什么样的媳妇儿，他说："你这样儿的。"

要说表白，他真是已经向她表白过无数次了。

大概再也没有像她这么傻的女人了。

不过他这回没有下手，收敛了笑意，道："括羽是一个老军师取的名字。可是义父和军中的叔伯们还是习惯叫我常胜。我也喜欢你叫我常胜。姐姐，我知道你肯定介意我瞒你。还记得我当时问你喜不喜欢括羽吗？你说他太高高在上，只适合金枝玉叶，我当时就不敢告诉你了。我怕你从此就不理我了。"

左钧直低低道："我知道。"在西域，她听女帝提起过。罗晋收养了括羽之后，接连四十三战无一败绩，军中皆以为括羽乃是天赐吉祥，视之若宝，呼之常胜。

“我去了关外，却还是忘不了你。我总想，你在做什么呢？是不是和刘徽在一起吃饭、说笑、画画写字？是不是你已经有了他的孩子？我胡乱地想着，痛苦得不得了，一夜夜地睡不着觉，只好发了疯似的去打仗。我觉得挨上一刀，都比想你要好受些。就这样过了两年多，我停不下来。哪一天不打仗，我就会想到你，想得发狂。

“回来后没敢去找你。我真害怕看到你和别人在一起的模样。我也不敢问起你。直到今天来了围场，才知道你没有嫁人，而是去了西域。你不知道我当时有多高兴。若非皇上不让，我真恨不得立马就去找你。

“猎场上见到你，我知道你心里是想着我的。可是我也听说……我只能装作不认识你。可我当时真恨不能把你劫走，让你服服帖帖地跟了我，再不分开。结果射猎完了又被他们拉去喝酒……我想着早些回来换了衣服去寻你，结果你自己来了。

“姐姐，不管我是常胜还是括羽，对你都是真心，你要不要我？

“我如今有了官位，有了宅子，有了俸禄，养得起你和左伯父，可以光明正大地娶你做妻子，你要不要我？”

她已经无声地哭得说不出话来。

“不说话？那就是要咯？”他笑，上前一步，拥她入怀。

左钧直顽固地推拒着他，抽抽噎噎道：“你不是有鸾郡主吗？不是有那么多大小姐吗？不是有那么多姑娘投怀送抱吗？缠着我这个又老又丑的做什么！”

括羽扑哧笑了声，偏头在她白嫩颈侧轻咬了口：“你老？”在她颤睫抽气之时，又轻啄了下她方才被咬得鲜艳欲滴的唇，“你丑？”趁她松了手劲，钩紧了她的腰肢，笑得眉眼弯弯，“哦，你还想听我说情话？”

左钧直大窘：“我才没有……”

“那亲我下。”

“……”左钧直几乎觉得自己听错了，这哪儿跟哪儿呀！还要求得这么理直气壮！

“亲嘛……”

又……又开始耍赖了……

他竟……他竟还可怜兮兮地摆了两下，自己把半边脸送到了她嘴边。

算了，反正是脸……左钧直眼一闭，心一横，亲了上去。

不料触唇处竟是湿软温润的触感，她惊得睁眼，明秀双眸笑意盈盈满溢，果然又被他骗了！

第五章 风雨欲来

东北、西域相继平定，朝野上下好生热闹了一两个月。北伐有功之人封将封侯，风光无限。待这一阵熙攘劲儿过去，人们才渐渐想起左钧直这个人来。

定西域，安七卫，虽不似北伐那般声势浩大，却也是居功甚伟。当时提前回京的其他使臣俱得升官重赏，唯独左钧直回来之后吏部那边一直没有什么动静，尽在忙碌北征军的事情。

当初让左钧直去时，大多数人都不过是想找个人推出去，至于这件棘手的事情能不能办成，谁也不曾对左钧直有过什么期望。

可是这人竟成功了。

回到兵部之后一个多月，她仍是不声不响地做本职之事，仿佛并不曾经历过什么。

她自己不曾索要，也没有人愿意去提。毕竟她已经官至四品，再上，似乎就有些过分了。于是朝中众官心照不宣，全都绝口不谈及此事。

直到有一天，一名小言官提议封赏左钧直。

皇帝令吏部定夺，吏部纠结了五天，结论是：该赏。

吏部的立场很明显：赏可以，提拔，还是再等等吧。

皇帝见到吏部的折子没说什么，却下了道旨意，加左钧直太子谕德一职。

一石激起千层浪。

太子谕德是什么官儿？

这官儿品秩不高，然而执掌对皇太子教谕道德、随事讽谏，说白了，也就是陪皇太子聊天的。

皇帝的意思也很明显：你们既然不同意拔擢，那就算了，兼个小官儿总行吧？

但是大臣们慌了，这个太子谕德，可比加官晋爵还要命啊！

皇太子是未来的皇帝，朝中现在谁不知道太子极喜欢这个左钧直？可是再喜欢，东宫好歹是由太子三师来教。现在把左钧直送去做太子谕德，教太子做人处事，这样会把太子教成什么样子？以后只怕太子会对左钧直偏听偏信，待登基后，就是左钧直一手遮天了！

这叫人如何能忍？！如何能忍？！

请求皇帝收回成命的折子潮水般涌去，皇帝一概置之不理。

此路不通，拐个弯吧。一时间，关于左钧直的各种风言风语又飞了满天。

说得文雅点的：谄媚逢迎，希意谀上。

说得不堪点的：以身侍君。

但是这些大多是强加之词，无奈左钧直确实持身甚正，真正拿得出手的证据，几乎没有。

朝政风波正盛的时候，左钧直却是白天上衙门，晚上遛大街。自然，是和常胜和长生。

那天晚上，括羽送她回家，末了竟又赖着不走，她自然不同意。然而在括羽委屈地告知她自己有家不能回的原因之后，她又心软了。

原来现在括羽走在路上，随时都会被围追堵截。

都是认亲的。

那些人常常在路上突然扑出来拦了马，呼天抢地："我的儿啊！丢了这么多年，为娘（爹）终于找到你了……"

有生猛的扯坏了好几件他的官服，以致他现在都在里面穿一件扯不坏的绰影，以致御衣监都得凄苦地连夜给他赶制上朝的朝服。他甚过意不去，给了那些绣女不少银子，还赔了许多笑。

真是忽如一夜春风来，千树万树"爹妈"开。那些人白天拦，晚上就睡在他宅子门口，所以他只敢偷偷摸摸走后门回去。

更狠的还有年轻女子抱着刚出生的婴儿来说这是他儿子，要滴血认亲。

括羽甚苦恼。后来他命下人一个个去找那些认亲之人询问丢子的前因后果，然而最后记下来的说辞，没有一个和他是完全相符的。

括羽说着说着便在她身边睡着了。浓密细长的睫毛小扇子般盖在微青的眼睑上，嘴角微翘，睡颜仍带着三分稚气，半边脸偎在她的掌心里，如乖乖的小狗儿一般。他呼吸均匀平顺，睡得极沉。左钧直知道他真的是累了，痴痴地看了许久，觉得心疼。她提心吊胆地一只手解去他的腰带，除去他的外衣，难免不触到他匀实有力的身躯，猛然间想起铁岭冰潭见到的……登时不敢再想，满脸发烧。好在他只是轻嗯了两声，嘟哝了句"姐姐"，终究是没有被惊醒。褪去了他的袍子，左钧直已经是一身汗。

左钧直给他盖好了被子，吹灭了灯，借着月色看他的脸，又想起他的身世来。第一次听说的时候，她便觉得他无父无母，好生可怜，现在看着他睡熟了孩子气的模样，越发想要好好地去疼惜他。

他当是很想很想找到自己的亲生父母吧？否则不会那么有耐心地对待来寻亲的每一个人。

括羽，括羽，你一定能找到自己的爹娘，寻回自己的名字的。

便是找不到，你也再不会孤独无亲。

我会一直和你在一起，一直，永远。

十一月下旬的旬休，括羽死缠了左钧直去他的宅子。

将近中午，方进里头的院子，便听见一阵鸡飞狗跳之声，黄澄澄的明德小崽子抱了只肥嘟嘟的芦花鸡向她扑来。

“姐姐，我要吃三杯鸡！”

在西域，食材、作料不多，她就着一杯米酒、一杯猪油、一杯酱油做了以前游历途中学会的三杯鸡给明德吃，明德大爱，回来了竟还在念叨。

后面慢条斯理走出来的括羽将明德提到和他平齐，挑眉道：“你叫我叔叔，却叫她姐姐，这样不对。”

明德压住怀中咕咕直叫的芦花鸡，好奇地问道：“为什么？”

括羽道：“她是我老婆，你应该叫她婶婶。”

明德瞪大了眼睛。左钧直剜了括羽一眼：“你胡说什么呀！”

明德争辩道：“才不是！她是本太子的太子妃！”

左钧直嗡的一声头大了，夺过明德抱着的芦花鸡，道：“我去烧菜！”她狼狈而逃，留下括羽和明德两人彼此毫不让步地大眼瞪小眼。

括羽凶巴巴地看着明德：“为什么要她做太子妃？”

明德毫不示弱地瞪回他：“太子妃可以抱着睡！”

括羽差点一口老血喷出来：“你这么个小不丁，抱你母后去啊！”

“母后只会抱皇妹……”明德小凤眸中盛满忧伤，“姐姐香香软软，可是回来后就不能和姐姐一起睡了……”

“……”

括羽悲愤万分，把明德丢给地上那只油光水亮、威风八面的大黑狗：“和昌盛先玩会儿！我去烧个火！”

左钧直刚把厨房中的那些厨子请出去，拿了把菜刀，身后便伸出两只胳膊来将她拦腰抱住。

括羽头埋在她的肩上，幽幽怨怨道：“姐姐不疼爱我……”

左钧直无奈地丢下菜刀，转身抗辩道：“我明明就……”

括羽无辜地打断她：“你同别人睡都不同我睡……”

虽然这些日子已经被他赤裸裸的无耻言语练得脸皮厚了许多，左钧直还是成功被这句话窘得面如火烧，使劲儿推着他道：“这能一样吗？……”

冷不防腰上一痒，他的手水蛇般顺着腰线滑了上去，寻着背后的束胸带子利落地一拉——

裹胸的柔软棉布掉了下来。

左钧直大惊失色，却被他紧箍着双臂和腰肢动弹不得。她厉色骂道：“你敢……”

又被堵得说不出话来。那只手滑到了前面……他真敢！

左钧直拧着细淡秀眉，咬唇忍着他越来越不老实的手，只恨力气悬殊，只能任他宰割。这一时方明了那等又爱又恨的感觉是怎么一回事。

括羽眸中扬澜，低头在她耳边哑声道：“姐姐，我想看你穿女装……”

下午将明德太子送回宫中，括羽便拖了左钧直出去买女装。左钧直拗不过他，别别扭扭地去了。那些绸缎庄的老板老板娘见括羽带了个容貌平平的年轻男子来买衣裙，惊得一个个下巴都要掉下来了。

老板老板娘：“括、括羽大人，敢问这是给谁挑衣服啊？”

左钧直心虚道：“在下家中的小九妹。”

括羽面无表情说：“我娘子。”

老板老板娘：“哦！懂了！懂了！”

左钧直越发心虚。所有店家都以好奇的目光打量着她，胆大的甚至直接问出来：“敢问这位公子府上何方？”

他们只差叫出来：“什么？括羽要成亲了？新娘子不是郡主？！”

左钧直只是讪讪地笑着推托。一来不想说；二来，难不成她要说她是左家的？她和她爹爹，早就不在左氏宗谱之上了。

收获极丰。都是左钧直和括羽强行付钱，那些老板还争抢着拿别的衣裳布料往他们手里塞。毕竟，括羽的娘子穿了他们的衣服，那可就是活招牌啊！

左钧直瞧着括羽那张桃花招招不绝的脸，叹道："真是祸水，怎么办？"

括羽含情脉脉地朝她卖了一笑："淹死你一个就够了。"

二人正说说笑笑，争论晚上吃什么好，后面匆匆追过来一个人，将左钧直拽了一个趔趄。

"钧直！果然是你！"

左钧直见是寿佺，奇道："偓仙兄何事这么着急？"

括羽亦转过身来，脸色颇有些不和气。

寿佺见到括羽，很是吃了一惊，却仍拉着左钧直不放，急急道：

"钧直，我听说明儿御史台那边要奏你一本，弹劾你欺君罔上、里通外国之大罪！"

如晴空中响起一道霹雳，左钧直惊得身子晃了两晃，强作镇定道："这是从何说起？"

寿佺道焦虑道："我亦不信，但，钧直你告诉我，你是否真如那折子里所说，你是癫语生，亦是……亦是……女子之身？"

左钧直默然。括羽冷眉道："寿大人，休要信这些道听途说。"

寿佺道："这也不知是谁放出来的消息，说今天大理寺突然提审了几名三绝书局的人，皆供出钧直你就是那癫语生，手稿俱全，证据确凿。那御史台折子中还说你暗通北齐皇室之人，有叛国之嫌。"

左钧直这时反而冷静下来。之前那么多人弹劾她，没什么证据，大多如隔靴搔痒一般，然而这次，却都正中要害。且不说指摘她写风月道德败坏，光女扮男装致仕一项，便足以定她死罪。若再扣上里通外国这顶大帽子，天王老子都没办法帮她翻身。

左钧直淡淡地笑了笑，向寿佺道："事已至此，我也不想再瞒偓仙兄。那折子里说的，都是真的。"

寿佺惊不可抑，连连退了几步，定神道："你……"他方要抬手，又颤抖着落下，"那你现在赶紧离京！"

左钧直摇头一叹："这些事情，皇上都知道。我的生死，一早就捏在皇上手中。"

括羽暗中碎咬银牙，这一事，他十二岁在文渊阁重逢左钧直时便知。他暗暗护她至今，本想先斩后奏提请皇上赐婚，没想到那群不明就里的大臣竟提前下了手。

如履薄冰走到今日，他岂会再放手？

括羽握了左钧直的手，紧了紧她冰凉的四指，低眉冷声道："不在皇上手中，在我手中。"

声音压得很低，却极笃定，一字一字重重打在她心上。

他竟是……竟是肯为了她与天下人甚至皇上作对吗？

她定定地仰头看着括羽，眸中有水色波光。

纵然寿佺觉得一切都那么不可思议，但此情此景，亦无须再多解释。

他曾在繁楼发下豪言，一定要收了那癫语生。可左钧直在他身边这么久，他竟一直没有想到她就是癫语生。

不过便是知道，也都是枉然。

寿佺向括羽深施一礼："钧直是不世之奇女子，希望括羽大人能好好珍惜，保她渡过此难。"

括羽亦郑重还礼："多谢寿大人告知消息。"

天光渐隐，人声渐稀。

左钧直闭目窝在括羽怀中，一声声缓慢而有力的心跳令她沉溺，然而心底莫名而生的忧虑，又令她更紧地向他靠了靠。

括羽轻吻她额际，柔声安慰道："莫怕。皇上铁腕你也是知道的。

只要他心中不想，就算群臣跪谏，又有何用？”

左钧直叹道：“我就怕……就怕他不杀我，但……”

括羽自然明了她所指为何，笑道：“那我只能带你私奔了。”

左钧直捶他的肩：“你还开玩笑！”

括羽正色道：“我是说真的。只要云中君不出手，这世上已经无人拦得住我。”

左钧直暗吃了一惊。括羽素来不是自傲的人，他这么说，当是不假。可是她还有爹爹和倏倏，哪有那么容易一走了之呢？

事到如今，也只能走一步，看一步了。

次日骤冷，铅灰色的浓云低垂中天，阴沉沉的，看不到一丝阳光。

这样的天气让左钧直越发有不祥的感觉。然而她在兵部衙门坐了一天，除了昔日的那些同僚突然对她避而远之，并没有什么三法司的人来缉拿她。

从那些同僚的窃窃私语中，她知道今日的早朝可称是波澜起伏。

写出那个折子的御史名叫屈问，向来以古时清高耿直的名臣屈大夫的后代自居，在朝中也是出了名的言辞辛辣、不近人情。

他那个折子旁征博引，朝堂之上更是慷慨陈词，说她“狐媚惑主、混淆朝纲”。一众朝臣争相附和，涕泪皆下，请求皇帝下旨捉拿左钧直归案，验明真身。

皇帝冷面以对，竟有一炷香的时间冷冰冰地盯着丹墀之下的文武百官，一言不发，整个大殿的气氛如结了冰一般。

这时，之前提议封赏左钧直的那名言官亦呈上了一个折子——是寿佺会同各部一批平素与左钧直交好的年轻臣子联名所写，文辞恳切，历数左钧直自入会同四夷馆以来的诸般功绩。落款之中，竟有段昶和已经在家中养老的凌岱泯。

两派朝臣唇枪舌剑，最后还是首辅姜离说了句话：

“来年祝文何人作？”

此话一出，众皆噤声。

已近年底，皇室宗庙、天地社稷祭祀诸事又至。那等华丽浩瀚之骈俪辞章是祭祀中极其重要的一环，而行文奇难，绝非凡人能作。若非博览群书，将三坟五典、八索九丘这些极为艰深的上古典籍烂熟于心，又兼灵犀天成，鲜有人能写出这种辞章。

许多文臣前仆后继，习练这一堪比屠龙之术的本事，然而能得帝者心的，少之又少。自女帝立国以来，先后只有两个人写过：左相和凌岱泯。而凌岱泯三年前年老体衰还家之后，便推荐了左钧直。

所以眼下如果治了左钧直的罪，临时又找不到合适的祝文人选，那便是对神灵和祖宗的大不敬。

这个罪名，谁都担不起。

于是一场朝会不欢而散。拜祝文所赐，她左钧直还能再苟延残喘些日子。

左钧直心神不宁地回了家，被刀子似的寒风吹得瑟瑟。

大门上竟上着锁。这么冷的天，爹爹和翛翛上哪里去了？她摸出钥匙正要开门，长生突然从街道一头低吠着狂奔过来，咬着她的官袍便往东边拉。

左钧直隐约觉得事情不妙，到了大街上叫了辆马车，追着长生一路往东城而去。

分明是往左府去的方向。左相的生辰还有一个多月，爹爹和翛翛去左府作甚？

远远见着翛翛在左府大门之外焦急地走来走去，时而向大门之内望去，却被几个家丁粗鲁地挡在外面。

左钧直跳下车，快步过去，叫了声：“翛翛娘！”

翛翛看见左钧直，双目溢泪，抱着她泣道：“钧直……你快去看看……

我怕他们在对载言用家法啊……”

左钧直心中咯噔一声，左家早不找爹爹的麻烦，晚不找爹爹的麻烦，偏偏就在今天，只怕是冲着她来的。

“载言身子不好，怎么能受得起家法？……”

倏倏泪如雨下，哭得几乎喘不过气来。左钧直心知左家是无论如何不会让倏倏进左家的大门，纵然倏倏平日里以一副泼辣性子在外面将爹爹护得死死的，但是左家毕竟势大，将爹爹掠进府中，倏倏束手无策。

她咬牙道：“倏倏娘，不要担心。你和长生在这里等着，我去把爹爹带出来。我现下好歹还是朝廷命官，他们也不敢奈我何。”

左钧直一路入府，无人阻拦。她直抵中庭，但见偌大庭院之中，笔直地跪着一人。

凛冽北风吹起几片黄中带黑的枯叶，贴在那月白色的清萧背影上，愈显孤介。

左钧直正要飞奔过去，斜刺里冲出几个家丁，将她摁倒跪在地上。

“剥了她的公服。”

苍老的声音突兀地响起，充满了威严，无情而冷漠。

左钧直并不多做无谓的挣扎，任由那些家丁扯落了她的素金腰带、云雁官袍，束发簪亦被折断，一头长发飞瀑般直泻于地。

左钧直双手撑地，昂首笑道：“相爷好气魄！”

声音清澈如寒泉流石，是正正经经的女子声音。那样一副平凡样貌，配上这清越如金石般的声音，刹那间竟现出些别样的动人灵韵来。

太常侍卿左载贤、户部右侍郎左载道、大理寺丞左载文、翰林院侍讲学士左载礼此前都听过她说话，虽不浑厚，总归是男子声音。这时候听见左钧直现了女声，一个个都吃了一惊。

没想到左钧直真是个女子。

“此子相殊，乃是‘红颜劫’，一生将养于女子之手。”

一语成谶！

左钧直能扮这么久的男子，委实也是多亏了她的控声之能。

白度母夫人很早便发现她禀赋特异，模仿自己身边几名异族亲卫的声音模仿得惟妙惟肖，便觉得她该是很会唱歌。一个女孩子，便是长得不那么美，但嗓子好，唱曲儿莺歌儿般，必然还是会招男子喜欢的。于是白度母夫人请了个师傅来教左钧直唱歌。

没想到左钧直虽然聪明，在唱曲儿上却提不起半点兴趣，反而独辟蹊径，学会了一套控声之法。

男子、老妪、孩童、阉人……各种人的声音，只要她听过，便能学会。

这也使得她能把夷族语言和各地方言学得地地道道，不差分毫。

左相拄着一根金丝楠木的虬龙拐，须发皆白，端肃面容上自有一股不容侵犯的气势。这是数十年朝堂沉浮的积淀，这威严容不得任何人的挑战，便是皇帝，也得敬他三分。

这左钧直，好生放肆！

左氏四兄弟及左杭、左承焕等小辈全都聚齐了，垂首按次序立于左相身后两侧。

在左相面前，无人敢随意发声半句。

大风呼啸，灌进左钧直的领子里，是彻骨而干燥的冷。乌墨般的长发被卷起来拂在她冻得苍白的脸上，双目明亮坦然，星子似的嵌在清淡如烟的远山眉之下。有些左家人被她看得不自在起来，别过脸去，眼前却仍浮着她那双傲然无畏的眸子。

“就算我是个女子，皇上一日不下旨，我就一日还是四品朝廷命官。相爷今日褫夺我这一身天授衣冠，置皇上与法度于何处？”

左相冷冷一笑：“无耻孽种！左家出了你这欺君罔上、无视礼教朝纲之逆女，是老身无德，是左家之耻！别以为皇上对你有私情，老身便奈何你不得。祝文？别忘了老身也是写过十年的！”手杖猛地在庭院青砖上一拄，厉声喝道，“打！打死为止！”

左载言方才一直默然，骤闻此言，清瘦身躯猛烈地晃了一晃，膝行向前，额头重重叩在青石地面上，艰难道：“父亲，一直都是儿子不孝，您要打便打死我吧！”

左相抬手一杖抽在左载言背上，又重又狠，带着恨铁不成钢的悲愤之意。左载言被抽得险些仆倒，手腕拄在地上，擦出几道血痕。他颤抖着摇晃了两下，又立直了身子。

“父亲要打死钧直，我便先死在父亲面前。”

他说得淡淡，却突然以头抢地。旁边左杭出手如电，拦住了左载言。

左相喉中哽咽，浑浊眼中现出泪光，大骂道：“你这逆子！怎么直到今日还执迷不悟！你真是非要气死我方休吗！”

这时只听得啪的一声裂帛之声，左钧直腰背上登时现出一道极长的殷红血痕，五指深深抠进地上石缝，身颤气喘，却依旧顽强地抬起头来，辛辣地斥责道：“姓左乃是我左钧直之耻！大楚裂国，江北左家降于北齐，苟且偷生，何如江南左家孤忠赴难、以身殉国！左氏留存至今，一门软骨！

“我父与母真心相爱，情深意重，奈何你食古不化，重名誉而轻人情！

“我父为韩奉所陷，你们身居高位，本能令他幸免于难，孰料你们竟胆小如鼠，只知明哲保身，置父子之情、兄弟之义于不顾，令人心寒！”

左相气得浑身发抖：“打！往死里打！打死这个大逆不道的孽畜！”

左载言眼看着一鞭鞭夺命般落上左钧直的背，带起片片碎衣和血，疯了般地挣扎，两个家丁按不住他，又跑来两三个才将他死死制住。

左钧直浑身俱被鲜血和汗水浸透，牙齿咬得咯咯作响，仍是一脸轻蔑的笑意：“……你们是害怕！害怕我真被定了罪，轻则毁了你们左家几百年的嘉誉，重则株连你们满门！可是我入朝之前早已与皇上言明，我左钧直，与你们左家没有半分干系。我荣，非你们左家之荣；我辱，非你们左家之辱！”

她痛骂不止，不叫疼更不求饶，直到十几鞭后，声气才渐渐弱下去。

左载言眼睁睁看着左钧直被鞭至晕厥，眼看就要殒命，痛彻心扉，面色灰颓，几如死人。

左家一门百余人，竟无一人为左钧直求情半句。

苍茫干冷的天地间，只听得见一声一声的鞭挞脆响。

高风逆过，黑瓦白砖之上红影乍现，飞掠庭中，手起处鞭梢在握，但闻脆生生的一响，长鞭寸寸断裂。

括羽长衣一振，身如修竹，凛然立于庭中。

朝服未更，锦绣灿然。众人微怔，括羽自下朝之后便被皇帝单独召见，一直不曾出勤政殿，观此装束，该是从宫中直接过来。

左杭隐隐有些明白是怎么一回事，向前一步，道："括羽，这是我家家事，你勿要插手！"

括羽眉目生寒，单手轻扬，天蚕丝破风而出，将左载言的轮椅牵引至身侧。

行至左载言前面，他凉声道："放开。"

几名家丁面有惧色，畏畏缩缩地退后几步。一名家丁犹要抗拒，不料被他捏住手腕稍一迫力，但闻家丁鬼哭狼嚎，手臂上白骨刺出。

左杭一步拦在括羽面前，愠道："括羽，莫为了一个女人闹得兄弟反目！"

括羽径直绕过他抱了左载言放到轮椅上，又向昏迷在地的左钧直行去，却被左杭拔剑抵胸："我祖父、叔伯俱在此处，岂容你蛮横撒野！"

括羽二指夹着剑尖缓缓拨开，眉峰如聚，望向漠漠暮色，叹道："八哥，若我不顾念兄弟情义，蛮横撒野，此处早被夷为平地了。"

左家险些鞭死左钧直的事情并未被左家传扬出去，左钧直亦只是告病，未向兵部言及详情。

括羽不再避讳，日日下朝后过来照顾左钧直。翛翛和左载言至此方知他的身份，但仍视他为昔日常胜。翛翛早将他当作半子，便每每特意避开，让他二人独处。

左钧直伏在榻上，抑郁无比："倘若将来留下伤疤……"

括羽见她死里逃生，虽身有剧痛，却还在关心将来会不会留下疤痕，不由得又好气又心疼，安慰道："我这药妙得很，不会留疤的。我小时候也经常被打，现在也没疤痕呀，你要不要看看？"说着作势要解衣给她看。

这人三句话中总有一句不正经，左钧直微红着脸啐他，想了想，忽然又脸色晕红。

括羽见她玉白秀颜忽生春色，如珠玉生辉，不由得垂涎三尺，险些又化身野狼，却顾念着她的伤势，不敢造次。拉着她柔若无骨的手磨了磨白生生的狼牙，逼供道："你肯定想龌龊的事情了，快告诉我！"

左钧直害羞不说，括羽便伸出狼爪做出要图谋不轨的模样，左钧直被唬了几唬，终于吞吞吐吐地讲了铁岭冰潭之事。

括羽一脸猖狂狞笑："原来如此，为了公平起见……"

左钧直拍落他一刻也安分不下来的爪子，气鼓鼓道："你当时竟敢轰我走！还说什么红豆丢了、无牵无挂之类的鬼话！"

括羽从她脖颈上一点一点抽出一根细长的红绳，细腻微妙的摩擦痒得左钧直有些不禁，她微微蹙眉眯眼，柔白生嫩的眼皮层层折起，叠出精致缠绵的纹路，媚色天成。这些模样在她端方严肃时半点见不到，括羽看得有些动情。借着那莹润红豆上她胸前的暖意温香，他半咬了这相思子，捏着她的尖瘦下巴迫开她的檀口送了进去。

左钧直早忘了之前还在气他，徒劳无功地摆头躲避他无穷无尽的吻咬，问道："那日皇上同你说了什么？"

括羽停下了动作，躺倒在床上，懒懒道："他很生气。我求他赐婚，被拒绝了。"

左钧直默然了许久，方道：“我不知道他是怎么想的。”

括羽抚着她的面颊：“知道如何？不知道又如何？”他凑过去，闭眼吻了吻她，再睁开时，眸中俱是凶狠霸道，“你是我的。”

左钧直辗转想着各种事情，愈是想着括羽，愈是患得患失，过了一会儿，眼中竟现出泪来：“我是个不祥的人，谁同我一起都没有好下场……我才和你一起几日，便害得你得罪了皇上，和左杭反目……我都不知道还能活几日……你前程似锦，还是……还是……”

括羽黑着脸给她抹泪，教训道：“瞎说什么呢！再说这种话，信不信我不管你有没有伤，直接现在和你洞房花烛了！”

左钧直被这话呛得大咳起来，括羽帮她顺了顺气，倒了杯茶，发现已经凉了，便揉揉她的发顶，道：“我去烧些水，你先休息休息。”

左钧直忙不迭地点头。

闭了眼没多久，感觉身旁有人靠近过来，左钧直懒洋洋道：“这么快就烧好了？”

脖子忽然一凉，传来锐利疼痛。

是一把刀。

刀刃迫在她项上，却没有再深入。

那人亦没有说话，仿佛是在静静地等待。

握在刀柄上的是一只女人的手，约莫二三十岁年纪。

左钧直心念倏转时，括羽的声音已经强压着怒意响起：“阴魂不散啊齐贼，你敢动一动她我将你碎尸万段。”

左钧直被那女子半翻过来压制在身前，看不见她的脸，却猜到她就是铁岭冰潭边跟踪括羽的那个北齐女子。

这女子竟然追入了郢京，竟能在括羽眼皮底下潜入她房中，显然身手不是一般。

难道是要拿她来要挟括羽吗？想着她便一阵心乱。

女人的声音仍然很平静，不疾不徐："放心，我不会伤害她。我只想和你好好谈一谈。铁岭之后，我仍在找你，没想到你竟下令全军排查，严防奸细，我没办法再接近你的营帐。"

括羽眉凛目厉，单手拉过一把椅子砰地放在正中，一撩衣袍刚正笔挺地坐了下来。

"讲！"

女子似是斟酌了一番："我刚从南越回来。"

括羽冷冷地看着她。

左钧直看见身前女子纤手轻抬，一枚玲珑箭状小木垂了下来，通体湛红，浓醇如丹砂，两枚轻盈翎羽洁白如雪，在空中柔柔摇曳。

括羽眼下已是林中野豹一触即发的暴怒姿态，目中发赤，一字一字咬着牙道："你竟然掘我义父的墓！"

左钧直暗惊，想必这就是传言中括羽被捡到时手腕上的那枚小箭吮指。他未带入京中，应该是将这物事作为心意与罗晋一同下葬了。

这女人竟敢去掘罗晋的墓，此行怎能不令人目眦欲裂！

女子扬手，朱红小箭划出一道优美的弧线，落入括羽手中。她突然咯咯一笑，戾气极盛："我不但掘了他的墓，还鞭了他的尸骨。"

括羽霍然起身，女子眼疾手快，将刀在左钧直喉上一压："想让她活命，便听我说完。听完后，恐怕想要掘墓鞭尸的，会是你。"

一听她这句话，左钧直大骇。

方才这北齐女子拿出小箭时，她已经觉察到这和括羽的身世有关。

括羽是什么人都好，只是，千万、千万不要是北齐人。

她已经失去了刘徽。

她无论如何不能再失去括羽。

"楚人很傻，看到了这箭翎，便给你取名叫括羽，哈哈哈，真是可笑。他们不知道，你的真名，就在这箭中。

"赤木为朱，锐锋为镝。

“你的名字，叫朱镝。”

这是一个死人的名字。

这个名字曾是皇讳，是禁忌，如今世上，不会有重名。

她不会忘记，这个名字曾经被她在成百上千人之前亲口说出过。

“当今圣上一统天下，文治武功垂宪万世，独惜其杀戮心过重，手腕酷烈无情。北齐皇室三十八人，包括刚降生不久的幼子朱镝，一命未留。”

左钧直忽然觉得背上的伤剧烈地疼了起来，疼得她喘不过来气。随着那女子的缥缈声音，似有黑色大浪无情扑下，将她卷入无底的旋涡之中，十方之中，尽是绝望。

可是颈上的痛楚是那么清晰，无情地提醒她这并不是一场梦。

括羽缓缓摩挲着那枚小箭，平静道：“牵强附会，不足为信。”

女子笑道：“我找了三皇子你十多年，本来已经不再抱任何希望——直到在战场上看到你。”

“我不是你找的什么三皇子。你们现在还不死心，还想生造一个皇嗣来复国吗？打主意打到我头上来，未免也太嚣张了！”

女子并不反驳，却道：“是不是有人常说你生得和那妖女有几分相似？”

左钧直反应了一下，才明白过来她说的妖女，是指女帝。

京中一直有这样的流言，说他是女帝的私生子。可那些年女帝的行迹清清楚楚，根本没有孕育之迹象。

这也未免太巧合了。

茶楼酒馆中，常听闲人们感慨：“这括羽真是运气好，怎么就被罗晋捡了去，年纪轻轻，便从一介孤儿一飞冲天成一品朝官？”

这时总有人乜斜他们一眼，鄙夷道：“就凭阁下这副嘴脸，就算被罗大将军捡了，也不过是做个火头军。”

括羽生得太俊了，不加收敛时，更有一种与生俱来的天家贵气，若说他是个平民子弟，任谁也不相信。

“你父皇当年，确实做过很多荒唐事。最不该的一件，便是迷恋上了那个妖女。若非如此，何至于那么快国破家亡？

“你父皇娶的皇后和几个妃子，都多少和那个妖女有些干连。那妖女是凤仪刘氏的后代，你久住宫中，想必知道。所以你父皇立了凤仪刘氏的女子为后。后来有人自西蜀劫来一个美人献给你父皇。那个美人生得和那妖女有七分相似，一入宫便得专宠——与其说是宠幸，不如说是虐待。我当时十二岁，和我姐姐一起被派去服侍那名美人，也就是你的母妃。

“你的母妃是个可怜的女子，彼时年方十六，自己都还是个孩子，却不得不日日夜夜忍受你父皇的折磨。你父皇爱极了那妖女，却又恨极了那妖女，一腔恨意和爱意，全都发泄在你母妃身上。我们常见你父皇走后，你的母妃便是奄奄一息，遍体鳞伤。

“我们谁也没有想到，你母妃看似柔弱顺从，却一直在暗暗谋划逃走。她生下你，刚坐完月子，楚人便攻破了京城。你母妃便是在那时候趁乱带着你逃走了。那南楚妖女心狠手辣，下令屠尽齐国皇室。你父皇战死，所有妃嫔、皇子皇女、朱氏宗室，被戮杀殆尽。

“我姐姐，还有另外几名嬷嬷和太监，都是很普通的宫人，却在那个时候站了出来，想要保住你和你母妃的性命，给朱氏留下一支血脉。我姐姐扮作了你母妃的模样，一名嬷嬷抱来了她的亲孙子。我因为有武功，被护着逃了出去寻找你，其他人，全都英勇就义。

“这么多年，我一直都在找你。我想你的母妃可能会回西蜀，却没有想到她在出西川的时候就出了事，然而你竟被罗晋收养，带回了南越。”

“天下像太上皇的人，并非我一个。你讲这些事情，和我有半点干系？”

女子胸有成竹地一笑，道：“那便说些实在的。你可是足踏七星？

两只手，可是十个斗纹，都是断掌？”

这些细节，左钧直真的从未注意过。她虚弱地望向括羽，希望得到他的否认。

然而她清清楚楚地看到，括羽的脸色，变了。

“你未必不可以买通熟悉我的人，得知这些。”

括羽仍试图否认，却远不如之前坚决。

“我在南越是买通了一些人，打听你的消息。可是我听说，你自小虽然性子活泼，和谁都可以混得很熟，却非常不喜欢别人碰你。你五岁时，有一个五虎将的草包儿子醉酒后对你拉拉扯扯，被你拿箭射穿了手掌。所以我说的这些，别人知不知道，你自己心里最清楚。”

屋中静得一根针落地的声音都能听见。

左钧直看见括羽浓密细长的眼睫轻轻颤动，似一只蝴蝶突然飞得疲倦，颓然合上了翅膀。她心如刀割，颤声唤道：“常胜……”

女子放开了左钧直，走到括羽面前，忽地双膝跪地，双手呈上那把锋利的刀。

“三皇子，去杀了明严，杀了他的儿女。他的母亲，杀死了你的爹娘兄姐；他让你的手，沾满了自己母国子民的鲜血。”

括羽仓皇地起身后退，带翻了身后的椅子。他看着女子手中的刀，眼中流露出从未有过的迷惘和恐惧，仿佛那是洪水猛兽，是要吞噬他的巨口，是火烫的烙铁。

女子毫不容让，手捧利刃一步步地膝行紧逼过去。

“三皇子，二十载认贼作父、为虎作伥，该醒悟了！不报此仇，你有何颜面去面对九泉之下的列祖列宗？你怎么对得起那无数为你而死和死在你手下的臣民？”

这女子想必经历过许多苦难，灰色简袍之下身躯清癯，肩骨、手腕锐骨嶙峋，脸庞也是瘦得可怕。那话语没有一句是激动亢然的，然而那沉静的语调、那沉郁悲怆的情绪，却比任何一句煽动人心的口号更具力量。

括羽被逼得连连后退，直到墙边，退无可退，双眸空洞得好似一具傀儡：“除了你，还有谁在找我？”

女子摇头道：“只有我。代王是个没用的东西，他巴不得你不在人世。之前的北齐，都是靠国舅爷在撑着，但你母妃出逃的事情，他并不知晓。我本打算找到之后再说。”她苦笑，“阴差阳错，命运弄人。如今北齐已经被你亲手毁灭，无力回天。我小小一个宫女，并不期望三皇子你能够复国，只希望你能手刃仇人，以慰在天之灵。”

女子的身体忽然僵住。

括羽自她手中拿起刀，在她喉上比画了两下，嗓子干干地道：“你要不要告诉我，刚才说的，都是骗我的？”

女子失声笑道：“就算我告诉你都是假的，你还会相信吗？我的使命已经完成，可以安心去见姐姐了。而你，三皇子，你已经种下罪孽，若不救赎，今后如何安眠？”

“那床上的，是你心爱的姑娘？可是我好像听说，她已经犯下死罪，她的家族容不下她，险些将她鞭挞至死。我还听说，你一心效忠的皇帝明严，想强要了那姑娘。那狗皇帝坐着本来属于你的江山，现在又要抢你的女人，敢问这世上，有哪一个男人受得起这种侮辱！”

括羽面色如木，一记手刀击在女子颈边，那女子靠着墙软软地滑倒在地。

左钧直顾不得背上鞭伤未愈，胡乱翻下床去，一跛一跛地奔过去扑在括羽身上，将他紧紧抱住。

括羽反手用力抱住她窄瘦的肩，低头埋入她的颈窝和浓密乌发中，仿佛是冰原中失去方向的流放者在极力汲取最后的一点温暖和力量。他愈用力地去抱，便愈流露出内心的软弱无力。左钧直只觉得他身上的热力在一点点流失，凉意似冰水浸渗，渐渐漶漫而上，冻进了她的骨子里。

不不不，他不能是这个样子的。

左钧直心中惶恐至极，双手死死地攀住他的脖颈，近乎绝望地哀求道：“不要丢下我……你不要说话不算话……”

括羽捧着她的脸，深深地吻她，好似这一吻便是天荒地老。

左钧直再醒来时，已经是第二天早上。

稀稀拉拉的日光照进房中，微尘在光柱中摇动，虚空寂然。

左钧直呆呆地看了许久，直到眼睛酸了，泪水从眼角滑落。

第六章　生离死别

度日如年。

背上重伤结痂，心伤却一日日溃烂更深。

天气一日日转冷，院中草木枯落。

左钧直越发变得有些痴呆起来，对身边的一切都变得木然。她常常就坐在庭中地上，抱着长生取暖。

他当年总爱往地上坐，上蹿下跳和长生一起发疯，弄得一身的灰泥，屡屡被她训斥。

她编过两个关于长生的小故事，现在倒像是应验到了常胜的身上。

左钧直抬起长生的一只爪子摇了摇，道："长生，我是不是真的很衰？我先喜欢上了刘爷，竟然是国舅，结果他再也不会回来了。我后来喜欢了他，突然又摇身一变成了皇子……你说，他还会不会回来？"

长生说："汪汪汪。"

左钧直道："回来的话，你叫一声，不回来，你就叫两声，好不好？"

长生说："汪汪汪。"

左钧直扑哧一笑：“坏长生，他舍不得我，对不对？”

长生晃着头，在她手心里摁了朵肥嘟嘟的梅花印。

轰然一声大门被撞开，长生生猛地从她怀中挣出来，对着那群黑衣武士龇牙怒吼。左钧直将它哄回来，拱了拱它湿润柔软的鼻子，驱入隔壁的院子。

左钧直掸了掸白棉袍上的尘土，平平静静道：“我自己会走。”

世上从来不缺乏传奇，郢京城中的百姓们，更是在茶余饭后，听惯了传奇。

可是弘启七年十二月二十九日，除夕夜的前一天，千万郢京百姓目睹了一场传奇，此事亦成为弘启一朝历史上最大的一桩悬案，民间流传无数猜想，正史却无公论。

鹅毛般的大雪充斥了整个天地，然而奇异的是，低垂浓云在天上突兀地裂开一道细缝，浓烈日光从那道裂缝之中泻下，照得飞舞的雪花半边现出钻石般的光芒。

绝似上古记载的天裂神迹。

异象！异象啊！

无数人拥向菜市口，如万蚁千蜂倾巢而出，黑压压的，潮水一般。

都是要去看斩首。

自古以来，从未有在正旦大朝会前夕正法重犯的例子。

然而这一次竟是极其特别。

流言口口相传，如洪水决堤。

……千百年来，第一回真正见到了女子扮男装入朝为官，还做到了四品大员。

……好大胆子！这么年轻的一个娃儿，竟做出这等欺君之事。

……听说正是二十年前京城第一才子、左相第五子左载言的女儿。

……没想到和那大二十岁的孀妇私奔之后，竟还生了这么个……

女儿。

……这姑娘生得很一般啊。二十岁，也是老姑娘了吧？

……嘁，都要斩首了，还管什么嫁不嫁的。

……听说这姑娘才华绝艳，那什么《猖狂语》《浪荡词》都是她写的！

……这不是个还未出阁的闺女吗！写这等风月之书！丢人啊！

……你这迂腐得……那都是绝妙好辞。皇家祭祀的祝文都是她写的哪！那些进士出身的翰林学士，可没一个比得上她！

……这姑娘番语说得也是极好，出使过扶桑和西域。你们前日不是还去茶楼听定西域、安七卫的段子吗？那说的就是这姑娘！

……照我看，比朝廷里面那些胆小怕事的软骨头官儿强多了！

……可惜是个女人啊……

……你说这皇上的心思，还真是难揣测。之前不是传皇上和这姑娘有什么什么吗？还让这姑娘做太子谕德。怎么转眼又要杀了呢？

……嗐，朝臣弹劾这姑娘弹劾得多凶啊，我还听小道消息说，左相差点把这姑娘用家法处死！皇帝再大，也不能无视纲纪和臣意啊，这是女帝定下的规矩。

……唉，可怜啊……你看这天色，只怕是老天爷看不过眼啊……

断头台中，风口浪尖之上，万众瞩目之下，正是左钧直。

她并未穿囚衣，穿的仍是她入狱时穿去的一件棉袍。

白衣胜雪，却未必有她脸色苍白。

长发如墨泼洒一身，好似白山黑水，纯净而安静。

日光烁金。

她静静地看着身边的影子，不着痕迹地缩短，缓慢如百足虫一般挪动。

她知道他们并不是在等时辰。

而是在等——

括羽。

不，应该是朱镝了。

她无法知晓他这些天想了些什么。

唯一可以肯定的是，他放弃了杀明严。

在诏狱中，段昶被派来和她详谈过一次。

她于是知道他入过宫，甚至在明严身边徘徊过。

但他没有下手。

虽然以明严对他的信任和他的身手，要行刺简直是轻而易举。

他做的事情只是释放了北伐中被擒获的北齐代王、数名将军和重臣。

然而那北齐代王当真是个草包，出城不过三日，便在翊卫散布的高官厚禄、安逸生活的诱惑下故意被捉住，一回京便向明严交代了一切。

明严给他的谢礼是一剑枭首。

她并未向段昶说一个字。

但事实上他们也并不需要她说任何一个字。

“午时三刻已到！斩！”

左钧直看到的，不仅有飞落身前的行刑令箭，还有一道凌厉剑影，劈空斩落。

绳索松开，冰冷身躯被钩入一个亦没有热气却坚定有力的怀抱。

她大哭起来：“你明明知道，为什么还要来！”

他没有说话，只是扣着她的腰肢运力一跃而上，起纵间已是数丈高处。他一袭黑衣，黑布蒙面，只一双明若秋水的眼露在外面，那般温柔地看着她。

左钧直说：“我不怕死。你爱了我这么多年，我已经觉得很值。”

围观的所有人都目瞪口呆地看着这一切，良久才有人惊得叫出声来：“劫法场啦！”

然而令所有人更加吃惊的是，并不见官兵蜂拥而出，法场周围，只是寥寥飞起四道身影，然后又四道，宛如八道流星，袭向那一黑一白两道人影。

这八个人，衣着、身法竟都出奇地一致！

“八英”！竟然是“八英”！

人群好似一锅沸水翻腾了起来，又是惊讶，又是兴奋。

须知“八英”陪伴太子读书、登基，大手如椽砺江山，到今日，哪一个不是官高权重、独当一面？

平日里“八英”但凡出现一个，便引得人们频频相顾、指指点点，今日一下出现八个，还是结阵对敌，怎能不令人热血激涌！

这人是什么来头，竟然会让“八英”联袂出手！

刀光剑影织作密不透风的大网，众人只见黑衣蒙面人抱着左钧直穿梭于八道紫影结成的剑阵之间，从容竟如闲庭信步。然而奇的是他只是闪避格挡，却不出招。

虞少卿剑挽长虹，命道：“变阵！突杀！”七道紫影闻声遽动，倏然激出凌厉剑气，所过处积雪飞溅、青瓦成砾、屋梁塌落。黑衣人疾疾向后飞掠，手中七尺青锋厉芒暴涨，荡开重重剑气。

七剑星聚，一剑秋叶，但见九天悲风浩浩，无边木叶萧萧——

秋叶剑法终极之式！

眼尖的人叫了出来，道上人手中俱暗暗捏了把汗，此式无解，那黑衣人身上还拖着左钧直，轻则束手就擒，重则双双殒命。

黑衣人目中精芒骤现，手中长剑抛起，挟风裹雷击入那剑势洪波中心，激起层层巨澜。但闻铮铮数响，那柄长剑断作数截。黑衣人飞身跃上另一座楼的房梁，双臂将左钧直紧紧护在怀中，面上黑巾却被那一式霸道剑气的余波掀落在地，脸上现出一道血痕。

底下一片抽气惊叫之声。

那俊秀至极的眉目，天下何人不识！

法场劫人、“八英”围剿，这难道是一出冲冠一怒为红颜的戏码吗？

虞少卿道：“皇上有令，只要你束手就擒，就放左钧直一条生路。”

左钧直抱着他矫健有力的身躯，指腹擦去他面上血珠，喃喃道：“放下我，走吧，你不能落在他们手中。”

黑白两色的衣袂在猎猎风中追逐纠缠，浓密长发黑云般飞扬。

千万双眼睛之下，他低头短促吻了下她冻得有些发青的唇，蓦然足下一错，提着她的衣带将她向更高更远处掷了出去！

一道灰影飞起，将左钧直稳稳接住，很快消失在漫天大雪之中。

“八英”长剑虎啸龙吟，八道身影合身扑上，硬生生将又要飞身逃离的括羽压下。括羽没了挂碍，周身锋芒大盛，身形如魅，龙鱼飞转，眨眼间弹断虞少卿、韦小钟和段昶的三柄长剑。其余人等更不敢怠慢，杀招迭出。只见括羽清叱一声，双臂振开，一刹那大雪漫漫席卷而来，飞旋在他身侧，冰鳞雪甲一般。手中凝雪成刃，寒光凌厉，逼得“八英”退避三尺，眼看就要脱出众人包围。

林玖急道：“二哥，你怎的不早说他的雪山真气已经练至这等境界？如此没有云中君，何人拿得住他！”

莫飞飞皱眉道：“恐怕远不止这境界。他若出手，你我焉有命在？”

陆挺之道：“皇上让我们八个来，自然有他的道理。”

左杭冷声道：“不错，皇上正是要让我们赌上一赌！”

说着，几人互使了个眼色，竟不顾门户大开，直接揉身欺上。

括羽容生冷华，果然生生收回雪龙冰刃，一字一咬狠声道：“你们不要逼我！”

虞少卿道：“收手吧括羽，溥天之下，莫非王土；率土之滨，莫非王臣。你能逃到哪里去！”

括羽眉目一厉，双刃又出。忽地长袖袭来，他收手未及，将那管空空衣袖划作碎片，若飞蝶飘落。

面前的手掌握着他手中的锋利冰刃，刃尖抵着那人的胸口，殷红鲜血顺着冰脊滑下，未几凝固成赤艳冰珠。

“括羽，既然你决意离开，那么迟早会沙场上见，不如今日便做个了断。”

括羽眸中澜起千丈，双唇紧紧地抿成一条线，握着冰刃的手由青转白，猛然间悲绝长啸，声声入云，手中冰刃尽成齑粉。

背后猛然一掌拍下，一枚长针贯入他的身体，括羽困兽般怒吼一声，起手反击，却被“八英”死死制住。莫飞飞疚然道：“对不住了！括羽！”手起针落，又将两枚长针封入括羽体内。

括羽额际青筋根根暴起，豆大的汗珠滚落下来，浑身止不住地颤抖。

莫家的灵枢九针，三花封穴鬼神莫解。

莫飞飞万分自责地劝道：“你莫运力，运力只会令长针循着经脉游走，剧痛难忍。”

括羽剧喘数声，目有血色，嘴唇张了两张，莫飞飞附耳去听，才听见他说的是：“我只求速死。”

大年初三。

夜色浓，皇宫处处大红灯笼高挂，松柏积雪，银装素裹。璀璨华灯照耀之下，更是美得大气磅礴。

只是这喜庆因为少了人气儿，显得十分冷清。

叶轻缓步踏过积雪，那咯吱咯吱的声音在空旷的宫阁之间显得异常清晰。

“公公，皇上现在还在殿中？”

“是啊……自一大早儿就在。皇后娘娘来看过了，皇上说还有些政事要处理……叶大人，你也好好劝劝皇上吧，可别刚一开年，就累坏了身子。”

叶轻点了点头。

一盏孤灯刻画出那人略显孤寂的剪影。

殿中没有燃火，竟是十分寒冷。

“还是不肯进食？”

“是。臣命人强灌了些水。”

“左钧直的下落呢？”

“还在查。臣以为没有出城。”

沉沉的一声长叹穿透了殿中漠漠夜色。

“一失俱失……”呓语般喃喃了一声，“……为何一定要让朕做个孤家寡人？”

叶轻皱了皱眉，道：“不若臣加强盘查，找出左钧直，或许他还能有求生之意。”

“不必了。”明严挥手道，“……他到底姓了朱。”目中现出决绝之意，“明日，杀。”

叶轻凝眉看着石床上重重锁链之下一动不动的人形，眸中闪着些难言的幽光。

诏狱，皇帝直属、朝廷要犯下狱之所。

诏狱是狱中之狱，这一间囚室，却又是囚中之囚。

墙壁除厚重巨石之外，又有极厚的一层铁板。

据说这是郢京中最安全的地方，十门大炮都轰不破。

铁壁上拖出根根斧斫不断的金刚锁链，将那囚犯的双手、双脚全都锁住，只容囚犯在室中行走，连囚门都无法接近。

“括羽，皇上命我带了位御医来瞧瞧你。”

床上人仍是一动不动，仿佛都没有呼吸。

佝偻着腰的御医蹒跚地走过去，道：“麻烦公子伸手出来。”声音苍老，还带着浓浓的南越口音。

或许是听见了熟悉的乡音，床上人微微颤了一下，但很快又不再动。

叶轻挥手，带着众狱吏退出了囚室，带上了厚厚的铁门。

老御医放下了药匣，坐到床边，手指落上床上人被金刚锁擦得伤痕累累的手腕，颤抖着抚了上去。

床上人看似奄奄一息，被这老御医一触之下，手掌遽翻卡住老御医的手腕，铁链哗哗作响，另一手掐上了老御医的脖颈。

老御医微笑着，用南越语道："第二次了，你就这样碰不得？"

秀气的眉，清暖的眼，看着是柔弱的模样，却永远有令人惊讶的坚持和执着。

"姐——"括羽看向墙边，那个窥孔已经被左钧直用药匣挡住，然而声音却无法彻底阻断，难怪她要变音，用南越语同他说话。繁楼教会了她许多东西。

左钧直定定地看着他。才三日，却好像瘦了一大圈。眼中失去了往昔的神采，面色蜡黄，唇上和下巴上刺出了青青的胡楂。浑身的精气神都仿佛被抽走，再也没了往日的活力。

过去的括羽，总是像长生一样蹿来蹿去，闹腾得她两眼发花，总是说说笑笑逗她开心，似乎永远都没有忧愁。

倘若……倘若……他一直都不知道，那样多好。

左钧直心如刀绞，却不想再哭给他看。看叶轻的意思，皇帝已经不想留他性命了。

或许现在，就是他们的最后一次相会。

左钧直强展笑颜，给他倒一杯清水，打量着四周道："算起来，我坐过两次牢了。第一次只有稻草、老鼠和馊粥。第二次总算是有资格来诏狱了，但是比起你这待遇，还是差了好远。"

括羽没有拒绝，默然喝了水，问道："叶轻给了你多长时间？"

从来没有听他说过南越语，原来他说起乡音来，也是好听。听女帝说，括羽刚入宫时，都不会说官话，总是被"八英"和鸾郡主嘲笑。可是一个月之后，他的官话便说得很好，三个月后，再也听不出任何乡音。

"至多三刻钟吧。"左钧直费力打诨，"这么短，你还要摆臭脸给我看吗？"

括羽道："姐姐，你听我说，皇帝并无意杀你。你出去后，就忘记我吧，嫁人，生子，好好儿地过。”

左钧直闻言冷笑：“呸！你既然知道皇帝无意杀我，为何还要去劫法场？你根本就是不想活了是不是？又不想杀皇帝，又不能对不起父母族人，所以你就只求一死来解脱自己是不是？”

括羽沉默了一会儿，低低道：“也没有。看到你之后，我其实很想和你一起走。”

“那为何又要绝食？”

括羽叹道：“只要我活着，就是皇帝的心结。我现在就是一个废人，与其这般苟活，不如死了干净。”

左钧直怒道：“那我呢？你死皮赖脸地贴着我，让我喜欢上了你，现在说扔下我就扔下了？”

括羽平淡如水的脸上终于一点点现出痛苦的神色，艰难道：“我不想……我想了好多年，以后要在院子里种很多六月柿，要养好几只小长生让它们施肥，什么时候饿了，就可以缠着你给我煮一碗面。我想和你生一堆孩子，你可以继续写你的书，我带着他们摸爬滚打上山下水，编一支小小的‘常胜军’……姐姐，我是个浑蛋……你忘了我吧，你还是清清白白的，就当……就当我根本就没有回来，这几个月，你就当是做了一场梦一般……”

左钧直死死地咬着唇不让自己哭出来。不知是他先拥抱，还是她先依附，唇舌相缠，厮磨不休。括羽紧紧按着她窄瘦的肩背压入怀中，手掌自她衣裳下摆滑进去，用力地揉捏她纤细柔软的腰肢和背胁蝶骨下的细腻肌肤，仿佛要将她拆骨卸肉、碾碎成泥，揉进自己的身体里。

他暖热的手掌和冰凉的铁链次第触碰在她的肌肤上，带起一阵阵冷热相交的触感，令她微微颤抖。然而密封心底的谋划却令她颤抖更甚。

左钧直强忍着羞意和周身酥软，咬着唇摸向他紧绷的腰腹，抽解开了他的下衣衣带，撩着袍子下摆爬了上去。

她和括羽都僵在了那一刻。

剧疼。

其实她也不知道对不对，但是这么疼，大约就是对了。

括羽俊秀脸庞上尽是隐忍之色，额际鼻尖都渗出细密汗珠，死死地盯着左钧直，几乎是从喉中挤出声音来：“你！——”

左钧直已经疼得眼中水涌成潮，浑身发颤，手指掐在他紧绷如铁的肩背上，抖着声音强辩道：“难道你不想要？反正木已成舟，你看着办吧！”

她虽见过风月，写过风月，看似大胆无忌，可是她实际上有多规矩多保守，这么多年他再清楚不过。

可是自文渊阁初见，他就知道自己有多喜欢被她碰触和触碰她。裹着一张小太监和小弟弟的“羊皮”，他得手过很多次，每次都让他心中得意得想像小老鼠一样吱吱叫。待到两人表明了心意，他终于可以明目张胆地亲近她，可他也知道她的底线在哪里，从不逾越。

天晓得她有多害臊——不过他也爱极了她的害臊。让她习惯他的亲昵已是用了很久，而让她主动亲吻他一下，更是得连哄带骗。

可是，这种时候，这种地方，这种有今日无明天的处境，她竟然傻里傻气地把自己给了他，仿佛是一次自暴自弃的绝望纪念。

这怎能不让他生气？

可是看到她疼得楚楚的样子，伏在他怀中柔弱不胜的暖玉身躯，让他刻意麻木起来的身心又开始变软，心底对她的渴望又开始疯狂叫嚣。

左钧直轻轻动了动，便又觉得他身子一阵僵。自然还是疼得钻心，但她更害怕时间久了令狱吏生疑，只盼着这场折磨快些结束。

她钩下他的脖子泣不成声：“……我错了我错了……括羽……我太喜欢太喜欢你，不想你死啊……”

括羽一怔，恍然明白了她为何能来见他。

皇帝是打算要他死了，所以叶轻放了她进来。她本想以此和他诀别，却发现自己根本不想同他诀别。

他又何尝不是这样？

一次次地萌生死志，却一次次在见到她时一溃千里。

仇恨是苦，爱欲更是苦。

她这般美，这般好，一生一世、万生万世只合该为他一人占有，方才还说得出让她嫁人生子，现在才知根本无法容忍别人染指。

“这是什么意思？你难道还想给我留个后不成？”

左钧直挣开起床，跑到他无论如何都够不到的角落，低垂了眉眼匆匆打理好衣裳和假妆，不敢多言去激怒那个已经扯着金刚链暴跳如雷的男人。

“不怀上便罢了，若真怀上，你不是找死吗！”

左钧直不敢多看他一眼，拎了药匣夺门而出。

第七章 君臣角力

天朝常例，春节有三日的假，初四上朝。

皇城根下寒风凛凛，巨大镶金灯笼高高悬挂在城楼之上，为深冬拂晓亮起一抹暖色。

寅牌将末，午门外已经陆陆续续聚满了手执笏板准备上朝的文武官员。

众官新年初见，彼此都在热热闹闹地相互恭贺新禧。

声音忽地淡了下来，无数道目光汇聚向浓密大雾中渐渐现出全身来的一道白影。

白绫衫子如照月光，葱白米色的素净长裙水波曳地，一幅长而宽的青绫束出不盈一握的纤纤楚腰。青丝未挽，流瀑般长长垂至膝弯。两绺乌发顺着胸前曲线柔曼弯曲，尖尖发梢随着步伐的轻移轻晃，似是勾进了每个人的心里。

面不敷粉，却细白如珠玉。唇未染朱，樱色浅淡却动人。眉色难得地浅浅描过，翠羽一般斜飞入鬓。

极素净的一身打扮，不艳，不娇，甚至没有一丝所谓丽人那种姣花照水弱柳扶风的柔美。

人们只是心中平平生出一种感觉：这女子莫不是国子监、藏书楼那种地方生出的一缕精魂？一身的浓浓书卷气，好似寒石清泉般净心涤志。

女子一步步向午门走去，群臣目瞪口呆地看着，终于有人惊叫出声：

“是左钧直！”

“是左钧直！”

九排九钉的厚重朱漆大门轰然大开。

众朝臣看着左钧直直直地跪了下去：

“罪臣左钧直，求见皇上。”

数名金甲卫士执刀而出，凶神恶煞地要将她拿下。但见她起身退后一步，手上一枚火药引信沙沙地爆着火星，如蛇吐信。

左钧直漠然道：“我要见皇上。谁敢近前，我与尔等同归于尽。”

左钧直入兵部之前消失过一段时间，彼时造佛郎机大炮尚是机密。然而去年秋狝过后，佛郎机大炮现于世间，左钧直造炮之事也被私下传播开来。

所以她此时手持火药，百官无不心生惧意，有胆小的已经拔腿而逃。那些卫士没料到左钧直竟然是有备而来，无一人胆敢近前，慌忙派人进宫通传。

皇帝宣召。

宫城之中聚起重兵，手执铁盾严阵以待。左钧直独自一人行走在前，周围十丈之内，无人敢近。

幽蓝的天幕上细月一钩。

宫城巍峨肃穆，重重楼宇气势雄浑，昭示着天家之无上权威，沉沉地令人心生敬畏。

太和殿中已经亮起明明烛火。

一名手执拂尘的内侍前来向左钧直道："请左姑娘前往勤政殿等候！"

左钧直施礼道谢，一如以往扮男子为官之时，看得群臣咋舌。

左钧直方走了两步，穿着明黄锦衣的明德忽然飞奔了出来，抱住她的双腿，呜呜哭道："本太子还以为再也见不到姐姐了！"

那内侍慌忙叫道："太子不要——"

卫士如潮水般涌了过来，刀枪如林，将左钧直和明德包围在正中。

左钧直不紧不急地将火线引子递给明德，倾身将他抱了起来。

那内侍尖叫道："左钧直，加害太子，连诛十族！"

左钧直淡淡地看了那内侍一眼，拿着火折子点燃了那引子——

数千卫士、文武百官，此刻无不汗流浃背。引信燃烧的哧哧之声清清楚楚地飘浮在清寒空气里，锯齿裂木一般割得人鼓膜发疼。

这左钧直，好大的胆子！

随着一声尖啸，一支漂亮的彩虹烟火突飞而出，在幽暗夜色中绽放出绚丽色彩。

明德从来没有亲手放过烟火，男孩子天生有对炸药、兵器之类的喜爱，他欢喜得咯咯直笑，又点燃了第二支、第三支。

"姐姐，这就是你说的要送我的新年礼物？还要还要！"

素白身影渐行渐远，卫士和百官眼睁睁地看着明德太子欢腾地在左钧直怀中跳个不停，带着发上的两根明黄穗子跳来荡去，一个个都惊得说不出半句话来。

刺着云海龙纹的深青衮衣带着冷威冽香进了勤政殿，低低一声，屏退了执麈捧砚的众内侍。

一殿幽寒，殿角窗外，一枝蜡梅绽蕊吐芳雪未消。

“陛下一夜未眠，恕罪臣耽搁了陛下休息。”

御案上数支蜡烛燃得只剩了最后一摊蜡油，砚中朱墨未凝，一殿中俱是幽幽淡淡的龙涎雅香。

明严浅浅抬眼，目光如涓细溪流淌过面前屈跪在地之人的素净容颜，无波无绪道：“朕已下旨处死朱镝。”

左钧直亦是答得波澜不惊：“陛下多虑了。臣今日，不是为括羽求情来的。”

明严面上闪过一丝异色。左钧直双眉清平，垂目道：“臣混淆朝纲、结交夷族、德行不检，自知罪大恶极、时日无多。臣今日冒昧求见陛下，只是因为幼蒙父亲教诲，做事贵有恒，有始则必善终。陛下昔日命臣编纂瀛环图志，详述海内万国之历史地理、政制人文，究外夷之长技，强我朝之国力。陛下之语，臣三载来未敢有一日忘怀，夙兴夜寐，唯恐辜负圣眷。今臣以死罪之身，无颜再效忠陛下左右。不能终事，是罪臣无能。书成三卷，敬呈御览，恭祈圣鉴。愿陛下千秋万代，国祚永隆。”

一字一句，平静却决绝。说罢，左钧直深深伏贴于地，双手呈上三卷手稿。

明严闻言大震。

薄而清雅的竹缕纸，端庄小楷如行云流水。字如其人，不见半分矜娇之气，却是澹然中见灵蕴真意。

书名至简，曰《万舆志略》。开卷序录：

以守为攻，以守为款；用夷制夷，畴司厥楗。《述筹海篇第一》。

纵三千年，圜九万里，经之纬之，左图右史。《述各国沿革图第二》。

……

水国恃舟，犹陆恃堞；长技不师，风涛谁讐？《述战舰条议第九》。

五行相克，金火斯烈；雷奋地中，攻守一辙。《述火器火攻条议第十》。

合共十卷，论及夷情、武备、海防、历法、货币等诸多内容，然而完稿者十仅有其三。

再往后翻，乃是叙文一篇。“《易》曰：‘……爱恶相攻而吉生凶，远近相取而悔吝生，情伪相感而利害生。’……然则，执此书即可驭外夷乎？曰：唯唯，否否。……《传》曰：‘孰荒于门，孰治于田？四海既均，越裳是臣。’叙《万舆志略》。”

这一篇叙文，述说书写本书之缘由和成书意义。墨色明显较其他文稿更浓，湿气郁然，分明是新写。读到最后一句，明严紧抿的嘴唇微抖，忽地将这三卷书稿愤懑地往御案上掼去。

“孰荒于门，孰治于田？四海既均，越裳是臣。”

这四句，他此前见过一次，仅仅一次。

若非那一次，他绝不会知道这四句话出自何处。

他身为太子，自幼蒙受整个天朝最有名望的翰林学士授业，却也没有读过这四句古诗，更不知道，越裳乃是上古越族的一个小国家。

若非那一次，他也绝不会知道这四句话的真正意思。

“谁会任由自家门庭荒芜，而单单去治理外面的田园呢？唯有先把自己的国家治理好了，四夷诸国才会臣服啊！”

是她！是左钧直！

原来她在十年之前就已经见过了括羽，给他点出了这四句险些令他被逐回南越的冷僻诗文的出处。

没想到这二人相识如此之早。

甚至，早过于他见她。

“陛下生气了？”左钧直微笑着抬起头来，“孽子孤臣，有何值得生气的呢？”

明严双臂撑案，面上仍无波澜，眼底却已是黑云垂天。

“陛下是明君，是让四夷来朝的不世雄主。恕罪臣驽钝，想不明白陛下为何会突然为了几句话而生气。更想不明白，陛下为何会突然怕了一个手下无一兵一卒、一身武艺尽被封死的人。”她忽然厉声道，“难道只是因为一个不知虚实的皇嗣身份吗？！”

“左钧直！”

她目如火炬，面上毫无畏惧之色：“一个家国俱灭的伶仃遗嗣都能让陛下彻夜难眠，下令赐死，那么北面鞑靼兀良哈骚动不安，南面交趾国界争端不断，东面扶桑虎视眈眈，西洋列强纷纭而起，敢问陛下又有何胆色雄踞中土、攘服四夷！”

明严定定地看着左钧直，忽地哈哈大笑，凤目却仍是一片深寒：“左钧直，朕算是知道了你为何能不动兵马而平西域。煽弄人心，你倒是一把好手！”

左钧直轻轻笑了声：“要说玩弄人心，和陛下相比，罪臣真是自叹弗如。

“先拿臣逼得括羽现身，再借‘八英’将他捉拿。括羽心地纯良、重情重义，却被陛下逼得自绝明志，以求不负忠义，不负亲恩。敢问这世间，有谁能似陛下这般轻轻巧巧将人心玩弄于股掌之上？”

“果然是人之将死，其言也真。”明严勾唇浅笑，“朕识得你凡十年，总算是又看到你嚣张了一回。”他双臂环抱，有些慵懒地半靠在御案上，“朕若这么轻松地被你激怒不杀括羽，那朕这么多年的皇帝真是白当了。”

左钧直不疾不徐道：“括羽死，则臣死。”

“砰”的一掌拍在御案上，砚台笔洗皆跳了起来。“你竟敢威胁朕！”

“那得看陛下觉得罪臣这条命，到底有多金贵。”左钧直低低笑道，“陛下莫笑臣狂，可这世间，只有一个左钧直。”

这世间，只有一个左钧直！

三公九卿、六部尚书，杀了还有别人可以做。

独独她左钧直，会说多国番语的左钧直，通晓万国国情的左钧直，能写《万舆志略》也写得一手好风月的左钧直，樽酒间臣服西域诸国的左钧直，泰丰源中一袭小白袍胆敢指点天下江山的左钧直，一次次顶撞他忤逆他将他不放在眼里的左钧直，千百年才出一个。

杀一人，还是存一人。胆大包天，逼着他这个万乘之尊做选择的人，恐怕只有这个可恶至极的女人了。

明严语若三九寒冰："朕倒想看看，你能为他做到何种地步。"

左钧直并不迟疑："臣愿倾尽所有。"顿了顿，又补充道，"为奴为婢也好，做牛做马也好，臣甘心俯首帖耳，唯陛下之命是从——只要陛下能放他一条生路。"

她字字句句，咬得清清楚楚。明严抱臂的修洁双手渐渐浮现青筋，目光冷到极处，又腾起烈焰。

"朕要看你的决心。"

左钧直不再言语，径自站了起来，纤白的手指缓缓扯开了细细衣带。

层层衣衫，花瓣一般委叠落地。雪白无瑕的身子好似清荷出水，清凌凌亭亭净植。不曾熏香，却仿佛有莲香拂面。

她别开了眼，眼中有掩饰不住的无助和迷蒙水波。因为羞耻，一身脂白肌肤晕染上浅浅的绯色，好似美玉流醉，灵珠生霞。

腰若束素，双腿匀润修长，浓密如云的青丝泻落一身。

早知道作为白度母和左载言的孩子，她绝非她的容貌那么平凡，可也绝未想到，向日那端庄严肃的官袍之下，是这样一副令人色授魂与的躯体。

左钧直见他仍是站着一动不动，紧咬了唇，走近他，双手从他腰侧环过去，要为他解开蟒带。

这是一个亲密的姿势，是一个女人承认并屈身于夫权的姿势。

近在咫尺，他看得清她苍白无血的脸，看得见眼角滚着的大粒泪珠，更感觉得到她心底那强力抑制的厌恶和屈辱。

明严猛地推开她。

"滚！在朕改变主意之前赶紧滚！"

左钧直被他推得险些跌倒在地，怔然不知所以，却见他手执一盏孔雀灯台，哗啦将其中灯油尽数泼在她那堆衣裳上。她正要扑过去阻拦，他已经丢了一截燃着的蜡烛下去。

一堆衣服蓬然起火，在灯油助力下烧得凶猛，焰腾烟飞，眨眼间便只剩一堆灰烬。

左钧直惊惧不已，然而不知他为何让她走，却又要烧了她的衣裳。

"去！去那边随便穿一件，滚！"

左钧直顺着他指的方向看去，全是他平日所穿的龙袍和常服。明严常宿勤政殿，这殿中便备着他的许多衣物。

都是天子衣冠，她如何穿得？

但她不敢再犹疑，匆匆挑了件没有龙纹的素色贴里长袍穿上，顾不得有多单薄，逃命一般地冲出了勤政殿。

一出殿门，刺骨的寒意便穿透了她身上聊胜于无的袍子，冻得她激灵灵打了个寒战。

她这才发现勤政殿外俱是密密麻麻的刀枪，亲卫列如丛林。众多等候觐见的朝臣不敢置信地看着她，目中尽是惊诧、鄙夷之意。

她的身量很是不称这件单衣，冷风从领口、袖口灌进来，令她情不自禁地抱紧了身子。

她是逃跑的死囚，她私制火药恐吓大内亲卫和朝臣，她胁太子为质。

这等弥天重罪，任一个亲卫皆可以持刀而上，将她剁为肉泥而不领任何罪责。

可是眼下没有人敢。

那一身明亮得耀眼的黄色，昭示了天子对她的占有。

黄袍在身，不受斧钺。

她面有泪痕，衣冠不整，长发凌乱，任谁都看得出来她单衣之下一丝不挂，亦会想象方才殿中发生了些什么。

以这般无耻的手段取得皇上的赦免，为天下人所不齿。

这一个以色侍君、卖身求荣的骂名和恶名，她终生是摆不脱了。

只是就算天下人都骂她无耻下贱，那又如何呢？

今生今世，得那一人，足矣。

铅云密布。

自去岁年底以来，郢京便不曾再见过无雪的晴日。

雪花仍是漫无边际地飘着，大街之上除了一两只流浪的野狗，几乎看不见行人。

太冷。

脱光了叶子的大树连光秃秃的枝丫都被压折，无处不是一片萧凄气象。

括羽从层层石门重卡中走出来，有些受不住无垠白雪所反射出来的明亮白光，下意识地眯了眼睛。

他被卸去了沉重的手铐、脚铐推了出去。

他微睁了眼，面前却不是刑台。

漫天的白色中，白袄红裙的清丽身影手执一把油纸伞，向着他，清清浅浅地笑着。

他眼前有些模糊。

那静默如石雕般的身影立在雪中，仿佛已经等候了他千年万年。

他一步一步，穿过面前纷扬的大雪，好似穿过重重叠叠迂延曲折的时光，各种明媚的或者伤怀的碎片叠加在一起，浮光掠影般交错闪现。

生不知为何而生。宇宙十方，他蓦然堕入这一个轮回，缥缥缈缈的，却都是落往她的方向。

一切都是注定的。

他不喜欢皇宫，不喜欢寒冷干燥的京城，不喜欢那些各怀心机、尔虞我诈的人。

十年前他就想离开了，只是怀着最后一丝不愿给义父丢脸的倔强在挣扎。

那个夜晚，他十岁，头一回感觉到人生的迷惘和失却方向的虚妄，却遇上了她。

她注定是他的方向，是无边黑暗中他的那一颗沧海月明珠。

她说："今天是一个吉日。"

他说："我什么都没有了。"

她弯起嘴角和细细的眉梢："商道上有句话，叫'逢低买入'。"

他微微挑眉，目中烁着笑意："那'逢高卖出'吗？"

她笑得狡黠："不卖，留作传家宝。"

小小房间一派喜庆之色。大红喜被、大红喜烛、大红喜字……枣子、莲子、桂圆、花生种种也都是一应俱全，都是翛翛之前备好的。括羽沐浴之时，翛翛将左钧直拉去化妆，顺便教上几招。左钧直听得面红耳赤的，扭扭捏捏地坐不住。

"别涂了！……啊！你扎我耳朵做什么！呜呜呜……

"爹爹救命啊，为什么还要绞脸啊！很疼啊！

"那……那白布什么的就不用了吧……我们已经……已经……

"……打死我我都不会对他……翛翛娘！你就臊死我吧！……"

虽然没有别人，可这场喜事还是办得热热闹闹、完完整整。长生带来了一群狗儿女、狗孙孙，大摇大摆地闹了一出洞房，每只分到了一大块肉才得意扬扬地走了。

括羽揭了左钧直的盖头，又解了她的喜髻，将丝丝缕缕的如水青丝挽在指间，又掬起一大捧在鼻下嗅了嗅其间的淡雅清香，放在嘴里咬了一口。

左钧直斥道："你怎么什么都用咬的！"

括羽无辜道："闻起来很好吃的样子。"

左钧直瞪他，虽然你是饿了很多天，但也不至于这么馋吧！

喝了交杯酒，慢条斯理地解去她身上的重重喜服，括羽道："姐姐，你还记得第一次给我煮六月柿面吗？当时我看见你长头发的样子，就很想过去摸一摸、亲一亲。"

左钧直怒道："你那时才十三岁吧？都想什么呢你！"

括羽哼哼道："你十二岁的时候就已经喜欢我了。"

左钧直恼羞成怒："你胡说！"

括羽道："好吧，起码是念念不忘。但你十五岁的时候一定已经喜欢我了。"

左钧直道："自作多情！"

括羽忧伤地叹了一口气："唉，我说你傻你还不信。那时候我叫别人姐姐，你就吃醋了。"

左钧直一怔，似乎确实如此……难道她那么早就对括羽起了占有之念？……真是……真是太丢人了……

括羽道："当时你换了女装，我心想可真好看呀。可是刘徽骗你说你穿女装很难看，我想他是不想让别人看见吧。"

听他突然提起刘徽，左钧直心中遽然一跳。

如此阴差阳错，他二人竟成了舅甥。

若不是刘徽向她求亲，括羽或许不会去关外投军。

若不是刘徽以蜡衣坑害五万天军性命，致使叶轻伤残，或许不会激起括羽对北齐那么强烈的仇恨。

她后来听说，铁狮子口一役，若非叶轻援兵来得及时，括羽已经命丧黄泉。

命运竟然荒诞至此。

他回京之后一直到今天，二人心照不宣，彼此再没有提起过刘徽。

明明知道她曾经喜欢过刘徽，他偏偏在这个时候提起，却是为何？

括羽握着她的手说："姐姐，我回来之后听说了刘徽的事情，还看了你写的《猖狂语》。我当时便想，如果我是刘徽，或者是耶律昭觉，我会怎么做。”

左钧直定定地望着他，他却没有说出结果。

“义父当年得的是一种怪病，并非不可以治，那药却会伤及脏腑，于是需要吃更多的药，终生无法解脱那越来越大的痛苦。于是义父拒绝吃那种药。

“刘徽和昭觉都让我觉得，仇恨也是这样一种病。大齐和大楚世代有仇，于是数百年征战，硝烟不息。我自己是在战场上长大的，我知道战争是怎样一回事情。我想，有些东西应该终结在我手上。如果以后你有了我的孩子，我不想让他再背负任何东西。”

左钧直心中酸楚。

他这几句话说得轻描淡写，可他原本就是这种大事从来都自己一力承担的人。

当年他被女献重伤，在她面前却仍是没事人似的。若非女帝无意间说起，怕是她至今都不知道。

亲手灭族、认敌为父的痛苦，恐怕永远会是一把凌迟他心的利刃。

括羽见她一脸的难过，捏了捏她的鼻子，道：“怎么，嫁给我还不高兴了？”

左钧直的情绪有些跟不上他的话锋，讷讷道：“高兴……”

括羽盘腿在她对面坐下，正色道：“既然高兴，那便给我讲讲，皇帝为什么要放我？”

左钧直愕然抬头：“你怎么之前不问，现在问？”

括羽哼了声：“自然是怕我骂了你之后你便不嫁了。”

“你……”

骂？！

括羽双手抚膝，倾身向她，一脸的煞气呼之欲出：“不用猜也知道你去找了皇帝。你同他说，愿意拿你的人换我的命。你还去诏狱诱引我。

你根本是打算去向皇帝献身吧！”

左钧直被他说得无地自容，硬着头皮辩解道：“哪有……你说得这么简单！”眼看着括羽的一腔怒火已经倾盆而下，双手环住了她的腰肢，慌忙推着他道，“你听我说清楚！”

括羽将她拽进怀中，乌青着脸道：“说！说得让我不满意，今夜不放过你！”

左钧直被他一唬，挣扎着翻身起来，抓着他喜服的领子道：“我自然是做了最坏的打算，可也没有你说的这么自轻自贱。我知道皇帝他是个高傲的人，他相信一切事情都在他的掌控之中，更相信这个世界上没有他得不到的东西。我讥讽他要杀你是因为他害怕你比他强，所以他偏偏要放了你。我越是把自己送上去给他，他越是不屑一顾。其实从我知道自己成为他的一颗棋子的时候开始，我便知道身份被揭穿的一日迟早会到来，我指望不了皇帝能保住我，我只能把自己变成一个对他有用的人。他可以什么都牺牲掉，唯独不能牺牲的是他的社稷。”

括羽冷哼道：“那你最坏的打算呢？”

左钧直低头弱声道：“自然是他仍要杀你，还把我给要了。”

括羽讥讽地“哈”了一声：“所以你想怀上我的孩子，送给他当儿子是吗？然后再施展施展你的手段，说不定还能让他一命归西，然后把我儿子送上皇位，是吧？”他猛地一拍床榻，“左钧直，你戏本子看多了吧！”

左钧直被他吓得一缩，额上沁出一层薄汗，期期艾艾强辩道：“也……也未尝……不可以……”

括羽翻身将她压在身下，单手摸上她的腰腹，刚要开口再骂，忽觉她小腹一搐，面上现出痛苦神色，不由得皱眉问道：“怎么了？”

左钧直额上渗出更多的汗粒来：“……肚子……肚子疼……像是……像是……来月事了……”

括羽几乎要气到内伤，低头狠狠在她脖子上咬了一口：“我真想掐死你啊！”

左钧直来月事肚子疼乃是常例，括羽向来是熟知的。他铁青着脸爬下床去给她冲了红糖水，又装了个热水袋给她焐肚子，冷冰冰地讽刺她：“还借种呢，你当你是一亩三分地啊，种什么长什么？”

左钧直涨红了脸：“是地又怎样？说不定是种子的问题，还可能是播的问题……”

这句不过脑子的话彻底让括羽奓了毛，他横眉怒目、咬牙切齿地撂下狠话：“好好好！等你事儿毕了我日日播夜夜播，看看到底是谁的问题！”

左钧直隐隐觉得这话有什么问题，可他已经吹灭了灯，三两下剥了两人的衣服，八爪鱼似的贴了上来。

她惊叫：“不穿衣服我睡不着！”

他不给她任何机会：“穿了衣服我睡不着！”

“……”

后来才知道这是他自小在炎热的南越养成的一个恶习——裸睡……

括羽的诸多优良品德之一，就是言出必行。

春天一到，厚重冬衣脱了下来。一日吃饭，左载言看到左钧直颈上白绫领子也没遮住的絮状红云一般的印子，皱了皱眉，提前吃完走了。翛翛掩口咳嗽了两声，道：“常胜啊，我们家钧直身子柔弱，咳咳，你省着些用。”

左钧直羞得无地自容，只差在地上找条缝钻进去。

括羽很受教地点点头：“嗯，是该再养壮实些。”

重点在哪里？！

翛翛看着无力地趴在桌上的左钧直，想了想道：“常胜啊，天气暖和了，多带长生和钧直出去遛遛。过些日子草长长些，把屋顶上拾掇拾掇，捡一下漏子。院子里面黄瓜呀南瓜啊豆子呀什么的，也差不多该撒种子了。”

你小子正是年轻力壮、血气方刚的时候，得多给你找点事做，别整天欺负你老婆！

括羽仍是很受教地点头：“嗯，我会努力的。”

一听到“撒种子”和“努力”，左钧直一口汤呛在喉咙里，剧烈地咳嗽起来。

括羽一边给她顺气，一边和蔼地劝道：“别紧张，慢些儿，事儿我做，你躺着就行。”

左钧直咳得眼泪都出来了。

翛翛万分同情地看着她，唉，钧直啊，翛翛娘只能帮你到这儿了，你自求多福……

回了自己这边的小院子，左钧直眼泪汪汪地看着括羽：“都这么久了，还是没有动静，会不会真是我不能生？”

括羽瞪她：“又胡思乱想！没有就没有呗，我还没和你单独在一块儿够呢！”

又过了些日子，左钧直月事仍是如约而至。括羽拗不过她，只得挑了个风和日丽的日子出去陪她瞧大夫。

左钧直心焦得很，老大夫却是个慢吞吞的性子，望闻问切，做足了十分京城神医的优雅风度。

左钧直按捺不住道：“大夫，我的问题他的问题？”

老大夫眯起眼看了看括羽，捋须道：“小相公骨骼清奇，目蕴精光，伏犀贯顶，凤阁插天……”

您老到底是算命啊，还是治病啊！

左钧直见他还要滔滔不绝地说下去，打断道：“那是我的问题？”

老大夫话头被截住，不快乐，打击左钧直道：“对，你的问题！”

左钧直一愣，听见老大夫道：“小娘子似乎受过重伤，气血不足，加之忧劳过甚，心神受损，所以不易受孕。”

左钧直只差要哭出来。括羽搂着她的肩膀，问那老大夫道：“怎的能好？”

老大夫伸出四根指头：“少想点，开心点，多吃点，吃好点。两位还这么年轻，从面相上看又都是有福之人，一定会多子多寿的。”

出了医馆，括羽捏着她白嫩腻滑的脸蛋儿道：“开心了吧？”

左钧直心怀大宽，想着之前自己确实是思虑太多，他训自己训得十分有理，遂崇拜地仰首，乖顺道：“开心。”

括羽见她难得这么服帖，一副乖巧模样，令他宠溺之心大盛。抬头遥遥望见一座高耸入云的华贵楼阁，括羽眼中亮亮：“要不我们去吃顿好的，给你补补身子。”

“啊？”左钧直顺着他的目光望了过去，窘迫道，“升平阁？我们可没带那么多银子……”

升平阁，郢京之中最好也是最贵的酒楼，八珍之宴名扬天下，一顿饭起码百八十两银子，非高官大贾不敢入内。

括羽眼中现出一丝狡黠：“哼哼，我有办法。跟我来。”揽着左钧直的腰在街上快走了两步，突然侧身闪进一个窄胡同里。

左钧直见那胡同甚短，另一头还被杂物堵死，不由得奇道：“来这里……”

括羽一指压唇：“嘘……”在巷子口的墙边侧耳倾听了片刻，又拖着她的手快步出了巷子。只听见“咚”，沉闷的一声，括羽迎头撞上了一个短须的锦衣男子。那男子身量和括羽差不多，生得旷达磊落，若不是脸上几颗红艳艳的痘痘活泼可爱到有些煞风景，倒也算个英伟男子。

左钧直忙拉过括羽，心道他内力被封之后，走路的准头也差了许多……见那男子揉着头，似是被撞得挺疼，左钧直心中过意不去，责备括羽道：“你怎么不看路呀？”又连连向那男子道歉。

那男子倒是挺谦和，摆手示意没事。

括羽拉着左钧直，直接奔进了升平阁，挑了个二楼的上座。

掏出一卷银票扑嗒撂在桌上，括羽豪气道："山水小八珍，来一套！"

那小二见括羽和左钧直都是布衣葛衫，初初不甚正眼相待，待大把银票出手，又见二人都气质不俗，只以为是什么贵家小夫妇无聊出来体验民生，忙眉开眼笑地收了票子，高声道："好嘞！马上！"

左钧直还没从震惊中恢复过来："你竟、竟……"四下里一望见客人不少，压低了声音倒竖翠眉大怒道，"你居然偷别人的钱！"

括羽冷眉哼了声："皇帝请的，不吃白不吃！"

左钧直愕然，却听括羽说："皇帝放心不下，我们家周围，时刻都有亲军眼线，所以前三个月我也懒得出门。今儿一直跟着咱们的这人叫路插刀，是虎贲左卫的副指挥使。"

左钧直看着括羽，心中忽然觉得很压抑："其实也就是把你换了个地方关而已。他还是拿我来牵绊你，你恨不恨我？"

括羽一手拈着袖角，一手执起茶壶给左钧直和自己倒了茶，虽是一身粗布衣裳，举止仍是潇洒自若，不堕半分青云气节。"求之不得。如今想吃好的有人送钱，走在外面还有亲卫指挥使这等阶品的保镖，我高兴得很。"

不多时，山水小八珍便摆满了整桌，什么猴头菌、银耳、竹荪、云香信、干贝、鱼唇、裙边、鱿鱼……括羽紧着左钧直多多吃些，自己却边吃边叹气道："京中的这些东西比起南越真是差远了，尤其是海鲜。什么时候带你去南越，天天吃好吃的不重样，一定把你养得肥肥白白的。"

二人正吃吃笑笑，忽然听见轰的一声巨响，二楼堂顶楼板碎裂，掉下一个人来，重重地砸到堂中地板上，顿时脑浆崩裂、鲜血四溅。

楼中一片尖声惊叫，男女食客纷纷四散逃窜。左钧直何曾在这太平地方见过如此惨烈的死状？吓得脸色苍白。括羽护了左钧直，方行至楼梯处，三楼下行的楼梯上连滚带爬地冲下一老一少两个人。后面三名劲装杀手手挥大刀疾追而来，那楼顶窟窿处亦跳下四名杀手，将那老少二人环围正中。

是非之地，岂可久留？

括羽矮身将左钧直负到背上，正要飞奔而下，那被追杀的年轻男子见到他，蓦地如蒙大赦，扑过去紧紧拉住他的衣角，急急道：“小公子救我！我是陈天平！”

陈天平？

这人二十多岁，一口南越话，个子不高，皮肤黝黑，颧骨耸起，嘴阔而唇厚，是个标准的南洋人模样。

劲装杀手的刀风呼啸而至，括羽飞起一足精准踢在那杀手的脉心，长刀脱手飞出。他身子一旋，将左钧直稳稳送下几步台阶之外，接了那长刀，冲陈天平老少二人道：“下去！”

又两名杀手挥刀两边合袭。楼梯狭窄，左右无可闪避，括羽腾身后翻，长刀拄于地面，双足腾起时又分别踢飞二人手中之刀。前后两招，不借丝毫内力，全凭出手迅疾，毫厘不爽。

七名杀手见势不妙，合扑而下。括羽手执双刀，边斗边大声道：“路插刀，你再不插一刀老子就没命了，老子没命了老子的老婆就活不下去，老子的老婆活不下去你也别想混了！”

整座升平阁的人逃得一干二净，大堂中杯盘狼藉，桌椅凌乱不堪。括羽话音方落，堂中似有大风刮过，三道虎狼身影自雕花窗扇突入，和那几名杀手激斗起来。

括羽扔了刀，从从容容地走到楼下站到左钧直身旁，笑道：“你看，有保镖多好，包吃包喝还包打架。”

左钧直却不似他这般有闲情逸致，肃了脸色以交趾语对那陈天平道：“你可是交趾王陈日焜的儿子？”

陈天平和那老者死里逃生，没料到还能听到自己国家的语言，顿时激动得泪流不止，连连道：“是！是！”

陈天平紧握了括羽的手，哀哀哭诉道：“小公子，黎季犛杀了我父王和兄长，自立为王。我逃亡至此，想求天朝皇帝出兵讨伐，却被黎季犛一路追杀，现在只剩了裴太师和我！求求小公子助我见皇帝陛下！”

左钧直秀眉紧锁。交趾自她入会同四夷馆以来就没太平过，此前她在朝中，交趾的事情也是她一直在跟。没想到她被逐才几个月时间，交趾便发生了这么大的事儿。

陈氏统治下的交趾，对天朝称臣，岁岁纳贡。只是陈氏政权日渐衰微，朝中渐渐为宰相黎季犛把持。黎季犛不断排除异己，交趾此前已经发生了好几次内乱，天朝的南越边境也屡遭侵扰。

可是眼下，她和括羽二人都是戴罪之身，尤其是括羽，身份更是敏感，这种涉外政务，万万不可沾身。

路插刀带着两个虎贲卫走过来，刀上鲜血淋淋，一脸的磊落之气早已化作有苦难言的积郁，颇似便秘久治不愈的憋闷。

括羽皮笑肉不笑：“多谢路大人两肋插刀。”

左钧直道：“路大人，这两位是交趾国来的使者，烦请大人公事公办，将他们移送会同四夷馆。”

路插刀郁闷更甚。

括羽宽慰地拍拍他的肩：“路大人，要学会倾诉。憋着容易长痘。”

交趾，南临南洋，北面毗邻天朝南越地界。境内多山涧湍流，多密林猛兽，炎热潮湿，瘴疠难防。五代之前，乃属中土辖治，而五代之后，土人立国，转为自治。

陈天平入会同四夷馆后，馆中官员苦于他的玉玺、印鉴、勘合文牒等能够证明身份的东西全部在逃亡中被抢夺，不敢确证他就是陈日焜之子，更不敢上报，只得私底下去报告段昶。

段昶亦是犯难。照理说，括羽和左钧直二人一个长在南越，一个熟知南洋诸国事务，最能证明。然而显然他二人都不可开口，便是开口，也无法作为证据。

可这事又不可不查。

交趾乃天朝属国，陈日焜是女帝黄表金印御封之国主，倘陈天平所言属实，那么黎季犛篡位之所为便是向天朝挑衅，轻辱天朝国威。

恰这时黎季犛遣使入朝，请求册封。段昶与明严议定，在交趾使臣觐见时，带出陈天平。那些使臣果然见之色变，在明严威仪之下，不得不坦陈一切，承认陈天平就是陈日焜之遗嗣。

事实与黎季犛所陈表文全然不符。

是欺君。

左钧直在南城置下的这一个小院子，乃是有了好些年头的老房。老房固然接人气接地气，然而时日久了，也难免木朽瓦烂，满房顶地生起杂草，成了飞禽爬虫的乐土。

段昶和莫飞飞去那院子时，便见茂密参天的桂花树侧的屋顶之上趴着一个灰衣人，旁边蹲了只白毛大狗，叼着个大竹篓。

“姐姐，有一个窝。”

“什么窝？”

“鸟窝。”

“我问你是什么鸟！”

“光看蛋我怎么知道是什么鸟？”

那人噗啦噗啦地拔了草，丢进大狗衔着的竹篓中，将碎瓦片小心拆了，用新瓦换上。一人一狗，干得十分欢腾。

昔日横扫千军叱咤风云的少年将军，如今竟做着修房葺瓦的杂碎活儿。

段昶和莫飞飞看得十分不是滋味，轻敲了门。括羽从房梁上站起身来，背着明亮日光，修长身影从屋瓦上一直投到院中。

“进来吧。”

看着括羽慢吞吞从梯子上爬下来，莫飞飞越发窘迫。

往日，别说这矮房子，就算是巍峨宫殿、千仞绝壁，哪里不是由他来去自如？

莫飞飞纠结着，吭吭哧哧道：“那三根针……我……”

括羽很认真地问：“会生锈吗？”

莫家百年引以为傲的灵枢九针连带莫飞飞的自尊遭到了无情的践踏，莫飞飞哭了一声：“老子再也不同情你了！”

左钧直闻声从隔壁厨房走过来，姿容清淡，手上拿着围裙。见到段昶和莫飞飞二人，她略微有些吃惊：“段大人？莫大人？稀客。”

括羽刚洗完手，就着她的围裙擦了擦。

左钧直戳了戳他，低声责问道：“怎么不倒茶？”

括羽委屈道：“这位段大人只喝西湖龙井，那位莫大人只喝云雾毛尖……”

段昶和莫飞飞二人尴尬得连连摆手：“不不不，我们不挑……呃，我们不渴……”

左钧直笑问道：“两位大人有何贵干？”

段昶和莫飞飞两人对望了一眼，有些难以启齿。

括羽手搭凉棚，眯着眼望了望渐渐升到正空的太阳：“你们其实是来蹭饭的吧？”

“……”

“不是啊？那姐姐啊，就煮爹娘和我俩的饭就好了。”

“……”

左钧直扑哧一笑，反身回了厨房。

莫飞飞望着一闪而逝的窈窕身影，摇头叹道：“括羽，我还是不懂，你是怎么看上她的？”

括羽瞟了段昶一眼，给他们各倒了杯白水，慢条斯理道：“老婆是给自己喜欢的，不是给别人喜欢的。”

段昶不自在地别过脸去："你看我干吗？"

括羽敲敲桌子："说正事。"

段昶唉了一声，给他讲了交趾陈天平事件的始末。眼下礼部、鸿胪寺和会同四夷馆都在烦恼这一事该如何妥当处理。他这个提督四夷馆少卿，思前想后，终于还是决定拖着莫飞飞来问问括羽和左钧直，其实也是想顺便来看望看望他。

括羽笑道："这还不简单？先礼后兵。"

段昶愕然："你也懂外事？左钧直教的？"

括羽摇了摇手："非也，这是我的做法。如果你们去问那个傻瓜，她只会告诉你们先也礼，后也礼。"

段昶问道："怎讲？"

括羽道："你们现在的问题就是复立陈天平，还是承认黎季犛。以我对黎季犛的了解，此人狡诈多变、心野手辣。我的建议是立陈天平，杀黎季犛。"那一个"杀"字咬得甚重，毫不拖泥带水。

没料到困扰了外事诸衙好几日的事儿，在括羽看来是如此简单明了。段昶和莫飞飞面面相觑，心中却不敢认可括羽之言。

四菜一煲，麦饭葱汤。豆腐白菜，被左钧直拿瓦罐并着炒过的猪腿肉一同小火长烩，揭开瓦罐盖子，浓香四溢，让人口水横流。刚生出来的小黄瓜，不过拇指长，用特制的酱汁拌了，咬一口酥脆清甜，后劲是酱汁的绵香，余味无穷。大骨同萝卜炖的汤汁浓白如奶，也不知是用多少种料一同熬出来的，看着便令人食指大动，入口更是满口鲜香，连舌头都想吞下去。

莫飞飞吃得都要哭了："括羽，我要搬进来和你同住！"

段昶道："左叔父，您这里还要教书先生不？我来教，不要钱，供饭就行啊！"

括羽叫道："喂喂喂，别忘了你们是来做什么的！"

……

左钧直果然给段昶拟了个十分详尽完整的方案，建议先遣行人司、会同四夷馆官员同相关监察御史赍诏问罪于黎季犛，命他复陈其事，随后视其反应而动。倘若他愿意让位，则削其实权，立陈天平为王。倘若他不愿让位，则与之重新勘定两国之边界，令其归还此前两国争议之土地，探察其臣服诚意几何。不到迫不得已，不兵戎相见。

她甚至连诏书、辨明地界函件等都一气呵成地草拟出来，看得段昶和莫飞飞目瞪口呆。

“之前历朝历代的地界议定书和史志文献你都看过吗？！”

“段大人忘了，我从东瀛回京后，你不是打赏过我上万页的交趾文献吗？”

段昶费力回想，才想起来确有其事，当时不过是想为难为难左钧直，顺便给皇帝传个信，没想到那些文献竟都被左钧直看完了。

别说她何等聪慧，仅仅是这等勤苦，已经是其他人所远远不能及的了。

又见她果然如括羽所言，礼而不兵，段昶心中暗暗叹息。

括羽却没有再多说，只是郑重叮嘱：黎季犛习于变诈，无论说什么，绝不可以相信。

回去的路上，莫飞飞忽道：“今日他说的话，不可以告诉皇上。”

段昶点头叹道：“他没有反志，真是不幸中之大幸。”

弘启八年四月初，天朝行人等使臣一行前往南越，向黎季犛赍诏问罪。

次月，交趾使臣随众返还，表示愿意迎归陈天平，以君事之。黎季犛亲自书信谢罪，自陈悔意，甘愿让出王位，同时也愿意将过往所强占之地域奉还天朝。

群臣未料到黎季犛竟然如此恭顺，纷纷上表赞颂皇帝陛下天威煌煌，德服四海。

明严、姜离、段昶等人俱心怀疑虑，然而陆鹤、左载贤等三公九卿，皆力陈应该信怀远人，善待黎季犛，赐他爵位和封地，让他能够世世代代传以子孙。这样黎季犛便会感怀恩德，不思再反。更何况届时陈天平由使臣及南越官兵护送，直至登基为王，黎季犛便是想作乱，也断无机会。

这时黎季犛表书又至，诚挚拜言："……天军与天平远临，臣当亲率国人，恭迎境上……"

明严终于下定决心让陆挺之为使臣，遣南越驻军左副总兵关婴、右副总兵罗汉等人率官军五千，于六月护送陈天平回国，并封黎季犛为顺化郡公，以示安抚。

第八章 葡萄架下

夏日日落晚了许多。吃罢了晚餐，红日仍悬在西天，漫天的火烧云绚烂至极，赤中带着紫的颜色看得人心醉。

高墙的另一边传来丝竹雅乐和孩子们清澈的嗓音——这一日有晚课，倏倏在教那些孩子丝竹管弦和词曲歌唱。

左钧直一手挽着沐浴后尚带水汽的长发，一手拎了个凉水壶到小院的石桌上。石桌白日里被晒得滚烫，她轻轻碰了下，仍觉得热得烫手。

“你在这里看书，不觉得热吗？”

括羽坐在石桌旁的石凳上，半倚着身后的葡萄架，悠然自得地翻着一本薄薄的泛黄的书。

左钧直看着自己穿着轻薄的白麻衫子，都觉得浑身还在吱吱地往外冒汗，他穿得一本正经，竟然还是干净清爽，一粒汗也无。

括羽见她浴后长发水汽氤氲，白玉面庞上透出玫瑰般的色泽，不由得眼色黯了黯，长臂一钩，将她钩进了怀里。

左钧直惊叫了一声，死命抓着他的手掰开，挣脱来微恚道：“热死了！”

然而一抬眼，见他眸中已经有星星点点的欲色，心头吓得一颤，忙扯开说些高雅的话题。

“今天看的什么书？”

“《道德经》。”

左钧直震惊了，这死小子读史读集读得多，经书和子书向来不大爱碰，今儿个怎么太阳打西边儿出来，看起道家来了？莫非这死小子还在想什么“天下神器，不可为也，不可执也。为者败之，执者失之”之类的事儿？

“读到哪儿了？”

“四十二章。”

左钧直圆瞪双目，大叫一声转身就跑，可哪里敌得过括羽这练家子？不出两步就被拖了回去！

《道德经》第四十二章：“道生一，一生二，二生三，三生万物。万物负阴而抱阳，冲气以为和……”

天气酷热，墙那边还有娃娃们在弹琴唱歌，左钧直自然是死都不从。挣扎间碰倒了凉水壶，括羽眼疾手快地扶住，可还是泼得石桌全都湿了。

“热！”

她凶狠地瞪他，“不想要”这三个字虽然没敢说出口，可是已经清清楚楚写在了脸上。

“哦？”

括羽单手掐着她的腕，另一只手箍着她的腰轻轻松松将她提上了桌子坐着。左钧直只觉得臀下又湿又热，难耐得紧，口中低咒抗议时，却被他拎着那凉水壶自颈上浇了下来——

果真清凉。

可顺着他火辣辣的目光低头看时，她顿时面上似被火舌卷过，只差破口大骂，死命地挣扎起来。

春光乍泄。

雪白的薄麻衫子被凉水浸透，紧紧贴在身上，好似透明的一般。浑身上下玲珑浮凸，却又隐隐约约地半遮半掩，竟比浑身赤裸还要诱人。

做夫妻久了，便不似以往防得那么严实。更何况这天气酷热，沐浴完身上每个毛孔都向外散着热气，她便只套了这一件长衫子，没有再穿亵衣在里面。

哪里想到他来这一招，顿时让她吃了大亏。

每一天都当作末日来过。

每一场欢爱都似要到时间尽头。

他从来都知道她就是他唯一想要的那个人。

她从来没想过自己会如此地去爱一个人。

左钧直小时候听过《我侬词》："尔侬我侬，忒煞情多，情多处，热如火。把一块泥，捻一个尔，塑一个我。将咱两个，一齐打破，用水调和。再捻一个尔，再塑一个我。我泥中有尔，尔泥中有我。我与尔生同一个衾，死同一个椁。"只觉得韵调好听。

直到这一次次的抵死缠绵，情到深处恨不能化为一体，永世再不分开，才真正明了这首词的意思，也才明了，这等甜蜜深处又包含着痛苦的彼此折磨，方是"情"之一字的真正意味。

一室春意情浓若水。

左钧直掀开沉沉的眼皮，窗外净月蒙纱，缱绻月华无微不至，流泻在身边熟睡男人轮廓挺秀的侧脸上，浸润出凉玉一般的色泽。

也不知是几更天。熨帖的肌肤沁着清润凉意，比枕侧的竹夫人靠着还要舒适。

这炎热夏夜中的难得凉爽令她混沌的脑子渐渐沉淀出清明之境。

这男人，又有事情瞒着她了。

可望着他沉睡中稚气无害的容颜，她只能轻轻一叹，抬手去抚他如锋斜起的眉，帮他敛起垂落颈边的墨发。

明明见过他铁血悍烈的沙场雄风，明明知道他决断刚明无人可匹，还是每每在看到他纯净澄澈如孩童般的睡颜时，心口一阵阵悸痛。

赤子丹心湛如镜，奈何生在帝王家。

细密如羽的长睫轻颤，枕在她颈下的胳膊钩了回来，将她往怀中紧了紧，含糊道："还不觉得累吗？……看来是大好了。"

她的掌心柔柔地滑过他肌理分明如大理石般的胸膛，抚摸他匀实有力的腰背，轻轻道："你……内力恢复了？"

括羽曾同她讲过，他自幼在军中习练武艺，博取百家之长，然而最厉害的一门功夫，却是传自云中君的雪山炼气之术。

习武之人讲究内外兼修，内家真气，积蓄在丹田。然而云中君这门炼气之术与众不同的是，它蓄气之所不在丹田，而在后腰雪山。所蓄者，并非后天真气，而是先天精气。

雪山不过督脉命门与阳关之间的一处过道，真气循脉环流，过而不留。

雪山炼气之法一般人亦可习练，然而若非定力极强者，往往在第一关"凝气"之法上就铩羽而归，真气流窜，根本无法停留在雪山。

可是括羽一岁开始习练箭术，五岁学习盲射，心聚神凝，灵台空明，定力之强，绝非常人所能及。

云中君目盲而耳聪，能够依自然万籁辨方位、晓障碍，来去自如。然而括羽初入宫后独自在校场练箭，收敛精神，竟避过了云中君的耳力，这是此前从未发生过的事情，括羽也因此得以成为云中君唯一一名入室弟子。

当真气能够在雪山停留时，收放自如，便可以开始聚炼先天精气。

人乃万物之灵长，秉天地日月之精华而生，初生时，先天精气最盛，然而慢慢成长衰老，先天精气终于弥散殆尽，尽则人亡。

聚炼精气，便是要聚敛人之散于自然的灵魄，归化于雪山之中，蓬然博大，沛然莫御。

只是这聚炼之法好似沙中淘金、百草聚丹，千辛万苦，方得毫厘。须日积月累，勤苦不辍，方有所成。所炼之气，至刚至柔，至阴至寒，能够凝水成冰，化雾生霰。

倘若内力未复，他今日岂能现在凉沁沁的，让她抱着避暑？

可若是三花封穴解了，他为何还是乖乖待在这里，任由皇帝监视软禁他？

括羽埋头在她发里蹭着，瓮声瓮气道：“嗯。”

“什么时候？上次来莫飞飞给你解的？他哪来那么大胆子？”

括羽抱着她，打了个呵欠：“你从诏狱走后的那个早上，君上来了。”

左钧直愕然至极。

云中君。

云中君竟然会这么做。

括羽是北齐皇帝朱昀之子，按道理最恨他的当属云中君和女帝。

女帝当年流亡北齐时曾接近尚为亲王世子的朱昀，为长公主时将他一擒一放，后又被朱昀设计掳获……这二人之间的爱恨纠葛，恐怕绝非外人所能想象。

括羽模样多少与其父其母肖似，恐怕在女帝得知括羽的身份后，女帝便再不愿多看他一眼。

只一眼，就会令她想起朱昀，想到他日夜对着一个酷似自己的女人憧憬自己的情景。

这种羞辱是个女子便难以忍受。

而云中君作为女帝的男人，又会怎么想？

可云中君居然亲自解去了灵枢针法对括羽的禁锢。

解去禁锢，意味着给了括羽自由。诏狱的锁链再坚固，墙壁再厚，以他括羽的本事，都是来去自如。

她清楚地记得，当时云中君和女帝都在彦亲王的封地。云中君当是知晓了明严打算杀括羽的计划，于是连夜匆匆赶回京城。

“云中君怎会……”

“他让我自己选择。无论我怎么做，他都不会出手。倘若我杀他，他亦不会抵抗。”

“那你……”

“君上待我如父。”

左钧直无声一叹。括羽笑道：“他说我随时可以去天姥山寻他。”

“既然早就恢复了内力，为何不走呢？”

括羽静静地看着她，瞳深似海。

“我的心没有那么大。你就是我的江山。”

左钧直伸手揽住他的脖颈，二人紧紧相拥。

良久，左钧直问道：“那个灰衣女子呢？”

括羽道：“我同她长聊过一次，安排她同那几位旧臣故将一同出了海。”

“为何要装作内力尽失的样子骗路插刀和莫飞飞他们？”

括羽手掌流连在她凝脂般的肌肤上，丝滑如雨的触感令他爱不释手。“皇帝虽留我性命，心中芥蒂终是难消。”

几粒桂子打落肩头，幽香扑鼻。

左钧直在砚台边儿上有一下没一下地掭着笔，将那浸满了浓墨的羊毫赶得拢聚纤细。一堆桑皮纸写就的国书铺散在石桌上，饱满的朱色玺印鲜艳欲滴。

她拈了笔，迟迟落不下去。不是因为不知如何来写，而是因为心神不宁。

陆挺之等护送陈天平至交趾国境边上，黎季犛派了大臣来迎，自己却告言抱恙在身，备嘉宴候于王城。

入境十里，滔天山洪骤至。五千人马猝不及防，霎时被冲得七零八落。混乱中，陈天平和裴太师被杀，罗汉力护陈天平而身亡。最后艰难幸存者，只有陆挺之、关婴及数百名官兵。

黎季犛羽扇金冠，居高临下地立于陆挺之等人返还南越必经之崖谷上，翩翩然道："远夷不敢抗大国、犯王师，缘天平实疏远小人，非陈氏亲属，而敢肆其巧伪，以惑圣听，劳师旅，死有余责。今幸而杀之，以谢天子。"

状似谦恭，实则猖狂至极。

十五天后，明严方收到陆挺之等人的表奏，勃然大怒。左杭、林玖请兵伐夷，誓诛黎季犛。

明严奉享太庙，思虑再三，终于决定出兵。遂登殿点将，命林玖、左杭分别佩左、右征夷将军印，统率四十万大军，远征交趾。

左钧直名义上赋闲在家，却在段昶的软磨硬泡之下，重拾对交趾的外务政事。

她很清楚明严是默许的，甚至很可能是他授意的。毕竟她曾许诺，若明严能饶括羽不死，她甘愿唯天子之命是从，效犬马之劳。她对明严还有用。这是她还能活着的理由。

背上裹来融融暖意，两只胳膊环了过来。下巴搁在她肩上，暖暖的鼻息拂过她细嫩敏感的耳垂，痒得她微凝了眉。

"姐姐，你两个时辰没同我说话了……"

左钧直心中酸涩一喟。她既希望他一直这般地恋着她，细水长流地在这一方天地中偕老，又觉得倘使就此将他束缚在这方寸小院，他空有白羽满翼，不越沧海而栖矮木，那是她的罪过。

“想什么这么出神？”

括羽轻轻抽去她手中的笔，将她拨正到自己面前，细细端详她的柔白秀靥。

“真细……想来定是很吃墨吧……”

他拈了素净无纹的笔杆儿，作势向她颊上描去。左钧直想他向来说到做到，不说亦做到，连忙抬手去挡。她试图引开他的注意力，便道：“我在想小钟夫人好像快生了。”

括羽果然住了手，秀挺的眉微微拢了些，道：“还有一个月吧……这次有二哥亲自照看着，不会有事。”

当年叶轻出征时，韦小钟已经有孕在身，中间几次担惊受怕，竟落了胎。后来叶轻受伤，韦小钟去督军照料期间又有了身孕，却在颠沛流离中再次流产。今年过年时韦小钟方又怀上，交趾的事儿出了，叶轻本欲请战，明严却无论如何不再同意让他去，只道他已然封王，军功在身，也该让其他人历练一下。加之韦小钟好容易安安稳稳一胎护到今日，万万再大意不得，便点了林玖和左杭二人。

朝中其实力主括羽率兵出征的人更多。尽管朝中对他劫狱之后的去向揣测不一，更对他、左钧直和皇帝三者之间的关系浮想联翩，然而军国之事，到底不是这些琐碎花边所能干扰的。且不说括羽谋略过人、骁勇善战，单凭他出身于南越这一点，便足以令群臣联名举荐。

左钧直听段昶、莫飞飞和林玖说起这些事情的时候，心中只觉五味杂陈，又觉得万分讽刺。括羽却似是只当个笑话听了听，折了根树枝，画沙为阵，列豆成兵，告诉了林玖南越和交趾一带何处山险，何处涧深，何处兵不可入，何处城池夺而据之必胜。末了，他仍是嘱咐林玖万莫轻信黎季犛，更不可轻敌。段昶和莫飞飞面红耳赤，之前倘若听从括羽之忠告，何至于陈天平和罗汉惨死，两国兵戎相见？

括羽揉了揉左钧直紧锁的眉心，叹道："有什么事不能同我讲？"

左钧直别着头踌躇了半晌，抱住他的腰把头靠了过去，低低道："皇帝让我归朝——"她吐了口气，两个字从牙缝中挤了出来，"入阁。"

清楚地感觉到他的身子僵了一下，她苦笑："我开蒙读的是圣贤济世之书，向往的是'为天地立心，为生民立命，为往圣继绝学，为万世开太平'。小时候常羡慕男子可以科举为官，一展胸中抱负。所以当年皇帝诱引我入朝，未尝不是我心甘情愿。阁官……我何曾没有艳羡过？不是为了风光，只是想做一些事情……"

她没有直说，想表达的意思却再清楚不过。

括羽摸着她的头发，磨着牙道："你这说得，倒是让我有点想做皇帝了。"

左钧直大惊失色，手上失措掐了括羽一把："什么？！"

"宰相和皇后都给你做，这样白天能见到你，晚上也能见到你。"

内阁岂是那么容易进的？天机中枢，至今也不过六部尚书、五大学士罢了。谁不知一入内阁，无论品秩，便是天子近臣，可左右军国要策？多少人两眼红通通的，就盯着那阁臣的位置。

左钧直是女人，还是一个很年轻的女人。别说入阁，女子为官，都自古未闻。

可自那一日起，天下的人都知道风向变了。

有言官奏表曰，既然女子可为帝，为何不能为官？时势剧变，岂可泥古？抚定四夷，舍她其谁？

纲常之辩、伦理之争，整整持续一月之久，天下书院州学，无不激论此事。

明严冷眼旁观，这场论战本就由他授意挑起，他并不介意多看些热闹，看看这些臣子，平日端正恭敬的外表之下，都是怎样的心思。他更想看一看，这朝政若是再一大变，着意维新，哪些当是顺时之臣，哪些会是逆势之众。

交趾硝烟既起，界限纷争更是不断被提上朝会。十二封《与交趾辨明地界书》被抄了百余份，在金殿之下雪片般飞落。

满殿缄口。

“谁写得出，便入阁吧。”

冷冷淡淡，十数年如一日。一月未出一语，一语便定乾坤，驳无可驳。

在文武百官百味杂陈的眼色中、左家子弟嫉恨带酸的目光里，淡云宽袖长、衫粉白裙裳的年轻女子素面朝天，从容入殿下拜。蝶鬟翠髻已绾作妇人模样，丝络绾束，素雅庄重。唇噙一点朱砂色，眉描两缕黛螺光。

众人都看呆了，一时间竟忘了方才唇枪舌剑争辩的都是些什么，只在想这数月不见，她竟已经嫁了人。原以为不过蒲草质地，恁地如今凭空生出十二分亦庄亦媚的风流韵致？难怪皇帝当日一袭黄袍罩了她身，可瞧她一身庶民装束，分明又不是与了皇帝。

众人当下更不明白皇帝的莫测心机，却见这女人不卑不亢、不谦不让，磊磊落落，将皇帝的封擢一一领受。

“臣既以女身入朝，当服女官朝服，不作男装。”

好生嚣张！此前与她共事过的礼部、兵部官员只当她温柔谦和，哪知她一朝罪名尽洗青云直上，倒像是性情大变了似的，不但要开女子为官入阁之先河，还大言不惭地向高高在上的天子无理索求，恰自从未制备过的女官朝服开始，这不是奸臣之态是什么？！可恨的是皇帝却漠然应允，虽未善颜相待，却也是纵容！

时势所迫，天道不彰，竟让这等狡狯媚佞女子得势！

左钧直看到大路末处遥遥停着一辆青帘油壁小马车，车上车夫打扮的一人双臂枕在后脑勺下，仰靠在车壁上睡觉，脸上盖着一顶羊皮毡帽，两条长腿交并搁在车辕上，姿势悠闲自适，颇有几分大隐隐于市的味道。

左钧直的嘴角勾了起来，将行时，马嘶鬃扬，蹄踏尘飞，数匹高头大马拦在身前。看清了马上数人，左钧直渐冷了脸色。

“左钧直，莫以为笼络了太子，勾引了皇帝，就可以为所欲为。”

锦织官袍红得耀眼，端着一身绲金刺银的肃重官威，高高坐在枣红大马上，像是要让眼前秀致如柳的素衣女子低至尘土里。

“这算是一记杀威棒吗？”左钧直扬唇一笑，“左大人如今和我品秩相当，却坐在马上同我说话，未免与礼制不合。”

左载贤官居太常寺卿，乃是九卿之一，向来说一不二，哪曾想左钧直竟针尖对麦芒地毫不相让，不由得气道：“论辈分我是你的大伯，别说不下马，让你下跪都是天经地义！”

然而左钧直连皇帝都敢不放在眼里，那一通鞭子早就打掉了她对左家仅有的一丝敬畏，又岂会再如以往，多少顾及三分情面？

“大人认错人了吧？我出身贫寒，可不记得有大人这般的贵戚。”

旁边的老三大理寺丞左载文压着声音道：“左钧直，你其他的罪名都算是一笔带过了，可那里通外国的大罪，倘若传扬出去，别说朝廷，整个天朝都没有你的立足之地！”

左钧直眉尖儿微挑，有左杭在，括羽那北齐遗嗣的身份，自然是瞒不住左家。只是拿这事儿来威胁她，未免太不明智了。皇帝紧锁了这个消息，自然是考虑到若是让世人知晓北齐朱氏皇室尚有后人留存，不免人心不稳。“八英”中谁敢传出这个消息去，就是冒天下之大不韪。

“寺丞大人不妨放出个口风儿去，再摸摸自己项上人头还在不在吧！”

锐利目光扫过这几个人，想起过往他们对父亲的种种冷漠，想起那一通自私无情的鞭笞，左钧直心中顿时生出厌恶，偏了头，口吻中头一回带了讥讽：“听说侍郎大人在琅琊阁养了个盐道的女儿，生得好一副销魂样貌；寺丞大人在西郊亦方收了千亩田地，今年的收成甚是不错。”

户部侍郎左载道尖着嗓子道：“你胡说八道！”

左钧直冷笑道：“二爷小声儿些，满街的人都听见了！”

话语未落，左载道身后一骑突出，袖子底下露了棱光耀目。

只是左钧直而今哪还是以往天真无邪的少女？若不是有恃无恐，哪会这般尖刻地挑衅？

那悄无声息路人般走过来的人只是抬足一踢，左承焕座下骏马痛极长嘶，连带着他一同翻滚在地。左承焕狼狈不堪地撑身而起，恰对上一张俊中带煞的脸，方才还在手中的那把明晃晃的匕首，不知何时掉了个头，锋利的尖儿沿着他的颈脉走过，扬起生冷纤细的疼楚。

“我的女人，也是你动得的？还记得那几个偷狗贼吧？明儿把你挂到城头去，何如？”

……括羽冷眼瞅着街道末处腾起又落下的蓬蓬尘土：“幸好你爹被逐出家门，倘若你生养在那些人手中，我断断看不起。”

左钧直怅惘道：“他们就是怕我报复吧……我又岂是那样的人？只是他们还是逼得我做了我不想做的事。”

括羽道：“刻薄得好，换作我，我还能刻薄十倍！”

左钧直含怒踹他：“你怎么这么不善良！”

括羽不悦道：“我还不善良？我再善良些，早被左杭和陆挺之给弄死了。”

左钧直悚然一惊，忽想起他出关前那次射猎中的驽马和冷箭……难道真是左杭和陆挺之下的手？想起前后许多事情来，她心头霎时雪亮。

天朝历来的规矩是：无军功，不王侯。

陆家和左家，官位再高，权势再大，究竟不能世袭，家祚绵长与否，全凭子孙本事。世世代代要想保住高位，子孙便得拼死拼活地念书、科举、攀爬官场。这哪里比得上莫飞飞这等家中有爵位的活得轻松快活？

若无军功，最靠谱的法子莫过于攀龙附凤。偏生皇家人丁不盛，就鸾郡主一个是条捷径。陆挺之和左杭都是一心往上爬的好胜之人，难怪会为鸾郡主抢破了头，更是不惜下手陷害被鸾郡主看上的括羽。

眼看着叶轻北伐被封了王，陆挺之和左杭想必是眼红极了吧？难怪趁着交趾事起，先后请命南下。这般急功近利……左钧直有些忧心地看向括羽：“南征交趾……能胜吗？”

括羽眸如寒星：“那得看他们沉不沉得住气。”

左钧直摇头轻叹：“我担心……唉，其实也就是看林玖压不压得住左杭。林玖是个淳朴性子，并不爱与人相争。但左杭不一样。左家一门四人在朝，皇帝从左相开始就有意削夺左家权势。左家的未来，全系在左杭一个人身上。这一次的军功，他势在必得。”

看着括羽淡泊的模样儿，仿佛事不关己高高挂起，左钧直却放不下心，又道：“其实皇帝让我入阁，就是因为我是个孤臣，任何人都不会亲附我，我亦不会亲附任何人……正好让我去和左家还有其他叶茂根深的老臣抗衡吧……我越是骄横无忌，他大约越是高兴……”

括羽把她塞进马车里面去，趁着帘子遮着，惩罚似的咬了口她没个止歇的淡红嘴儿：“真是会揣摩上意，皇帝想这么多就罢了，偏生你想得比他还多。照这样下去，啥时候生儿子？”

左钧直面如火烧，瞧他似又来了劲儿，忙把他搡了出去，可他出去了，又止不住地有些想念。近一年的朝夕相处，今儿个不过白日几个时辰没见，怎的就这般不习惯？钩起帘子来，看到他挺拔如苍松翠竹的背影，心头方觉得纾解了些。她犹自发着痴，听见他道：“风大，收了帘子作甚？”

左钧直哪好意思同他说隔了层帘子都觉得想他想得不得了？心口不一地道：“我入了朝，你却被禁在家里……总觉得委屈了你……你没有不高兴吧？”

括羽赶着马，慢吞吞道：“我也觉得吃软饭太丢人。”左钧直心尖儿像被揪了一把，难过得不知如何是好，却听见他又道，“不过我现在又当马夫又当保镖的，夫人你就赏个双份的月钱呗。再算上陪吃陪喝陪睡，我这相貌身板儿怎么算都是个京城头牌吧？夫人你不再多打赏些？”

左钧直被他逗得笑了，呸道："原来你也是个臭美的，净贫嘴！"

车外冬日寒风凛凛，车内却暖意融融。这男人这样疏朗干净的心性儿，让她怎能不爱到心坎儿里去！

第九章　与君振衣

乳白色的浓雾在天地间弥漫，车轮辚辚之声由远而近，在一座简陋院子前面停下。一墙的爬山虎油油地招摇，妃红亮色从车辇中迢迢而出，艳光映上半壁盈绿，却被浓雾沾湿了鬟鬓，沁出些许凄清。

斑驳的木门虚掩，红酥手半带着犹疑，还是轻轻推开，门辘的轧轧声刺耳。一头雪白的猛兽迎面扑来，却在爪子搭上她的惊魂一刻被着青衣的俊秀男子拦抱了回去，在他怀里不满意地嗷嗷叫了几声，很快又服帖下来，蓬松的大尾巴刷去按在他干净挺括衣衫上的梅花爪印。

他的眼神依旧湛亮如碧汉朗星，一如初见。彼时，她随父王母妃方至皇宫，还未落殿，便听闻武英殿刚来了个同她差不多大的侍读生。她正愁没什么乐子，便兴冲冲地跑过去，果然见到一个小小的人影在空旷的大殿之前罚跪，面上肿起几道伤痕，瞳仁儿却是乌亮，像父王最爱的那副黑玉魄棋子儿。她远远地丢过去几枚石子儿在他身上，跪得笔挺的身子却是动也不动。头一回有人看见了她却没什么惊艳的反应，明澈的眼神儿晃了过来，又了无意趣地收了回去，仿佛面前那飞龙在天的大理石阶比她更好看似的！

她就是这样的骄蛮性儿，生在天家，习惯了所有人都把她捧在手心里，习惯了所有人都对她鞍前马后、唯命是从。

可他括羽偏不。对这匹南疆来的野马，她使尽了她所有的手段，到头来发现他还是桀骜如昔。

就是因为这样她才会死心塌地地爱上他吧？

印象中上一次见他穿青衣，是他扮成小太监陪自己去韩府赴宴，仿佛恰是总角之宴，言笑晏晏，是青梅，也算竹马吧。那一段星高云淡的稀疏时光，好似莲灯流落天河，灿灿明明，琉璃般澄净璀璨的光辉映透她所有的梦。

那时候他心里应该是还没有那个左钧直的吧？

她是从林玖口中第一次听说了括羽同左钧直的纠缠，隐约觉得这个名字似曾相识，极力回忆，才想起当年扶桑来朝时，有一个会同四夷馆杂官当街解围，那杂官自陈姓名，似乎就是左钧直。可是她无论如何忆不起左钧直的模样来。她本想去找括羽理论，却在暮色中阒无人烟的巷子口，见到了他拥着一个容貌平平的男装女子，温柔宠溺地吻了下去。

他难得地没有觉察到她，她便知道他爱那个女子已经到了旁若无人的地步。

那一霎泪零落，暮色如烟，心如死灰。

“郡主？”

他低唤了一声，墨晶的眉蹙起，眼底有几分迟疑，身子微微让了让，示意她进门说话。

她自然明白他这份迟疑，恰如她敲上门那一刻的犹豫。而今物是人非，他姓朱，她姓明，水火不相容。他的父亲险些虐杀她的父王，她的母妃曾是他父亲豢养的杀手，亦曾因背叛他父亲被关在地牢中三年不见天日。而她的皇姑母杀害了他朱氏全族，灭了他的故国。

喉咙似被绳子窒住，张一张嘴，吐出一个字都觉得困难。

他进屋取了个软垫放在院中石凳上，又倒了杯淡茶，道：“寒舍鄙陋，委屈郡主了。”

明鸾眼睛有些发酸，印象中皆是他往昔在宫中锦绣如玉的落落风华，却不知道这一身浆洗得发白的布衣也能被他穿得如此轩昂磊落，越发衬出傲骨琅琅。

终究还是爱的。就算是死了心，决意随了对自己十多年一片痴情的林玖，重见时才发现这份爱慕还是无法抹杀。

那仇恨又能改变什么呢？

她流泪，他默然地坐在对面。雾气渐淡，日光销金。他没有什么话可说，没有什么温柔可安慰，只能给予长足的耐心。

“我想……我想……”她张口难言，却知道他们之间并容不下什么更多的话语。她泫然的目光望着他，再难，她也得说出来。他眉锋微挑，她咬唇说道：“我想求你……去救他……”

眸海波澜扬起，映着金芒：“他怎么了？”

明鸾紧攥着裙边的纤指微微发抖：“方才得到八百里加急快报，左杭穷追黎季犛，孤军深入失了消息，他率军去援，却被黎季犛设诡计逼入孤城，兵粮俱断……”

眉心紧锁，唇角抿起，明鸾忽地起身扑通跪倒在他面前，握着他的襟角含泪道：“而今我谁也不信，只信你。我求求你……”

他霍地起身：“郡主！”

明鸾却紧紧抓住他的衣角不放，仰头，眸中泪水晶莹，盈然滑落：“我知道是我妄求了，我求谁都不该求你。是我们天朝欠了你的，是我们明家欠了你的，我们岂有资格再向你索求些什么？可……可除了你，还能有谁？……”

括羽道：“上一代的仇怨，我拎得清楚。我当是和你们两不相欠。林玖与我十年兄弟情谊，并非我想袖手旁观，只是——”他手指墙外，黑瞳中沄潮隐隐，“我如今能活着已是难得，你看这院外，潜伏着多少亲兵？郡主，要解孤城之围，必领兵权。倘你是皇帝，你敢让我带兵吗？”

明鸾花颜胜雪，凌乱的泪痕上清光烁然：“我知道……可我还是信你……就算你有了朱镝的身份，我知道你还是那个常胜，永远不会变的。”见他仍是不为所动，她垂了眉，“皇兄其实也信你，不然又怎会让我来这里？”

括羽抽出衣角，淡淡笑道：“谢郡主和皇上信任，我担当不起。国中大将何其多也，几曾少了我一个？请回。”说罢拂衣而去，不豫多言。

明鸾怔了片刻，眼看着他上了台阶，就要推门而入，心中不知何来的一股汹涌洪流，似是惊恐似是恋栈，似是郁愤似是不甘，急急提着裙子奔过去，从身后将他紧紧抱住。括羽冷着眉，欲伸手掰开她的手指，终究还是不愿触及她肌肤半分，垂着手道：“我已有妻室，郡主也同林玖定了亲，郡主莫再任性妄为了。”

明鸾闻听他语声冷硬，便知郎心似铁，这具身躯纵使她魂牵梦萦，这时候抱着，也如一块干木般了无滋味。他肯对那个女子千般柔情、万种蜜意，却自始至终不肯匀给她一分一毫。

可她仍是不愿放开。这一放便永无期待。君有妇，妾有夫，此生此世再无缘分。

泪水滑入口中，苦涩如黄连。

“我别无所求，送我回宫，好吗？”

连日价政务缠身，边境兵书一封连着一封，还得去应付其他官员的各种刁难。这些事情左钧直本不怕，约莫是劳碌的日子久了，这几日总觉得心倦神乏，身子也不利索得紧，每每回家都是倒头就睡。括羽忧心，她只道是边关吃紧，政事繁忙，大约熬过这段时日便好了。

这日边关急报甫至，兵部和内阁便急得一团糟。眼下一众武官和阁臣正在军机处议事，争论了一个时辰了仍是拿不出一个万无一失的法子。

她自知于军务不熟，那些臣子也容不得她插足，索性就退居一侧，缄口不言。几个老臣烦恼着，拿出水烟袋来抽。军机处里连日来都有重臣日夜当值，气味本来就不大好，这烟气一熏，左钧直越发觉得头晕眼花，隐隐觉得恶心欲呕，不得已出去透气。军机处在勤政殿之南毗邻文渊阁的位置，一出殿便见树明水绿，清风带露，顿觉清爽许多。

花枝披拂处，两个翠黄衣裳的宫女走过，喁喁低语。左钧直本无心思闲听，未料“括羽”二字飘入耳中，让她激灵灵一震。

翠衣宫女道：“方才勤政殿前面那位就是括羽大人吗？”

黄衣宫女得意道：“不错，你入宫晚，不如我们这些来得早的有那个眼福。不过今儿见到，也算是得偿所愿啦。”

翠衣宫女语声中俱是艳羡：“本以为皇上生得是无双的，原来还有人可以比肩……和郡主站一块儿，真是对璧人。”

黄衣宫女忙警醒她道：“万莫乱说，郡主是许了林玖将军的。括羽大人此前劫法场，现在被削去职权，成了戴罪之人。你瞧他穿得……身后跟随的，可都是十二亲卫中最了不得的人。”

后面翠衣宫女又说了些什么，左钧直已经无心去听，提着官裙飞一般向勤政殿奔去。

一路惊奔得钗环坠地，云髻倭堕垂散，惹得路旁宫女、内侍、亲卫等纷纷侧目。她心中却被惧怕密密地占满，括羽，括羽怎么又会被带进宫来？皇帝又想对他做什么？！

熟悉的龙涎香味袭身而来，幽幽缭绕于鼻尖，令他微眯了眼。贡墨、书香，甚至足下凉硬水磨大理石的触感，一切都熟悉得不能再熟悉。

御案前的人还是那个人，他却不会再是那个人的臣子了。

殿中侍奉的内侍在退殿之前，惊愕地看到那个消失许久的人一身布衣站到真龙天子面前，平平而视，松柏般挺秀笔直。他身后的鸾郡主轻轻拉了他一把，他亦是纹丝不动，半点没有下拜的意思。

而皇上说："你果然还是肯来。"

他说："迟早要有个了结。"

内侍自不明白这偈语般的对话是何意思，却也没有机会听见后面的对话。

明严道："你这一年多，过得倒是逍遥自在。"

括羽道："乐不思蜀自然有它的道理。"

明严冷笑："你自比阿斗，朕却不信你甘心一辈子伏在女人的石榴裙下。你给段昶、林玖定下谋策，莫以为朕不知道。"

括羽道："既是如此，为何今天还要召我前来？"

明严道："杀了你，朕觉得可惜。留着你的命，朕又觉得不痛快。"

括羽笑道："皇上这病，委实无治。"

明严道："朕向来觉得，龙啸九天，虎跃山林，各得其所，才是这人间最好景致。困于浅滩樊笼，养着还不如杀了干净。"

括羽眉宇骤凛。明严冷厉的目光亦逼了过来："朕，七岁视事，立志要开前所未有之盛世，睥睨万方，笑傲四海，绝不做守成之君。朕广纳贤才，那一年中先后得见你和左钧直二人，便知只需好好扶植，你二人一武一文，必将成朕之左膀右臂。可你，明知道左钧直是朕选中的人，还瞒着朕这么多年去招惹了她！朕本欲杀了你们两个，又觉得心有不甘！"

"所以你知道她会为了保我的性命，甘愿入阁为你所用，然后拿着她，反过来牵制我是吧？皇上不觉得这是在玩火吗？"

明严勾唇而笑："朱镝，你倒是个天生的霸主，若真能起事，朕会觉得此生有个旗鼓相当的对手，也无遗憾。只可惜你有个致命的弱点，就是太多情。儿女情长，英雄气短，注定你只能为朕所用。

"不消朕强迫你，也不消朕要挟你，朕只消硬着心肠，看着黎季犛多消磨林玖、左杭几日，任贼军在南越多掳掠几个寨子，你铁定会心软——别说你放不下兄弟情义，光是南越那片土地，你定是半点见不得它受到贼军蹂躏。帝王有罪，百姓何辜啊，对不对？”

一旁的明鸾顿时面容煞白，身子摇摇欲倒：“皇兄，你好狠心……”

修长手指硬硬地扣了起来，括羽寒着脸色道：“授我兵权，就不怕太阿倒持？”

明严拊掌：“你不忍心看百姓死。更何况——”

殿门被砰砰叩响，殿外内侍焦急呼道：“陛下！陛下！左大人非要面见陛下，方才突然晕倒在殿前了！”

明严色变，括羽却已经夺门而出。

枕上人双目紧闭，柔睫轻合。本就淡若山菊的容颜没了血色，更显清减。浓密的发拂落颊上，括羽的手包裹上去，那张苍白如瓷的小脸竟还没有他手掌大。

“陛下……”年老的太医诊完了脉，竟是哆哆嗦嗦，眼色飘忽在明严和括羽两个人身上，畏不敢言。

明严不耐道：“到底是什么病！之前明明还好好的，怎的突然就晕了！”

老太医颤声道：“左大人她……她……是有了身孕……约莫一月有余……劳累兼受惊吓，所以……”

老太医一边说着，一边仍是惶恐不安地看着那两个人。括羽对这御前红人颇是亲昵，看来之前劫法场确是有情意。可是皇上分明宣告了这女臣是他的人啊……这孩子也不知是……

他汗流浃背，这真是掉脑袋的活计……

闻听“身孕”二字，明严和明鸾两人面上都是瞬息万变，说不清是些什么情绪。括羽却是欣喜若狂，也不管旁边有人在，俯下身去亲吻左钧直，喜悦地低唤道：“姐姐，姐姐，我们有小常胜了。”

左钧直被他唤得悠悠转醒，一睁眼便是心心牵念的人儿，又惊又喜，长藤缠树一般紧紧攀附了上去，仿佛一松手他就会消失一样。水眸半合，柔唇贴着他的面颊呢喃道："你方才说什么？"

括羽宝瓶儿似的抱着她，低笑道："我说我现在抱着两个人，开心得要命！"

左钧直钩着他的胳膊僵硬了一下，和他撑开一段距离，瞪大了眼瞧他，眼角余光却扫到一旁尴尬而立的太医和脸色不大好的明严，霎时间血都凉了，惊惧道："皇上！"

这个孩子来得不是时候。

明严看着她自昏迷中睁开眼来，瞧见括羽的一刻眸中流光溢彩，一张平实苍白的小脸刹那间生动起来，好似寒林春来化生绿枝，斜风细雨尽是灵润，可见到他时，又惊又怕，再动人的神采也顷刻化作木然无趣。他瞅着她身子不自主地往括羽怀中缩，却又伸着细弱胳膊想要替括羽挡着，这样的微妙心思让他又妒又恨，拂袖恚然道："三天时间，你且想着吧！"

"不必了。"手上为左钧直束发的动作仍是温存，口吻却已经冷峻起来，"皇上可以安排一天的时间准备祭祀和誓师，我后天出发。"

明严眼风扫过，太医慌忙告退。左钧直闻言愕然，却被他温暖的掌心抚上面颊，安定心神的声音熏风般吹入耳中："莫担心，我去去就回。"

"你要带多少兵？"

"多多益善。"

明严目色转冷。括羽将他面上几不可见的微妙表情变化尽收眼底，心中通透，淡笑道："疑人不用，用人不疑。皇上倘是不放心我，不若直说是想送我一个马革裹尸的体面死法。"

十年相处，已经说不清谁懂谁更多一些。明严悚然发现那个曾忠诚地站在自己身后的少年纯净明朗的笑容背后，根本一直就有洞彻人心的力量。否则自一开始侍读班残酷的入门试炼开始，到后来层出不穷的权谋斗争，他如何能够举重若轻地一路走到现在？自己能将人心翻覆玩弄于股掌之上，他却一直都是默默地凝视，天衣无缝地避开荆棘陷阱。当他伸出利爪时，四个字便能穿透他心中的重重城府。

不过，这才是他青眼相待的朱镝，这才是他值得上心的对手。思及此处，明严丹凤双目微微眯起，面上生出几分笑意："好，剩下的京军，你要多少给多少。佩征夷将军印，为总兵官，兵权全授。林玖、左杭如能脱身，分任左、右征夷副将军，由你指挥。"

括羽坦荡而笑："皇上倒是舍得。二十万吧，在誓师大会上风风光光地闹腾一番。但我一个都不带走。"

明严觉得被括羽耍了，敛眉微怒问："何意？"

"太慢。"括羽给左钧直掖好被角，长身起立，行至窗下棋枰之侧，将枰上杂乱的黑白棋子一股脑拨入枰渠之中，二指拈起一枚白子，平平滑至天元位置，"大军浩荡南下，快则廿日，慢则一月。我一人，五天可至。"又抓起一把白棋，撒落于南宫星位，"皇上给我南越驻军的兵权即可，解围足矣。"

殿中空气有一霎的停滞。这样一来，可以腾出起码半个月时间，而祭祀誓师，不过是个障眼法而已。

所谓突袭，所谓出奇制胜。

"只是即使快了，大军也起码折损十数万，加上此前水土不服的数万人，恐怕还剩二十万能用。黎季犛举国三十八万兵马，你不带新兵，够用否？"

"兵不在多而在精。不过我确实要向皇上请三万神机军，携火炮南下。途中务必做出二十万大军的阵势，掩人耳目。"

明严狐疑道："你过去不爱用神机军，这次怎的破例？"

一溜儿黑子齐齐排于南方底防，括羽道："黎季犛最厉害的招数还没拿出来，那就是象军。我琢磨过许久，要破象阵，只能靠火器。"

明严目光变幻莫测地凝视着他，殿中静得听得见熔金炉中香烬塌落的声音。

括羽道："皇上且想着吧。人我先带走了。"到床边把左钧直打横抱起，大步出了内殿。明鸾飘浮不定的目光落到括羽渐行渐远的背影上，看到那被抱着的人儿挣扎了几下，不知听他在耳边说了些什么，把头埋入他胸前，乖乖地不动了。兵部和内阁的军机重臣群集前来觐见，恰与他们擦身而过，一个个瞠目结舌。

明严亦见此一幕，冷颜反身入了殿，扬起的龙纹衣襴泄露了难抑的郁怒。明鸾忽地了然，括羽既是要孤身去南越，那左钧直定是要留在皇兄身边的，否则皇兄又如何放心？

括羽素来不是张扬的性子，这一次却在众目睽睽之下，将左钧直从勤政殿一路抱了回去，分明是要令天下人知晓——这左钧直，是他括羽的女人，不是皇帝的。

皇兄对这左钧直约莫有些君臣之外的暧昧，此前龙袍一事，便是铁证。她知晓，括羽自然更明白。

可他这么一做，皇兄便动不得左钧直半分，亦不可能让任何人动她半分——不然岂不令天下人耻笑，令所有在前线浴血奋战的将士寒心！

明鸾嘴角笑意苦涩。左钧直醒来时的那一眼，明鸾已隐约明白为何括羽会对她钟情，皇兄这个寡情之人，亦会动心。

情根生处，世间俱是痴儿怨女，但恨月老，点错鸳鸯谱。

左钧直沐浴之后，拿了干布巾子擦头发，瞧见床上括羽就着两盏清灯翻一卷兵书，衣襟微敞，墨润的发锦缎般铺垂一身，仿佛将雪白里衣都染透了似的。

他看得专注，眉心微拢，有浅浅的纹。也不知是看到什么兵威冲绝之处，锐利的眉锋倒似带了点冷霜，凛冽得有些难以近身。左钧直忽想，不知他在军营中，醉里挑灯看剑，又是怎样一种旷古风流？明明都是金戈铁马的豪情，这时候却被她品出了令人心荡神驰的销魂味道来。

她出神地想着，面上不觉泛出浅浅桃花色。括羽一本书读完，斜眼见她眼波如醉，眼角眉梢无一处不妩媚得紧，晓得她又犯了痴，又好笑又喜欢又无奈，向她招招手道：“过来。”

左钧直似被勾了魂儿，酣酣然爬上床去，被他张臂箍在胸前，啄着她的唇儿促狭道：“又在胡乱想些什么？”

左钧直最恼他这样揭自己的短，握着他的脸反咬回去，咬着咬着便成了昏天黑地的亲吻，那亲吻激烈处又转缠绵，缠绵处再转悱恻，最后竟带出她许多眼泪来。括羽初时不知，待觉出她颊上湿意，那泪已经绵密不止，令他慌了手脚，胡乱吻着紧紧搂着，连连道：“别哭……乖乖的，我很快就回来！”

左钧直用力掐他的胳膊，哭得上气不接下气道：“你原是个最狠心的！我最讨厌你！你答应他作甚？好不容易盼到……你就去打仗，我真是恨死你！”

括羽心中亦是愧疚难舍，忍了疼任她掐着发泄，只是轻言细语地哄着。

左钧直哽咽道：“我们每分离一次，你都要从鬼门关前走一次。第一回是杀韩奉，第二回是铁狮子口，那两次是我不知道，不懂得担心，后来每每想起，都觉得害怕……你若……你若……我定是要陪你一起的……”

括羽拉了她的手在绵软手心打了一下，责道：“胡想些什么呢！诏狱里你那豁出去的劲儿去哪儿了？”

见她咬着唇委屈非常，眸中滟滟盈泪，他又觉得心疼，在她手心轻轻柔柔地揉着，眼神温软地注视着她道：“我说了会回来，就一定会回来。”

他拿着她的手按到自己心口，唇在她额上印下一吻：“你这个笨蛋，根本离不开我，离开我就找不着路，我怎么舍得让你一个人？”

左钧直想起韩奉地库里，一片漆黑，危机四伏。他松开手，她惶恐地追上去。他给她一片衣角握住，稳了她的心。

他的心依旧是那样缓慢而沉稳地跳着，一下，一下，给她安稳的力量。热力透过单薄的衣衫传到她的掌心，令她情不自禁地偎依过去。心中还是有些恨，她撩开他的衣襟，白生生的牙齿用力咬上他的肩头。

他吃痛轻哼一声，委委屈屈地把头埋进她的颈窝里。

左钧直见他明秀的面庞上倏然泛起红潮，胜似三春流景，较平时又俊出十分，试探着轻动，他只是极力隐忍，拿手背遮了脸哀哀道："你舍得折磨我……"

说是很快回来，可这一仗，谁知会生出什么变故来呢？莫说夷人狡诈，左杭和陆挺之那样的人，又岂会让他顺顺当当地带兵？……一去少说半年，再算上安边抚民，怕是没有个一年两载，他是难得回来……

少年夫妻，恩爱正浓。她与他成亲一年多来，两情相悦，如胶似漆，便是片刻分离也觉得难舍……这一别，何日能再似今日这般心心相印？她想让他快活，想让他也将她铭刻在心。

括羽紧实的身躯蓦地一震，仰着头又是难耐又是舒适地轻叫了一声，伸手去抚她的肩背。

括羽、括羽，她的男人，铁骨铮铮，却永远会在她面前露出脆弱而孩子气的一面，亦只在她面前。

他是她左钧直的，常胜是，括羽是，朱镝也是，永远都是她一人的。

她是这样爱他，爱他的每一面、每一处、每一分、每一寸。她愿意为他而痴狂。情到深处，生可以死，死可以生。正如他对她一样。

他握住她的手不让她乱动，紧紧抱住她，埋头在她浓密如云的黑发中，喘息了许久，方呜声道："姐姐欺负我……"

左钧直坏心肠地抱住他的头去亲他，愤愤道："我欺负你了吗？得了便宜还卖乖！"

括羽冷不防被她亲了个正着，嗷嗷叫着连连擦自己的嘴，一脸屈辱地瞪着她。

左钧直咬牙："南面的女孩儿虽然黑了点，却别有一种诱人劲儿。你要是敢……"

括羽蹭着她的身子噘嘴道："我就喜欢白的……"

“万一是朵青梅儿、竹马儿……”

“又欠教训了不是？”他翻身低头扎向她细白的颈子，手掌伸进衣里蛮横揉捏一方软雪，听见她哼出声来，方斥责道，“胡说八道！胡思乱想！胡言乱语！”一瞬间从兔子变成了狼。左钧直却是尤其喜爱他这力道，知道他是容不得她质疑他对她的感情的，胸中柔情满溢，定定地看着他俊秀的脸庞，伸出手来描摹他修润的眉眼。

“我们的孩子，一定要像你。无论是男是女，都叫朱捷，可好？”

他低头轻啄她的脸颊、口唇，柔声道：“好！”俯身与她缠绵在一处，只恨这一夜良宵苦短，恨不能生生世世永不休。

身边人轻轻一动，左钧直倏地睁眼，五指紧紧扣住睡梦中交握的那只手。蜡烛但剩最后拇指长的一截，孤单摇曳在蒙蒙亮的灰黑夜色里。

括羽指腹滑过她微青的眼底，面露忧色：“你这般不听话，不好好睡，让我怎么放心？”

她垂眸，缓缓抽出手指，说道：“我给你梳头。”

细密温润的木梳齿分开他墨黑的发，发丝满盈在她手中，温凉顺滑，莫名勾起些许甚是久远的回忆。她怅然道：“倘能不长大，多好。我永远在十岁，娘亲还活着的时候。你也永远在十岁，没有来郢京的时候。”

他说：“不好。如此我便遇不见你。”

她说:“那便在我们遇见之后吧。永远是我十五岁时，一起做桂花糕。”

他说：“不好。如此你总当我是个弟弟。”

她说：“那便在秋狝之后吧。总是你十八岁时，我知道我喜欢上你了，你还是简简单单的括羽。”

他摇头，凝望着她，道：“姐姐，当时在诏狱，我也觉得我之前那十八年，活得像一场梦般虚假。可后来你去了，我忽然觉得，好像我走的每一步，冥冥中安排，都是在让我靠近你。

“我什么都没有了。雪那么大，可是我看到你了。抱着你，我觉得很真实。我想，你一定是来救赎我的那个人吧。”

他的手小心翼翼地按上她仍然扁平的小腹，像是去触碰一尊最精致的细瓷，无限憧憬道：“想想还是觉得好神奇……这里面真的已经长出来一个小人儿了吗？不知道现在是不是像小人参果儿一样……”左钧直忍泪正要啐他，只听他低下头去，对着她的肚子有些腼腆道，“爹爹不在的时候，好好照顾你娘……不许欺负她！不然爹爹回来打屁股！”

白日里皇帝送来的铜菱叶大箱子甫一打开，耀耀明光登时晃了人眼，落在四壁上俱是雪亮光斑，好似空明水波。

朱红战袍，金腹兽衔一十三金铐腰带，护心镜光可鉴人。左右护肩俱为威风凛凛的吞云兽，片片明甲镏金錾银，凤翅头盔雕翎飞羽，九曲簪缨分明是帅字冕旒。

“见日之光，天下大明。”左钧直喃喃道，“朱衣麒麟，宝相明光铠……大楚开国武祖所服之甲，怎的给你了？”

括羽见甲，脸色有些古怪，拧着眉头道：“应该还有一件吧？”

左钧直当时在繁楼，同刘徽很是学了些机关技巧。指尖儿细细摸过箱侧精细的星宿阴纹，她辨出了一枚九华菱叶，脆力一扣，只听见铮的一声，弹出一个夹层，沉沉墨色如暗夜冥河，似要吸尽一室的光辉。战袍玄青，铠如细鳞，较明光铠更显洗练无华，然而冷峻悍烈之气又非明光铠所能比拟。

“这是……”

“玄武沉光甲。”括羽答道。

左钧直陡抬头，目中尽是讶异之色。玄武沉光甲！一字并肩王的王甲！

已多少年不曾有人提过，没想到这玄武沉光甲，竟然还同宝相明光铠一同流传于世！

数百年前，武祖明越与其异姓兄弟朱崛合力平定乱世，铁血雄风共创山河一统。大楚立国之后，明越封朱崛为一字并肩王，与其平起平坐，并将整个东北赐为朱崛之藩，朱崛因而成为大楚唯一的藩王。

百年之前，楚帝信谗言削藩，朱氏先下手为强，驱军南下，立国大齐，终致大楚裂国，分江而治。

括羽目中亦漾着浅浅的波。

方入侍读班时，他曾在太庙中见到过这两副铠甲，一见便挪不开眼。明严不知何时出现在身后,对他说:“此甲非汝莫能披也,勿负本殿之望！”

沉光甲自朱崛逝世后再未出世，明光铠数百年来，仅靖海王等大将挂帅出征时穿戴过。

明严今日竟将两副铠甲齐齐送来，是要唤起他旧日信义吗？

左钧直拈起匣中附带的一折誓师礼书，静静地看了一会儿：“倘若你凯旋，恐怕他是打算封藩了。”递与他道，“誓师仪式中，并无命你下跪称臣之礼。”

括羽未接，嘴角浮出无奈的笑意：“做到这一步，于他实在难得。只是他愿意给，我也未必想要。”拾起那一片片甲叶都打磨得精致的连环铠甲，缓缓摇头，“明光铠、沉光甲，都不过是个仪式，谁会真穿着它们上阵搏杀呢？华而不实，反成累赘。封藩也只不过是个更大的牢笼，我想要的，不过是在你我都完成心愿后，扬一叶轻帆，携手碧海听潮罢了。”

左钧直踮起足尖钩下他的脖子恋恋亲吻：“不爱江山，爱……哼，当时你的灰衣姑姑便骂我那个……祸水来着。”

她始终不肯承认自己是红颜美人。括羽钩着她柔软的腰肢回吻：“反正我也不是什么英雄……”

曦光渐现，院外人催促一声紧过一声。左钧直默了声音，帮他系上紧身窄袖的玄青战袍，披上身甲，套上战靴，扎上护肩、护臂、护膝……那沉光甲仿佛恰为他量身而制，不长一寸，不短一毫。这甲本似有魂，一上他身便与他的气质密合无间，俊秀容颜刹化修罗色，疏朗眉宇间锋锐迫人。

昆吾剑龙鸣出鞘，月光泠泠。

一身玄华苍峻之气凛然夺天，左钧直不自觉地后退了两步，眼前人与那横戟立马的身影终于重合在一起。

他单手提了缨盔，去握她的手，些些寒凉，放在口前呵气为她取暖，仍是不放心道：“天气又凉了，多穿些衣服。但使我掌着兵，皇帝绝不会让你有什么闪失。乖乖的，不要乱跑，等我回来。”

听说他带兵时甚少废话，对她却絮叨得很。她眸中水涌成潮，手指蜷得紧紧，却被硬硬地塞进一个小物事来。

“拿着，想我的时候求一卦试试。”

他眉眼聚笑，恋宠万分。她张开手掌，手心中躺着的，是此前她送他的那枚小小签盒。

白铜的圆巧盒身被摩挲得光滑温润，也不知在他手中被把玩过了多少次。

第十章 三军夺帅

一夜小雨洗去道路上的尘土，入目都是郁郁葱葱的鲜绿。空气湿重，泥土和青草的清香随风飘荡，沁人心脾。

满载着新斫青竹的牛车慢悠悠地朝着城门口驶去，粗重的牛蹄和车轮在大道上刻下深深的印子。赶车的年轻人穿着半袖白葛布衣长裤，露在外面的黝黑皮肤落了露水，迎着熹微晨光闪烁着钻石般的色泽。赤足黄麻草鞋，泥迹斑斑。麻绳捆起来的高高青竹堆上躺着个壮汉，牛车吱吱嘎嘎地晃悠，他却睡得稳稳当当，枕着的双臂隐约可见肌肉虬结，粗大青筋根根绷起，想来力气非凡。

年轻人扶了扶头顶的竹笠，遥遥望见城门上“乂安”两个古朴大字。

“阮叔，快到了。”

被称作阮叔的壮汉闭着眼道：“晓得了。这么多年，教你的交趾话还没忘干净吧？”

年轻人呵呵笑着：“幸亏还能说几句。还是歌儿记得清楚些。”

阮叔亦笑道：“没忘本就好。上次你回来，养得像白豆腐似的，这一遭怎的又黑回来了？”

年轻人道：“路上甩着赤膊连晒了几天。方才还嫌不够黑，又抹了些炭灰。”

阮叔道：“你倒是有心。不过有阮叔在，这关该是没什么问题。后面就要看你的了。”

年轻人道：“我定是要拿潘福良的人头血祭罗汉阿叔。得手之后，阮叔接应弟兄们入城便是。”

乂安是交趾北部紧邻孤城的一座驻军城池，城虽不大，亦不似孤城地处要冲，却是南面大城清化的粮秣贮存周转之处。

左杭所率二十万大军长驱直入，一路攻城拔寨，直捣交趾中部京都承天城。未料挺入腹地如此顺利，却是黎季犛的一计。

黎季犛大胆将承天城变作空城，提前率大军北上潜伏，冷眼看着左杭大军赳赳南下，然后迅猛切断其后路，一座座收回城池。左杭急于求成，一路所拔之城虽派驻守城军队，然而京军到底不习交趾地理民情，语言不通，有诸多难处。黎季犛大军卷土重来，城内扮作百姓的兵将哗变，防守不堪一击。左杭所遣大军亦成为孤军，与林玖之军失去联系。

林玖率军十万南下救援，在清化一带遭遇黎季犛的伏击，被迫退入孤城。陆挺之命五万大军坐镇大营，自己率剩余五万前去为林玖解围，却始终无法突破黎季犛的防守。山川河流，天险地堑，俱为黎季犛所用。京军久在北方辽阔天地间纵横驰骋，哪知交趾山河地形如此复杂，天气炎热，密林中毒虫猛兽处处，兵士们苦不堪言，无数人水土不服，没倒在战场上，却倒在了瘴气迷雾之下。

小小一个交趾，竟让所向披靡的四十万京军深陷其中，一连数月除了苦苦支撑，一筹莫展。

当时雄师南下时，所有人都以为此一役必胜无疑，谁曾想过如今这个进不得退亦不得的状态？

京军的耐心被消耗殆尽，却只能看见黎季犛时常羽扇纶巾，不甲不兵，逍遥往来于孤城之下。

虽是清晨，乂安城门口仍聚着重兵，将稀疏往来的人等拽来拽去，仔细盘查。

阮叔跳下车来，拱手哈腰道：“军爷，城中造箭制甲要用竹子，这一车凤尾竹是给潘大将军送去的。”

阮叔本就是南越与交趾交界一带的人，交趾话说得地道。城卒把他上下打量了一番，又见简陋的木板车上满满的都是竹子，并无异样，粗声大嗓地问道：“叫什么名字？条子拿来！”

“阮友，阮友！北边猫儿山的。”阮叔连连答道，摸出一个皱巴巴、湿漉漉的字条来。城卒目光扫过，见得大红的朱印，纸上全是汗渍，也不愿拿过来细看，挥手厌恶道：“过去过去！”侧眼又见到赶车的年轻人，狐疑道，“这是谁？”

阮友憨厚地笑道：“我儿子阮胜！指着多卖几车竹子，回家娶媳妇儿去哩！”

竹笠下的黑脸儿咧嘴一笑，露出一口亮晶晶的白牙。年轻人从牛角上取下一个蒲叶包，从角上能见着里面糯生生的米粉：“军爷一大清早就来守城门，山里人也没啥金贵的，我娘做的米粉儿却是一等一地好，军爷不嫌弃，就当是个孝敬。”

城卒劈手夺了：“走走走！”

时候尚早，城中亦没什么人。年轻人把牛车赶进一条窄巷子，阮友躺在竹子上舒舒服服地道：“当年关婴他们捡你回来，好多人还嫌是个累赘哩！你小子果真出息！这辈子能被个一品将军叫一声爹，老子赚到了！”

年轻人拿下竹笠，星目凛光，正是括羽。抬眼处一骑三从驰来，领头将领翻身下马，持矛斥道：“你们两个下来！”

“车辙那么深，你们车上都是什么东西？！”

括羽从车上抽出一根长竹，伸到他面前，温温然道：“军爷看看，这是什么东西？”右掌忽地猛一击竹端，竹身从顶端裂作三根篾片，连丝带缕，疾飞刺喉绝命。竹开刃现，括羽执之，无声刺穿将领喉心。

阮友道：“眼力倒是不错，才做了个小将，可见那潘福良容不得人。”

两人飞快地剥了四个交趾兵的军服换了。括羽望了望日影：“两刻之后，潘福良校场阅兵。阮叔，我们就在那里见。”

阮友点头：“多加小心。”

虽已是十月份，交趾的天气却仍是暖热。只是雨季将尽，日头一出来便驱散了湿雾，清透明净。

义安守城军士在校场上列队待命，等来的不是将军潘福良，而是一个陌生人。

潘福良的头拎在他手中，鲜血滴下一路，渗入粗粝的沙石里。

戈戟刺天，利矢满弦，齐齐对准那个未着甲胄的人。

一箭啸天。

“我，括羽。”不高的声音运了内力，水波一样漾开，响在每一个军士耳边，在群峰间回荡，“黎季犛弑王篡位，杀害皇储陈天平，天军应陈天平遗命前来助陈氏复国，并无侵略之意。”

义安军闻言骚动起来。一名副将大声道：“你们天军大军压境，分明就是觊觎我国国土！我交趾虽小，却也容不得你们这些中原人在这里撒野！”

括羽放下潘福良的人头：“我括羽今日起誓，待陈氏即位，黎季犛自戕谢罪于我天军英魂，天朝若再犯交趾寸土——”劲弦一松，云霄中一只乌隼应声而落，白羽贯穿胸脊，“有如此隼！”

“这人杀了潘将军，又要诛杀我王，还不动手！”

“谁敢动手！”

校场高墙之上阮友一声暴喝，密密麻麻的长枪利箭挺出，在日光下白闪闪一片，气氛越发剑拔弩张起来。

乂安守军八千余人，因等候潘福良检阅，全数聚集于校场之上。眼看墙头上尽是乔装作交趾人的南越地方兵，也不知人数多少、何时潜入城中，想起过往罗晋和括羽的手段，乂安守军心中顿时发虚。

括羽孤身立于重兵之间，耳力敏锐到极致，听得到四面八方一切声响，暖风别过箭羽，剑脊擦过鞘身。

括羽目光倏转：“潘福良纵酒虐兵，黎季犛横征暴敛，诸位仍要为他们卖命？我已下令南越军寻找陈氏之后，拥护天军，便是拥护陈氏旧主。眼下我南越大军已经调出，夜袭黎季犛于清化山。乂安亦已成孤城一座。诸位是要做黎家鹰犬负隅顽抗，还是弃暗投明拥立正统国主，速速定夺！”

天朝史载：

弘启八年十月六日，骠骑将军括羽临危受命，佩征夷将军印，为总兵官，率神机营三万南下。

弘启八年十月十一日，陆挺之率兵再度发起猛攻，与交趾军激战，各有伤亡。当晚，括羽及南越驻军左副总兵关婴密引南越精兵一万，夤夜衔枚，避过敌军耳目，取道捷径，突降清化山。黎季犛军见括羽帅旗，仓皇掉转军阵迎战。

弘启八年十月十二日清晨，乂安城降，孤城粮草得续。陆挺之大军与南越军会师，阻黎季犛军于清化城中，孤城之围终解。

……

后世之人阅及这一段历史，固然为括羽之诡兵奇谋击掌叫绝，却也对正史记载心存疑虑。从受命到夜袭，不过五日间隔，便是神行戴宗，也未必有这么快。只有在稗官野史之中，方寻到蛛丝马迹。有驿吏写《驾部异闻录》载：“……夜见异貌者赤膊投驿，汗流如注，所乘之马疲极倒地而亡。……驿臣迎之极恭，歇不过盏茶工夫，驰马再行……”

孤城伤兵营中，浓浓的血腥气和药草味混杂一处，血肉模糊残臂断足者无数，却无一声呻吟，反而是欢声笑语不断。

“……还以为要命丧于此！不料来了括羽将军，还有漂亮的小妹子！夫复何求！”

“可不是！我当时力气都使光了，背上挨了一刀，疼得要命，眼看着贼兵拿刀来砍，却半点动弹不得。可是一箭正中那贼兵眉心，我就知道谁来了！果然就被他拎上马去，他还说：‘三爷你欠我一场架呢！这么就死了太不爷们儿了！’我那个乐啊！”

提起和括羽打架这事儿，顿时引来一片乐滋滋的回忆。

“三爷你还打吗？”

“打个屁！”

“哟哟哟，当年是谁最不服，说某人胡子都没长出来，凭什么当将军，还扬言要在全军之前揍得他回老家？”

“滚！”

众人哈哈大笑。有人嚷嚷道：“喂喂喂，你们这些臭丘八，在漂亮妹子面前说什么粗话！”

“就是就是，有漂亮妹子在，还聊什么打仗打架的！阿惹妹子，成亲了没？没成亲给俺做老婆吧！”

众人又大笑不止：“不许不许！好好一朵鲜花儿，怎能插在你这牛粪上！”

“牛粪怎么了？牛粪肥花儿呀！”

穿着山茶花衫子、名唤阿惹的少女是军医孟秋生唯一的一个女徒弟，治外伤本事最好，二八年华，微黑皮肤上生着一双灵动如水的大眼睛，笑起来甜丝丝的，有着南越姑娘特有的娇俏可爱。

阿惹在军中和士兵们嬉闹惯了，也不介意他们这般拿她逗乐，却在调戏她最多的那几个年轻兵士伤口上稍稍着了些力，疼得他们大叫了声才变得轻柔。

“阿惹妹子好狠的心哪！”

“阿惹妹子就让你这油嘴的疼死！”

“阿惹妹子哪里舍得让我疼！”

“阿惹妹子……”

一旁的一个小学徒终于听不下去，大声道：“你们别再乱嚼舌根啦！阿惹姐姐是被罗大将军定了做儿媳妇的！你们谁都不许抢！”

“啊？！”

营中顿时哗然，交头接耳议论不绝。

“说什么呢，这么热闹？”

括羽薄甲未解，一身血尘，大步走了进来。

众兵士越发觉得有好戏看，投向括羽的眼神更是带了兴奋和好奇。括羽微皱了眉，道：“孟叔，我拿些止血生肌的白药和药棉绷带。”

马上有军医去给他取。孟秋生道：“受伤了？怎么也不来让我们看一下？”阿惹的一双盈盈妙目只在他身上转着，只是他一身玄青战袍，看不出哪里带了伤。

括羽笑道：“小伤。军医人少，能料理的便自己料理了，别耽搁了伤重的弟兄们。”

众人心中都是一暖，却有胆儿大的人高声问道：“括羽将军，你真的已经成亲了？我妹还念着你哪！”他这婚事始终不曾公开，早引得各种揣测，瞅着他现在有空儿，赶紧抓着真人逼问一番。括羽向来和军士们私底下打成一片，这些人自然是毫无忌讳。

括羽无奈道：“成了。”

“真是娶的那左家女阁官？”

“是。”

虽然早猜到是这样，可是左钧直的名声着实不太好，他亲口承认，还是导致一片骚动。

“那阿惹妹子怎么办啊？”

括羽拿了药，黑着眉眼道：“军规第三十三条，不得在将官面前无理取闹，违者二十军棍！”

他难得地以势压人，反倒让军士们更加乐呵起来。

“军规明明就三十二条，哪来第三十三条？你胡诌呢！”

括羽一条腿跨出门外，丢下一句：“今天，现在，有了！”

众人哄堂大笑，安慰阿惹道：“阿惹妹子别难过，你看我们哪一条汉子比不上你括羽哥哥？这么多人，你想挑哪个挑哪个！”

“对嘛。再说了，万一你实在舍不得人家，做个二夫人也好呀，如今男人哪个不是三妻四妾的？我见过那女阁官，模样儿平常得紧，还比人家大上几岁！阿惹妹子这般漂亮年轻，人家肯定更喜欢你！”

括羽出了营，只见一个副将急急来报：“左杭左将军回营，正要找将军说话！”

辕门前气氛不善。左杭所领的二十万京军一路浴血突围至此，算上伤残之兵，尚余十二万。林玖、陆挺之麾下军队合起来共十五万余人，与南越军一万人共同集结于辕门之前，黑压压如潮水般淹没了孤城之外的整个坝子。

括羽双拳紧握，望着那十二万精疲力竭的京军残部，眸中带了血色。

便是北伐，也不见折损至此。八万儿郎魂归交趾，令人心寒。

所有人心事重重。

括羽道：“众将士数月奔波拼杀，体力必然已经耗尽，先入城休整吧。”

左杭忽然冷声道：“你有何资格在此说话？”

括羽微愣。林玖道：“八弟，如今是括羽掌兵。”

左杭道：“是吗？兵书何在？”

林玖和众将怔然，括羽携皇上密旨和南越驻兵兵符而至，而官方授命兵书至今未达。

左杭冷笑道："兵书未至，凭他空口白话，你们便信了？"

林玖道："八弟，括羽日夜兼程赶来，驿站急报也不会有他快。更何况他有皇上亲笔谕旨……"

"你别忘了他是什么人！"左杭伸手一指，"南越军肯定还不知道吧，你们罗大将军捡回来了一个北齐孽种——朱镝，还像宝贝一般地养着！我绝不相信皇帝会将京军兵权授予他！三十万大军入他之手，反过来与黎季犛勾结，我天朝危矣！"

"八弟！"

陆挺之冷然道："七弟，我认为八弟说得对。"

暝色四合，云气苍涌。天边一声隼鸣，唳绝九霄。

朱镝这个名字，是尘封已久的记忆，好似一道早已愈合的伤口骤然又被撕开，露出血淋淋的残酷真相。

大军已经喧乱至极。左杭的话潮水一般被传到后方的军士耳中，无人不闻之色变。

那些京军中，无数人曾与括羽出生入死、同仇敌忾，突然听说他的身份竟是自己的死敌，一时之间，哪里反应得过来！

关婴、阮友等南越驻军大将，旧日都参加过楚齐之战，杀过北齐人，亦有同袍兄弟死于北齐人之手，与北齐人之间，可谓有不共戴天之仇！只是他们哪一个又不是看着括羽从一个小婴儿慢慢长大？哪一个不曾抱过他，教过他武功，争着抢着逗他叫一声爹？

关婴一把捉住括羽的手臂："常胜，我不信他们胡说！你是我亲手从西关土地庙抱回来的，朱镝早已经被烧死在北齐皇宫里了！"

括羽木头人般被他拽得一个趔趄。左杭道："倘若他不是朱镝，皇帝怎的不直接让他率兵出征！倘若他不是朱镝，怎会在秋狝之后突然消失不见！”

关婴怒道：“左将军勿乱讲！倘若他是朱镝，皇帝怎的不杀他！”

左杭冷笑：“皇帝本来就要杀他，还不是那个妖女不知使了什么龌龊手段，让他得以苟活于世！”

白光遽动，利刃横上左杭颈侧：“左杭，我一忍再忍，若非不想动乱军心，我现在一定要了你的命！”忽地转身，运力大吼道，“事已至此，我便堂堂正正地拿回自己的名姓！我姓朱，名镝，北齐帝第三子。不知身世，我亲手带着诸位剪灭了自己的母国；一念之仁，留妻与子软禁于宫中，独身南下解孤城之围。我朱镝光明磊落，心地可鉴日月。”悲愤决然之声回荡于群峰之间，震得人耳膜发颤。

三十万大军，鸦雀无声，仿佛与万籁俱寂的天地丛林融为一体，时而但闻夜鸮从林间簌簌飞起，枝颤飞叶落地。

天大地大，何处栖身？

晚来秋云带潮，风过马鬃草声飒飒。

括羽声音渐缓苍凉：“如今身世大白，我自知不能为天军所容，诸位要我的性命也好，容我离开也好，就此作别。”

说罢，卸甲除剑于地，一步步向辕门之外走去。身躯挺直，玄衣当风，凛然坦荡，竟无一人上前阻拦。

南越军诸将士愕然片刻，忽然大片人马倾阵而出，追至大营京军集阵之外，齐齐单膝跪地，杂声道：“虽是未掌京军兵符，我们南越军的兵符却在你手中，我等愿意誓死追随！”

“对！我们只认你是罗大将军的义子，不管你是什么朱镝！”

括羽反身伏地回拜：“兵符我已交给关将军。十年养育之恩，我一日不敢忘怀。”

暮云千里，落日熔金。三十万大军茫然远眺，却见那一道孑然孤影越来越小，最终消失在茫茫山峦间的雾气里，但余群峰青青，飞鸟投林。

寒冬三九，闭藏之时。水冰地坼，风吹觱篥。

方未牌时分，天色已经暗如冥夜，又一场大风雪在即。大理寺中各衙都点起灯烛，火光通明。大堂之中，更是灯火如昼。

刑部尚书、大理寺卿、左都御史三法司端坐于堂上，三法司从吏近百人，衙役如林，森然立于堂下两侧。

弘启九年，第一场三司会审，审的便是盐道贪污大案。

这桩案子，自皇帝推动盐道改革而起，一连串拔出贪官污吏无数，连世代以家风严正著称的江北左氏都牵扯其中。

户部右侍郎左载道、大理寺丞左载文，收受贿赂、官商勾结，停职查办。

大理寺三司会审，多关系朝廷要犯之重案，牵涉机要，并无百姓旁听，然而这一日所审多是朝中涉案官员，堂下却也坐了许多听案的官家之人。须发皓皓的左相，竟也在左载贤的搀扶下到来，面色发灰，不复以往矜傲模样。只是在场官员大多敬重他年老资深，纷纷施礼退让。

一审便是两个多时辰。左家本就是朝官世家，左载文更是大理寺丞，精通律法，不请讼师，自行辩护。这一场审判，撇开道义不谈，在三法司众官员眼中，堪称精彩，到最后竟陷入僵持，只是三法司提取证据时，最重要的人证、物证俱已不见。

琅琊阁的那个姑娘猝死狱中，留下遗书将过往供状尽数翻案，反告三法司屈打成招之罪行。

西郊田地所呈契书，根本与左载文无关，账项往来清清楚楚，全无异常。

蹊跷至极。

江北左家乃是天朝第一大家族，根深叶茂，衬得子孙单薄的皇家都显得苍白。

谁都知道左家权势熏天于国无益，欲以家法鞭死朝廷命官左钧直这种私刑，整个天朝，敢做得堂而皇之而不受律法所惩的，除了左家，恐怕也就江湖黑道能与之比拟了。然而要动左家，却不是那么容易的事情。

韩奉死后，左相主动告老，却是以退为进，令皇帝几年不方便再对左家下手。

盐道改革，本也是皇帝秘密筹谋许久的事情，不料在最后当口，还是被左家翻了案。

三法司自知其中必是左家人暗地操控，然而天朝律法严明，证据不足，不可定罪。

一番商讨之后，终于决定退堂再审。惊堂木未落法案，大堂门户骤然大开，风雪灌入，吹得堂中火苗齐刷刷荡了一荡，寒意透过裤腿袖口淬入肌骨。

“大人且慢。人证、物证尚未到齐，怎可就此结案？”

清越声音中带着雪的冰凉，听得众人心中莫名地悚然一惊。

拥着墨玉金丝大氅的女子施施然入堂，青丝间一朵素梅银蕊满盛了雪花，随着她浅浅拜礼飘拂落地。

身后跟着两名峻如冷山的乌衣翊卫。

“谕德大人不在东宫教导太子，来大理寺难道要亲为人证吗？”

左钧直入阁，是以文渊阁大学士的身份，兼太子谕德。然而朝廷官员认为她是女子，未经科举入翰林院，拒不承认她大学士的身份。虽然皇上和吏部的任命不可违反，这些官员却非要争个口舌之利。

左钧直自会同四夷馆开始，身后非议一直不断，早就习惯了这些无聊的争吵，别人愿意叫左谕德还是左大学士，她也丝毫不放在心上。

堂中置了许多炭火通红的火盆，掩上大门后又暖热了起来。淡漠素容上雪粒融化，倒像是被扑了一层珍珠细粉，润泽莹透。

“江北左家的家事，我向来不掺和，只是如今和我自己的家事扯上了一点关系，我再不出面，别人都当我一个孤身女子是好欺负的呢！”

她淡淡地、似笑非笑地说着话，清浅目光将堂上众官员一一掠过，纤白手指不疾不徐地把官服外的大氅解了下来，被身后翊卫前行一步接了过去。

听出了她那含沙射影的春秋语意，曾处处为难她的官员面上都有些不自然。

天渊之别。六年前那个会同四夷馆译字生默默无闻，恭谨小心，几乎不敢抬头看人，谁能想到她竟能青云直上，到如今睥睨群臣张扬无忌？

这个女人，朝中无人敢与她结党成朋，月月御史台必有对她的弹劾奏折，可她做孤臣偏也能做得风生水起，历法、学制、货币、夷务等诸项变法皆在她手下开始启动，俨然有锐意维新之志。

那大氅一落，堂中群臣俱抽了一口冷气。

自被御史台密集弹劾过一次，皇帝便命她闭门思过，只留在东宫教谕太子、处理政务，不再上朝。一两个月不见，她竟然小腹隆起，宽松官服也掩盖不住那孕相。

当是括羽，不，是那北齐遗嗣朱镝的孩子。

其实她这闭门思过，更多人认为是与括羽的皇嗣身份大白于天下有关。

何其石破天惊的一件事情！

手握国之重器的殿前红人，竟然摇身一变成了死而复生的北齐三皇子！这让天下人久久震惊，不敢相信。

朱镝自交趾大军之前离开后，便再一次消失在人们的视线里。

原来这左钧直已经有了他朱镝的枝叶，难怪皇帝会将她禁足宫中！

“左大人之家事，若与此案案情无关，则请另外立案审判，勿扰乱公堂。”

左钧直轻飘飘道：“这地方我自己都来过两次，大人当我这么喜欢故地重游？”掸开宽大官服袍袖，自袖袋中取出两张薄纸、一封官文递给衙役呈上法案，面容冷肃，声似冰刃，“左杭之父，大理寺丞左载文，将西郊田地变作千金之资，雇佣江湖杀手凤还楼，在南越地界刺杀传递兵书之军驿公差，致使兵书被劫、括羽被逐。”

一语惊人，左载文顿时脸色灰败，起身便向左钧直撞去，却被她身后的翊卫提刀挡住。

主审官左都御史虞龄翻看左钧直所呈之证，一张银庄周转明细，一张西郊田地交割契约，那封官文，竟是括羽的总兵官任命谕旨！其上大片深黑血色，冤魂所凝。

“大人若不相信，西郊田地如今的主人已经被翊卫逮捕下狱，随时可以提审，银庄主人和账房，亦可传来问讯。”

“你说凤还楼的杀手劫了兵书，你又从何得来？”

“强中自有强中手，有杀手为虎作伥，自然也有义士匡扶正义。那位侠士不但在凤还楼杀手复命之前将其截杀，夺得兵书，还从那杀手身上搜得一样物事——”旁边翊卫以白帕呈上一枚丸药，左钧直道，“大人不妨验一验，这毒物的成分，在琅琊阁那个姑娘的遗体里面有没有。”

虞龄下令验尸、传唤人证，大堂中的气氛一时冷绝，火红的乌金炭时而噼啪作响，却也驱不散众官员背上的森森凉意。

无人料到左钧直竟如此辣手。

左载文自知事败，面如死灰，凄然笑道：“十年前我没有救下你和你父亲，十年后竟遭如此下场，果然报应不爽，报应不爽啊！”

在场众人想起十年前左载言被刖手膑足的惨烈，无不唏嘘。左钧直面无表情道：“这和过去之事，毫无瓜葛。人在做，天在看。我从无报复之心，却认为正义必张。”

左载文尖刻道：“有人能帮你杀凤还楼的人，看来你也与江湖人士渊源匪浅！”

左钧直淡淡道：“得道者天助之，失道者天弃之。我夫君括羽为人如何，天下人都看得清清楚楚。你们左家不容他夺左杭军功，玩弄阴谋，自有明眼人看得清楚。我深居宫阁，与江湖无涉。”

不多时仵作上来，禀报那女子确系那毒丸致死。原来那毒入体即化，变作不致命之成分，此前不曾查验得出。

左载道手足俱软，跌跌撞撞地爬到左钧直身边，边猛力磕头边放声哀哭道："钧直，左大人，大人救我！我毕竟是你亲二伯啊！你是阁臣，皇帝那么宠信你，你帮我求求情，帮我求求情啊！……"

便是左钧直也没有想到，大理寺公堂之上，会闹出这样一出丑剧。昔日趾高气扬的户部侍郎，竟然会突然像一条狗一样趴在自己的侄女脚下，痛哭流涕，乞求活命！

人性之恶，丑陋至此。

左载道伸手去拉左钧直官袍衣角，被翊卫执剑将手狠狠打落。左钧直别过脸不愿再看他，道："此案三法司和皇上自有公断，二爷是左家人，勿堕了左氏风骨！"

左载道犹自号啕大哭，左相猛地一杖击来，颤巍巍道："软骨头！我左家，没有你这样的儿子！"

左载道此刻已经昏了头脑，哭叫道："你那心心念念的幺儿是把硬骨头，你去把他请回家呀！如今指望左杭，还不如指望左钧直，你倒是把五弟求回来呀！"

左相气得浑身发颤，终是两眼一翻，昏倒在左载贤怀中，堂中顿时一片混乱。

左钧直忽觉恶心欲呕，也不知是被这场闹剧糟了心，还是又有了妊娠反应，匆匆向虞龄等告退，在翊卫的搀扶之下离去。

文渊阁飞檐度云，连树白梅枝影横斜，吐蕊沁芳，暗香浮动月黄昏。

是夜云浓，月色却不是来自天上，而是自梅树下女子掌上明珠盈然而出。

天气那么冷，她却伸着素手，在文渊阁下漫步把玩那颗沧海月明珠。珠子的柔光泻落满手，照得那细骨纤指和清淡脸儿晶莹剔透，好似神仙一般。另一只手却抱了暖炉，熨在微微凸起的小腹之上。

她擎着珠子缓步走着，垂首喃喃低语，温柔似水。听得细了，才辨出她是在同腹中的孩儿说话，讲的是一个个瑰丽美妙的故事，时而低笑道："这个故事是你爹爹讲给我听的呢，娘亲很喜欢，你肯定也会喜欢。

"捷儿今天有没有想爹爹呢？娘亲觉得这几天比过去还要想念，一定是你陪着娘亲一起想念了吧？

"你爹爹在娘亲面前，总像个小孩子，不知道他见到你之后，会是什么样子呢？娘亲很想看你趴在他身上和他一起睡觉呢……一个大孩子，一个小孩子，娘亲想着就要笑出声了呢……"

明严从勤政殿回宫，路过文渊阁，不期然便见到了这样一幅画中景，再也挪不开步子。

但闻她声若珠玉，温存如歌。但见她面颊微丰，嘴角含笑，因着有孕而更添柔媚风情，脸庞温婉线条在绕颈的黑色绒毛中越发动人。

皇后亦曾几度怀孕生子，却不曾有这般温馨之景。

从不曾知，人间人伦，有这般纯洁无杂的美好。

可这个女人不是他的。

这个女人再多惊艳之貌，再多柔情蜜意，于他不过惊鸿一瞥，便呈平凡无趣之状。

都只是向着那一人罢了。

倚墙听了许久，终于听不下去，他启口道："夜来赏梅，你倒是好情致。"

一语出口，立即后悔。果见她收珠入袖，默然要跪。他心中不悦，握住她臂不许她跪下去，手掌一滑，却将她方才拿珠子的右手攥在了手中。

果然冰凉。

左钧直大惊，几番抽手抽不出去，咬牙低声道："皇上请自重。臣是有夫之妇。"

明严闻言更恨，索性将她锁入怀中，摸着她的唇狠道："你眼下倒知道要朕自重了，此前向朕邀欢时，怎不是这副贞洁模样？”

他说得难听，左钧直硬硬抵抗着，目中尽是怒色：“皇上且动臣一下试试。”

明严狠一掐她的下颌：“放肆！”

左钧直疼得拧眉，却仍是刚硬道：“臣蒲柳之姿，不知怎的入了皇上之眼！皇上别忘了，京军和南越的兵权其实还是他掌着，是要江山还是要臣这个女人，皇上自己权衡吧！”

明严紧盯着她：“你那兵书和证据从何而来？”

左钧直心惊，全然不知他方才一系列的举动，因何而起，因何而变，一眨眼便成了逼供。

“臣其实也不知道。只是今日，这些东西全都放在臣的书案上。一封书信写明了前因后果，却不知是何人所为。

“臣日日在宫中，不曾出宫一步，一举一动俱在翊卫监视之下，那书信亦被指挥使拿去查验，是真是假，皇上一问便知。”

明严阴沉着脸，缓缓放开了手，道：“左氏如今但剩太常寺卿左载贤和翰林院学士左载礼这两个无甚实权的官员在朝中，左杭被削了兵权，你可开心了？”

左钧直道：“我开心什么？赢家是皇上。皇上不过是借我的手制衡朝中势力罢了。”

明严冷冷道：“左钧直，总之无论朕做什么，在你看来都是玩弄权术，是强取豪夺。”

左钧直道：“我不过是以臣子之心来仰望皇上。”

“臣子之心……”明严轻笑了一下，忽道，“你这孩子叫什么名字？捷儿？”

左钧直警觉之色一闪而过，道：“叫左捷。”

“哦？”

“他既是入赘，这孩子自然随我姓。”

明严深深地看了她两眼，终是抬足离去。一身石青色龙袍在夜色中透出几分清冷，却倨傲着不肯松懈下高高在上的天子身段。

左钧直望着他远去的身影，觉得手中的暖炉似乎已经不大温热，脸上背后亦是一片冰冷，方才竟是不觉，只担心冻着了腹中胎儿，忙转身回了寝殿。

兵书……银庄……那般复杂巧妙的契书交易都能摸得清清楚楚，她怎么猜不出是谁？

刘歆……

可是凤还楼中人，又岂是刘歆、三娘，或是那哑仆能轻易杀得了的？

刘徽，你难道真的还活在这世上吗？

你若是活着，为何不愿见我？

沉夜如墨，一抹抹深蓝缥缈在天幕之中，遥不可及，更看不透彻。

独秀山。

南越和交趾之间最高的一座山，峰顶立有铜柱为界，五百年风吹雨打，看尽人间沧桑。

铜柱之侧，孤坟三尺，小草青青。

坟头上泥土新翻，四围砌着一圈白石，整整齐齐，石缝都用细小的石屑填上，可见砌石者细心之至。

阿葸提了食篮，望着孤坟边静坐如老僧入定的青衣人，心中微微一酸，轻声唤道：“常胜哥……”

青衣人本出神地眺着交趾绵绵远山如网河汊，不知在想些什么，闻声回头展颜一笑，春阳般煦然：“阿葸。”

阿葸走到他旁边与他并肩坐下，打开食盒拿出饭菜给他：“喏，香叶糯米饭、田螺鸡、马蹄酿鲮鱼、辣炒沙虫、三花酒……你尝尝，好吃吗？”

括羽低头闭眼深深一嗅，笑道：“你现在手艺比阿婶都好了。每次来都做这么多菜，我怎么吃得完？”

阿葱抱着膝，脸上笑出两个梨窝：“只要常胜哥喜欢，阿葱以后天天做给你吃好不好？”

她说得天真无邪。括羽夹起一条指头长的沙虫，肥软白嫩，咬一口清脆如笋。

“什么时候去挖了沙虫？下次我同你一起去吧。”

阿葱眼中放出熠熠神采：“真的？不许骗我！”

他果然愿意和她拉钩为定，笑道：“十年没有吃到，真是馋死我了。京中人知道我爱吃这种东西，都说我是野人呢。”

阿葱义愤道：“活该他们尝不到这种人间美味！”抓着他的胳膊眼巴巴道，“常胜哥，别回去了好不好？我爹娘、关叔叔、阮叔叔、孟大夫，都想让你留在这里……”

括羽倒过竹筷在她手背上轻敲了下，阿葱噘着嘴儿收回了手。括羽回首向北，目光越过重重山峦，漫漫天际流云如川。

千万里之遥，也不知她孤身一人在宫中过得好不好。

还是连带她受苦了。

“美酒美食，又有美人相伴，你怎么还愁眉苦脸的？”

阿葱笑眯眯地招呼道：“林将军，吃了没？”

“这么大老远地跑了一天跑过来，又爬山又过河的，不就是为了吃一顿阿葱姑娘做的饭！”

林玖折了根竹枝做筷子，撩袍在括羽对面坐下来，毫不客气地抢过那盘马蹄酿鲮鱼大嚼起来，边吃边抱怨道：“最会做饭的人都被你占了！”

括羽伸筷去和他抢一块最肥美的鲮鱼脊肉，四根筷子疾如风雷，一压一绞一震盘，鱼脊肉飞起三尺，恰入括羽口中。鲜香嫩滑入肚肠，偏生什么事儿都没发生过一样继续吃他的香叶糯米饭。

“老子天天拼刀拼枪，你在这里逍遥快活，连一块鱼肉都舍不得给老子吃！老子今天不把你捉回去同甘共苦，老子就不姓林！”

括羽撅了根细竹梢挑一只肥田螺：“我老婆还有两个多月就要生了，我守陵半年，差不多得回去了。”

阿惹急道：“常胜哥，你刚才还说要同我去挖沙虫的！”

林玫一把提住他的衣领，切齿道：“我们当初可不是这么说的啊！那么多将士偷偷摸摸不惜违背军法上山来寻你，你忍心辜负他们？若非你的计策，如今哪能顺顺当当打过承天，逼得黎季犛退守湄公河以南的下高棉？你想一走了之把所有的破军功全栽在老子头上，老子才不稀罕承你的情！老子是要做郡马的人了，封王封侯算个屁啊！”

阿惹睁着大眼睛望着这两个较着劲儿的男人，有些不大懂林玫的话。

常胜哥只是天天在这里给罗大将军守陵而已，他说他害得罗大将军被掘了坟墓，他心中始终不安。她看着他将那白羽朱木小箭又埋入了罗大将军的墓中，在墓前一跪便是三日三夜。此后一连六个月，他只是住在这独秀山上的墓边小屋中，北望南越河山，南眺交趾林水。他说他终于知道为何罗大将军要将自己孤孤单单地葬在这里。

他定了什么计策？立了什么军功？为何现在走，就是把功劳让给林将军了？

林玫将军隔一段时间便会来找常胜哥，有时候是他亲自来，有时候是他亲信的其他将军和下属。

可是常胜哥似乎也没有讲什么很玄妙的兵法，更别说上阵杀敌了。

他不过请自己曾经给罗大将军做军师的爹爹将黎季犛的二十条罪状写成榜文，刻在木牌竹简之上，顺流放下。她和南越军士们做这件事时，只觉得好玩儿，可是后来听闻关婴叔叔他们议事时说，交趾人心离散，纷纷拥戴天军……

小小木牌，竟有这样大的威力？

常胜哥也就是叮嘱林玫将军要安抚降附之军，画画儿一样告诉他怎样排列神机营、羽箭营、土狼军和步兵团等各种兵种，摇什么样的旗帜，如何行军布阵……在她听来，都像小时候罗大将军带着常胜哥常玩的游戏一般，可是听爹爹说，林玖将军他们总在打胜仗……

括羽绕开他的胳膊，侧过头仍是将那枚田螺中的肉汁吸得干干净净，道："七哥，眼下黎季犛所恃，莫若三江府。此城一拔，便如破竹。"

林玖定定地看着他："你终于又肯叫我七哥了。"

括羽道："我一直当你是七哥。"

林玖落寞地放开他的衣领，怅然远眺白云飞鸟："'八英'的人心已经散了。没了你，心里总是空空落落的。开始我们总是欺负你，你不记恨吧？"

括羽低头笑了，林玖自酌一杯三花酒，辣入肝胆，自言自语道："我们九个里面，就数你心地最是光明。不是我强留你在这里，就是不想看你被剪了翅膀，锁在京城。"

此人当如鸣镝，嗅啸九天，而不是做笼中羽、人下臣。

"黎季犛聚结了十万水师扼守三江天险，又纠集了数千象军镇守城内。最后一战，必将浴血！你无须出战，只要士兵们知道你还在南越，军心自然振奋，而交趾军必然胆寒。"

括羽默然无语。

林玖轻叹道："左家弟妹岂是寻常女子？你们两个在一块儿，固然彼此情真意切，然而在外人看来，却是互削了志气锋芒。你想想，你除韩奉、伐女真、下交趾，她使东瀛、定西域、厉行变法，都是在你二人分离时所为。合作一处，反而她柔了心气儿，你亦温软了性情。也难怪皇上不待见你们两个恩爱。"

括羽淡然一笑道："皇上不曾真正爱过沈慈，太上皇和云中君的经历又太过传奇，所以他眼中只有江山天下，自然不知平凡夫妻的乐处。"亦给自己斟了杯酒，道，"七哥说得也对。钧直曾说过，她一定要写完《万舆志略》，我也想为义父完成守护南越和这片天下的未竟之志，所以——"

青竹酒筒撞上林玖的竹杯，清凉酒液飞溅，浓香四溢。

“咱兄弟两个，痛痛快快打这最后一仗吧！”

林玖豪气大笑：“好！就冲这句话，咱们兄弟俩今天也要大喝一场！”

千峰独秀，苍林似海。千里风云飒起，龙蛇飞陆。俯仰乾坤豪情，醉笑三千场。

括羽道：“有兄弟如你、二哥、飞飞、段昶，有亲人如阿惹、南越叔伯，妻为我所爱，军为我所亲，江山如画，四海清平，此生夫复何求？”

他站起身来，身如玉山峨峨，青衫嶙嶙而飞，容秀目明，顾盼流彩。

“这万里山河，为我等所守！烝烝万民，为我等所卫！姓朱或明，又有何异！”

第十一章 一波又起

左钧直的肚子一天天大了起来，明严本不许她再领政务，然而扶桑使臣来朝，终究还是得她亲自出面。

原来是雪斋终于夺得政权，遣使奉表入朝，喻知政号更新外，请求扩大两国海贸、减免赋税、互遣学者。

左钧直素来是个爱操心的性子，凡事但求尽善尽美。户部、礼部、会同四夷馆应扶桑国之请拟定的贸易条款、赋税政策、交流往来计划等诸多文书，她都务求亲自过目，召来有关官员在文渊阁反复商讨推敲之后方提交内阁及皇帝审议并下发施行。她究竟是位高权重，在外夷事务上所历的时间也长，许多老臣退位，她年纪虽轻，却已是外务元老。

一些近几年科举入朝的新臣，或是从地方上提拔起来的官员，初时并不识得她，只是之前听过她的恶名，又因她是女子，颇多轻蔑，只当她并无真才实学，呈上的文牍便时作敷衍。左钧直读过之后并不气怒，将这些新晋臣子召集至文华殿，就其疏漏之处一一详加考问，直问得这些臣子汗流浃背、如坐针毡。

新臣气盛，不服道：“我等担任一衔之职，为一国之臣，哪里能六部、四夷面面俱到，无所不晓？”

左钧直一身绛红罗纨官服，色沉如墨，端庄肃静地立于殿中，外罩紫金纱袍，晨雾映曦一般笼于周身，华贵而不浮艳。

目色如玉阶秋凉，手指仍是纤瘦见骨。

“既是不知，为何还敢对本官如此轻慢？”

新臣们理直气壮道：“大人根本就是刁难我等！敢问满朝上下，谁能尽数答出大人的问题？”

“术业有专攻，朝中谁能写一篇小小夷策，便考虑进如此多的事情？”

“不错！三品及以上大臣，从未闻有似大人这般苛酷者！”

左钧直挺着腹缓缓落座在铺了轻软绣垫的椅子上，拂开凉袖，温声道：“给诸位大人看座，上茶。”

诸新臣面面相觑，皆不知突然受此优待，却是何意。但见左钧直双手抚膝，平平道：“诸位大人说不可能，本官说可以。诸位现在就可以向本官发问，若四夷、六部所涉事务，本官有一项不知，本官便奏请皇上退出内阁。倘若诸位难不住本官，便请诸位今夜留待文华殿修订策文，直至本官满意为止。”

众新臣一片哗然，却又兴奋不已。其中不少人中举时已经三五十岁，而左钧直不过二十出头，竟然如此大放厥词，又以阁官之位押注，可不令众臣心潮激涌?！谁若能难倒这个年轻女阁臣，令其下位，必将成为朝中之风云人物！

众人争先恐后，使出浑身解数企图难倒左钧直。然而左钧直十四岁便开始在会同四夷馆供职，如今凡八年之久。她秉承家学，较常人又不知勤奋多少倍，莫说这些入朝尚短的新臣，便是资历极深的阁官，除了姜离等，也少有能在学识之渊博上比得过她的。

从白日当空到夕阳西坠，众新臣润舌茶水都不知喝了几轮，一个个落得怏然无力，方知这女阁官并非有名无实！整整一刻无人言语，左钧直在宫人的搀扶下吃力起身，倦然道：“莫以为入了朝便能青云直上。百姓的粮食，养不起尸位素餐之人！”

旁边有每日定时而来的太医入殿，一见她苍白的脸色，慌忙道：“大人两旬之后便要生产，如此劳心费神，万一有个差池，老臣只好提着脑袋去见皇上了！”

左钧直摇头道：“不妨事。”又向那些新臣道，“诸位都是朝中新秀，既是在本官手下，本官便许诸位一个前程。四夷之务，干系非轻，还望诸位摒弃成见，务必诚心致志。——诸位也累了，且回去吧。”

众新臣无不惭愧至极，此前傲慢尽化钦佩，恭谨告退而去。

太医仔仔细细地摸了她的脉象，微忧道：“大人本来就元气虚耗，这几个月来也亏得皇上用尽灵药补养，方有今日成效。但老身方才觉得胎象有不稳之迹，大人切勿再劳动精神、奔走不息了。”

左钧直急道：“真的不可再动？我近来忙碌，上月便误了回家探望爹娘的事情，本打算今日再出宫一趟……”

太医严肃道：“万万不可。倘若动了胎气，大人到时候就追悔莫及了！”

太医走后，左钧直倚窗望着天际万紫千红的霞光，只觉得腹中轻轻一动，好似有小脚蹬上肚皮，轻颤的感觉激遍全身，心中俱是慈悯亲爱，感动得几乎要哭泣，不由得低喃了声：“括羽。”

她多想与他分享此刻的欣喜，可她又知道他不会在她生产前回来了。前方传来军报，黎季犛纠集举国兵力，雇佣南海海盗，在三江府据天险顽抗，天军数攻不下，伤亡甚重。括羽数日之前再次现于天军阵中，士气大振，无人再念及他是北齐皇子。

她轻轻抚上浑圆的腹部，骄傲而又满足：“没关系，捷儿和娘亲一起等着爹爹回来。”

夕霞在她的玉白脸颊和手掌上投下璀璨颜色。无聊处，她扯出项上红豆把玩，看到和红豆一处的小小白铜签盒，想起至今不曾摇过一签。她本不相信卜卦之事，初时买这个给他，只是因为好看，如今想来心中愧疚。当时她一颗心俱在刘徽身上，对他便不那么尽心，买时也不曾顾及他并不懂扶桑语。

轻轻一摇，细碎声音如沙，跳出来一支细小竹签，其上不是原来的扶桑文，却是精致墨线雕刻的两个小人儿！一个白衣，一个黑衫，一只白毛黑面的大狗，执手共坐在桂花树旁的墙头上，流云姗姗。

左钧直大震，再摇一支签，仍是一白一黑两个小人儿，在河边紧紧依偎，灿灿金苇似海扬波，漫天星萃。

签盒不过指头大，容纳十支签，每一支何其小。那墨纹细微如发，也不知他是怎么刻上去的，活灵活现，一见便知是她和他。一支一支，都是撷取往日点滴，牵连起与他相识十年来的种种回忆。

湿意漫过手心纹路，却是抿着唇笑了。真恨不能插翅飞到他身边，狠狠吻他刚毅却又柔软的唇，醉在他眉间笑意里。

扑的一声，一支冷箭扎在窗台之上，箭尾颤动不止，惊得左钧直抚心猝然起身。

谁敢在皇宫之中肆无忌惮地放箭！

这箭若再斜上几分，对准的就是她的心窝！

细细一想，明严今日出宫祭祀，至此时尚未归还。平日里护卫文华殿的翊卫换作羽林卫，倒让人有机可乘了。

箭上有信。

左钧直定神抽来一看，顿时方寸大乱。

四周一片荒凉。

残垣断壁，湖石横七竖八，齐膝的杂草遍地乱生。

不敢掌灯，借着黯黯月色，左钧直极艰难地穿行在浓寂夜色和无边荒芜之中。

带着潮气的夜风中尽是刺鼻腥腐。

她知道这里面有很多死了很多年的尸骨，后来，这里竟成了抛尸坟场。

左钧直裹紧了身上的衣裳和披风，尽力稳当地行走，不晃到腹中孩子。然而脚底石砾虚砌，泥淖遍地，仍是不免几番险些摔倒，惊得她浑身是汗，却不敢害怕，只能顽强地走。

前方不远处立着一道黑影，手执一柄细长忍刀，吸纳月色荡漾刃上。

“我爹娘在何处？”

左钧直扶着一块大石，费尽全力一呼，却觉得那声音也不过常人说话般声响。

黑影咯咯一笑，是女人的优雅和狡诈。

“骗你的。不拿你爹娘为饵，你肯独自前来吗？”

左钧直只觉得下腹骤然一绞，冷汗涔涔而下，刹那间一句话也说不出来。

窈窕身躯款款向她行来，长刀自她鼻尖、唇尖、锁骨、胸口，缓缓落至高高隆起的腹上。刃口轻轻下压，夏日并不厚的衣裳顿时一分为二从腹顶落下。左钧直后背被压在满是棱角的奇石上，却感觉不到疼，从头顶到指尖的触觉都被腹上锋利的冰凉所占据。

她急喘，竟伸手死死握住锋刃，不顾鲜血涓流一般落上雪白肚皮，咯咯作响的齿缝间挤出干硬的话来：“你是望月……杀我……何益……？”

“真聪明，不愧是天朝第一女阁官。”

女人未蒙面，那模样依稀有几分熟悉。左钧直猛然间想起繁楼的望月柊真。

“雪斋将军不可能让你来杀我，你身为女忍，竟敢违抗上意！”

望月女忍咯咯又笑：“当年将军赠予韩奉的万柄扶桑刀在何处，你定是知晓。说，放生；不说，剖你的孩子出来。”

原来是为了那些武器。

左钧直强忍疼痛，手上的痛楚让她能够保持清醒。

这批刀具当时暗度陈仓到了韩府，是她后来猜测得出，然而随后一系列的变故，令她无暇告知明严。等她从东瀛回来时，韩奉已灭，韩府被抄，她以为这些刀具已经被官府没收，但是既然望月女忍特意诱她出来盘问，恐怕这些刀具彼时并未同那个地下兵器库放在一处。

所以其实她亦不知道这些刀具的下落。

手中刀又下压三分，痛楚入骨。然而更可怕的是两腿间开始有湿漉漉的液体流出，寒意一点点漫上心头。

紧咬牙关，左钧直道："你随我来。"

一步步，她泪如暗泉寂涌。

她不怕死，一心只悬在腹中的孩儿身上。

两腿间的黏腻湿意飞快泛滥开来，暗夜之中她看不见颜色，可是心头冰凉，剧烈的坠胀之感让她几乎无法站立行走。

一阵阵猛烈的收缩和剧疼袭来，她强忍着不让自己叫出声来，根本不知道自己是如何向前挪动着步子。

她希望自己能快一点，再快一点。

她希望腹中的生命不要随着那湿意流逝。她还没有拉过他的小手、没有摸过总是蹬她的小脚。他的双眼定然是和他的父亲一样明亮清澈，还没有睁开看一看这世界，他不能撇下她就走了。

捷儿，你等娘亲一下，再等一下。

这里是韩府的那片巨大无垠的后花园。鬼蜮之地。

当年括羽在此与韩奉逆兵惊天一战，万千魂魄落入黄泉。

后来这片巨园和前面府邸一同被收为官有。府邸被改建，这片园子却因据传常有鬼火飘飘、邪风阵阵而一直废置至今。

望月女忍会引她来此，定是确信这些刀具还在这片荒园之中。

在一片破碎假山前停下，她依着石头，整个身子蜷成一张弓。

“就在……这里……”

望月女忍望着一片破败崎岖之地，狐疑地看向她：“哪里——”

大地无声无息地张开巨口，瞬间将她吞噬。

左钧直腿上一紧，惊叫间只见望月女忍竟在千钧一发之际抓住了她的脚踝！

下坠之力何其突然！望月女忍这一抓，险些将左钧直带下去。然而左钧直此时的求生之欲竟是极强，手上之伤虽深可见骨，仍是拼死抠住了山石的洞隙不放。女忍一坠不下，便要腾身跃起。下腹剧疼再一次凶猛袭来，左钧直只觉得一阵晕眩，心中划过绝望，身子却不受控制地痉挛至软倒。

刹那间雪光如练，女忍厉叫之声急速陷入洞底，凄厉中带着诡异的闷声回荡，浑如来自无间地府。

左钧直依稀中只见一只白花花的断掌仍扣在自己脚踝上，惊悚之感伴随密如潮水的阵痛让她险些晕厥，鼻下传来的疼痛却让她陡然一颤，脑中复又清明。

背后垫上一个清冷怀抱，熟悉的雍华贵香袭来，映入眼帘的是一张天姿玉颜，惯常的冷漠中似乎又带着一种说不清道不明的焦灼神色。

“左钧直，醒着！”

左钧直哽咽道：“皇上，我的孩子是不是要没了？”

明严横抱着她，步履稳重如风，目光越过重重山石门障，却未低头看她一眼，斩钉截铁道：“不会。”

她万万没有想到，明严竟然会亲自来救她。她临走时将书信夹在案上的折子中，便是为自己留一条后路。没想到最先寻到她的不是亲卫，而是明严。

模糊泪眼依稀看到他穿着玄衣纁裳，素色无文，当是从祀礼回来尚未换衣，只脱了外边的衮服。

腹中五脏六腑都似绞在了一起，便是当年烈火焚身，也不曾这般疼过。

她觉得自己已经不属于这具身躯，魂魄就要挣脱而去。

“左钧直，同朕说话。”

“皇上，好疼……”她猛烈地喘了口气，苦笑挣扎道，“皇上……其实很……希望这孩子……落了吧？”

毕竟是朱镝的子嗣啊！

只觉他脚下一滞，瞬即又快步前行。她合上眼睫，泪水如珠串串而落。

“睁眼！”他吼道，“朕说了！你的孩子不会掉！”

“可是……我流了那么多血……”她虚软无力，看不到自己的肚子和底裙——此前被划破的衣衫，被他用披风盖住。

“左钧直，”明严冷冷道，“你什么都懂，偏偏不懂生孩子。不是血，是破水——你要生了。”

仿佛是一道光，骤然击破漆黑迷障。

那阵阵收缩剧疼突然变得亲切起来，竟是满心的狂喜。她的捷儿，她和括羽的捷儿，果然是顽强的！

可下一瞬的疼撞得她失声惊叫，明严低声道：“左钧直，再忍一下。”

她忽想起产期提前了，这又不是在宫中，整个郢京寂寂入定，她要怎么生？

内心又转恐慌，她的手指无意识地抓上明严肩上的贵锦。

他竟肯低头哄她：“朕给你找稳婆，莫怕。”

他一路紧着左钧直说话，令她保持清醒，足下如飞绕出韩府花园，直奔两条街之外，找到了一个宅院，抬足踹了进去，不顾里头胡乱披着衣衫的老婆子和老头儿的尖叫阻拦，直接闯入里屋，将左钧直放到了床上。

“接生。”

老婆子怒骂道：“瞧你生得人模狗样，却是个无礼莽汉！”

明严解下腰间玉佩，置于桌上。那玉在灯下灿若明霞，其中如有飞龙盘绕云海，映得一室莹光烂然。

“母子平安，这玉就是你们的。倘若有一个不保——”龙泉剑哐啷一声出鞘，明光如虹，剑尖寒气缥缈，“拿人头来抵。”

老婆子吓得魂飞魄散，立即吩咐老头子去烧水。

左钧直已经衣衫俱被冷汗浸湿，淡唇尽被咬烂，满是鲜血，瞪着双目，浑身一抽一抽，却不肯嘶声叫疼。

老婆子一摸她腹，惊道：“羊水都破了，小娘子是受了惊，早产了？”

左钧直骤然疼得身躯躬起，手指死死抠住床沿，用力过度，手上的伤口又血流如注，指甲都裂开。明严忙拉开她的手，横眉向老婆子喝道：“知道还问什么！”

老婆子慑于他的威势，不敢再多言，却纠结道：“产子忌血光，官人还是出去为好。”

明严道：“无忌！”

左钧直初时只是碎咬银牙，忍痛不肯哭叫，然而神志模糊间，只见清华一人坐在了她的身侧，拿着她的手，眉眼依稀是梦中模样，顿时心劲一松，大哭起来：“常胜！常胜！你终于回来了！”

那人怔了半晌，生硬道：“回来了。”

她仍是放声大哭，却肯听老婆子的话用力了。

身子如同被撕裂了一般，她痛到只剩直觉，直觉中俱是那一人的影子，直觉中仍是呼那一人“常胜”。

她叫着、哭着、撕打、痛骂、埋怨，诉尽一切相思之苦，道出这数月来所有的委屈。那人任她掐破了手臂、撕烂了薄凉衣袖，只是一语不发。

老婆子笑道：“小娘子还这么有力气，这娃儿定是健旺得很。”话音一落，又是一阵滚滚痉痛，左钧直周身硬挺挺地缩起来，细细指尖深深刻进手中温凉中去。老婆子忙道：“头出来了！小娘子再用些力！”

哇的一声啼哭响亮如钟，紧跟着街头一声四更天的梆子响。老婆子浑身是汗，大大松了口气：“恭喜官人和夫人，是个小公子！”

左钧直筋疲力尽，任由老婆子把身子收拾干净了，头脑方渐渐清明起来。老婆子端着水盆出了门，她两手一摸孩子没在身边，顿时惊叫道：“捷儿！”

明严面若冰霜，在她榻边坐下，将怀中裹着软毯的孩儿递给她。她抱过孩子，一眼瞥见他玉石般手掌上的累累伤痕，蓦然想起方才糊涂时做的荒唐事，顿时不知如何是好。

孩子一到她怀中便哇哇大哭起来。

明严冷眉道：“左钧直，你会不会抱孩子？原来朕的太子一直是被你这样抱的？”

左钧直更是大窘，苍白的面上顿时升起嫣红。

明严牵着婴儿的软毯帮她摆正了姿势，朱捷果然不再哭闹。左钧直讪讪道：“谢谢……陛下……”见他并不领这个情，只得低头戳了戳朱捷皱巴巴的脸蛋儿，伤怀道，“为什么这么难看？难道是要像我了吗？”

明严嘴角抽了一下：“过一个月长开了就好了。像你有什么不好？”

左钧直方想说像我不就不好看了吗，然而一抬头对上他和括羽有三分相似的面目，顿时噤了声。

明严注视着她，双掌抚膝，语声冰凉：“左钧直，朕在你心中，就这般令人不齿？”

左钧直心中千回百转，轻轻拍着怀中朱捷，缓声道：“今日若非陛下，我和捷儿已经葬身地洞了。”

明严定定地看了她许久，终是起身，行到窗边，任漠漠夜色洗一身玄色，孤峭深寒。

他讽笑道：“你真是懂朕，知道朕一听这种话，便不想同你说第二句。”

左钧直缄默着，明严的声音轻渺，在淡淡夜风中飘来：“也罢，如今之左钧直，早已不是十年前的那个左钧直。”弹指间五色烟火飞入夜空，绚丽却岑寂。

暗色衣袂融入黑夜，墙外街道上，由远及近传来密如鼓点的马蹄奔腾的声音。

左钧直早产之后被太医禁足于文华殿中和小小婴儿一同调养，不得出门见风。

明严那夜在翊卫到来之前消失后再未出现过，无人知晓是他陪伴左钧直生子。左钧直松了口气，心中却无端生出歉疚。他虽然救了自己和孩儿，可是究竟还是那个冷面冷心的皇上，一切并没有什么不同。她不知自己为何总会觉得亏欠了他什么。

倒是明德常带着那个走路像滚着的妹妹过来。明德同左钧直说话时，小公主便滚着去看那个呼呼大睡的小娃娃，咿咿呀呀地去牵他肥肥短短的小手指。朱捷哇哇大哭起来，左钧直去看时，却发现是在抗议被小公主涂了一脸的口水，哭笑不得。

翊卫在那废弃兵器库的地底发现了望月女忍的尸体，却始终没有找到那消失不见的万柄忍者刀。

明严下令填平地下武库，毁灭废园，通入四方通渠惠通河之水，将那片满是血腥的土地淹没成一片巨大湖泽。

扶桑外事以使臣回国告一段落，交趾三江府却鏖战正酣。

千里之外的战报雪片一般飞入宫中，左钧直虽未听政，却有人日日前来通告战况。从那些简洁断续的叙述中，她大概能拼凑出天军作战的整幅画面。

三江府是黎季犛最后的阵地，占据三江天险，易守难攻。江中密布竹刺栅防，战船勾连，交趾湄公河一带人久习水性，在水上如履平地。

纵然括羽、林玖、阮友等诸将神勇，也不得不从长计议，伐木造舟，装置战舸，操练水战，如此便耗去数月之久。

左钧直在宫中等得焦心，括羽的书信却是极其难得。

括羽出征近一年，但得鸿雁两传，寥寥数字，不过“安好，勿念”和“多睡，多吃，养肥”，看得左钧直牙痒。

若非看了不少文渊阁中收藏的他当年在侍读班写的卷子，晓得他的文风本就如此，左钧直真要怀疑平日里情话不绝的那人是不是他了。

这人政论策论都是一针见血、鞭辟入里，却不屑辞藻，恰似一把粗粝雄剑，并非明若镜光，却有千钧气势。

这样的文法，哪里写得出什么家信？满腔的情意，只肯在她耳边细细地呢喃罢了。

弘启九年八月二十一日晚，海风大起，浓雾满江，天军趁夜挥师。括羽率南越善水敢死之士四千人携轻刃飞索渡江，乘风纵火，大破黎季犛水阵。再越三江府城外深濠，扬索缘城而上，劈开通往水闸城门之路。

林玖、左杭、陆挺之、关婴、阮友分五路，率京军、南越驻军合共二十万人，火炬熊熊之光穿越漫江大雾，铺满整个江面。鼓角呼号声起，雄壮震天。交趾军仓皇失措，水师未发而败走城下，烧死溺死者无数，江水黑赤。

括羽三支铁箭射断水门铰链，滂滂大水汹涌灌入。天军一鼓作气，攻入三江府。

城中象军排山倒海压至，粗厚铁蹄践踏万物，街道齐震，楼宇皆摇，一时冲散锋首前阵。

括羽玄甲青衣，搦繁弱劲弓于城墙之巅，鸣镝三响，羽箭营、神机营应声而至，鸰翼阵列，流矢如星。

一箭射落象奴。

二箭射穿象鼻。

三箭神机火器齐发，象皆反走，尽踩己军。鬼哭狼嚎之声不绝，血肉之躯碎乱遍地。

巷战几至次日正午，俘斩无数。黎季犛率残部溃走叱劫江海口。

天军大捷。

左钧直闯入勤政殿时，众臣面色皆变。左钧直隐约觉得有异，道：“听闻皇上有意在交趾开设三司郡县？”

明严不语。兵部尚书萧从戎道：“我等确有此意。”

左钧直深吸一口气，凛声问道：“诸位大人可还记得我天军南伐之旗号？吊民伐罪，复立陈氏！若开郡县，岂非自食其言，与侵略何异？”

萧从戎沉下脸：“何出此言！交趾自古本就属我辖治，与其让它独立作乱，不若内属。”

左钧直道：“自前朝起，交趾便已独立为国，自成一统。我天军之所以能够得胜，正是因为黎季犛大行苛政，民心不附，转而拥戴我朝义军。倘若我天朝背信弃义，亦必如黎季犛一般遭民众讨伐。”

陆鹤亦冷哼道：“左钧直，你是拿我天朝与黎季犛比拟吗？我朝仁政广被，交趾能享吾皇圣德，是其民之福！”

左钧直不愿再与这些老臣斗嘴，面向明严撩袍直挺挺跪下。

“皇上曾向臣问四夷之策，如今臣仍是那句话：地广非久安之计，民劳乃易乱之源。改国为郡，得其地不足以供给，得其民不足以使令，徒慕虚名，自弊中土！”说罢重重叩首于地，“臣恳请皇上收回成命！”

此议本由许多臣子联名提出，众人自以为得意，不料竟招致左钧直毫无回旋余地的反击，一个个面子上都挂不住，牙咬得咯咯作响。呼啦一声，又跪下一片，叩首呼道：“开疆辟土，不世之功，必将泽被万民、青史永垂！皇上三思！”

明严撑案起身，无波无绪道：“黎季犛尚未就擒，南伐之战尚未终了。此事容后再议。——左钧直，朕尚未命你还朝。以后没有朕的许可，不可擅闯勤政殿！退下！”

左钧直仍伏跪在地，固执道：“皇上若不纳臣之议，后患无穷。”

明严一管朱笔掷到案上，溅出猩红点点：“拖下去！无朕谕令，再出文华殿一步，守卫俱斩！”

左钧直心知空口无凭，定是难以让那些被大胜冲昏头脑的大臣信服。好在明严终于答应容后再议，此事便还有回旋余地。她一路忖度着应对之策，竟没有注意到迎面绯色鞠衣大衫的艳妩一人款款而来，如意纹纱衣云霞四合，行带馨风习习，仪态万方。

遇上皇后的地方，恰在文华殿西北僻静一角，翠竹丛生如栅，枝枝叶叶密成青障。

皇后沈慈深居简出，但在诸仪大礼之上端方示现，供百官万民参拜，其余时光，不过育养一子一女，亲自打点明严起居。细到膳食作料、衣饰熏香，乃至勤政殿、上书房等各处文具、日用、器物摆设，她都要一一过问，只为与明严习性相合。

左钧直曾注意到，勤政殿中御案一角常有素花三两枝，或百合、白蔷、白桑、白茶、白樱、白丁香、白茉莉、白梨花，一年四季，各不相同。又曾注意到案上朱笔紫毫，俱是母子二支，搁置位置都有一定之规。无意中同括羽提起，括羽告诉她这些都是沈慈心思所聚。无人比沈慈了解明严的起居习性、喜恶癖好，就连云沉澜，也不如沈慈知晓得这般细致。

左钧直被囿于皇宫之后，住在前殿的文华殿，与深居后宫的沈慈也不曾见得几面。她欲下拜，被沈慈止住。

她声音清婉，未似其他人一般呼她“左大人”，却启唇道：“皇上既然免了征夷将军的跪拜之礼，夫人也无须多礼。”

还是头一回被唤作夫人。

左钧直见她屏退左右，容若牡丹带露，不胜轻愁，垂眸道：“娘娘当开心颜。”

沈慈幽然道：“皇上不爱佩饰，除礼制衮服所必需之六采玉佩、大小绶外，不愿多戴一物。”

左钧直微微挑眉，不知沈慈为何忽出此言，却闻她道：“八年前一日夜归之后，却袖中常携一辟香药囊，如今药力尽失，也不曾丢弃。”

左钧直容色渐渐冷淡了下来，道：“娘娘想要臣妾如何做？”

沈慈长睫似蝶轻落，黯然道：“我这一生，逃不出和母妃同样的命运——得深爱之人，却不得其心。但有人，总比什么都没有好。望夫人成全。”

左钧直道：“臣妾身为人妇，不可能二嫁。娘娘何来成全不成全之说？”

沈慈惨淡一笑：“是了，皇上自然不可能让你知晓。你看了今日军报便知。”

左钧直骤闻“军报”二字，如被大槌迎头狠击，正反身要走，沈慈将一封银龙手谕塞入她手中。

通行无阻。

左钧直直奔军机处。明严和众大员仍在勤政殿议事，军机处但有少量值守。左钧直手执帝谕，无人敢拦，眼睁睁看着她抽出最新一封八百里加急军报，一目十行一扫而过，身子顿时晃了起来，跑出门去时，双目赤红，几乎站立不稳。

掌灯时分，勤政殿议事方毕。殿外久候的内侍惶恐而跪：“禀陛下，左大人出宫了。”

“细说！”

“奴婢查过，一切并无异常，但军机处说左大人执皇上手谕，上午去看过一封急报。然后左大人连文华殿都未回，直接出了宫！”

明严脸色蓦沉。一旁随侍的翊卫首领道：“皇上，属下现在去追，定来得及！”

明严漠漠目光落向铜壶漏刻，拂袖道：“不必了。追上了，她也不会回来。”转身又向殿内走去，“传翰林院当值学士入觐草诏。让皇后和太子、公主先行用膳，朕随后再去。”

勤政殿中数盏宫灯银光泻地，一宫清冷颜色。明严凤眸霜冽，手中镇纸终是往二尺黄绫纸上重重砸去。

“左钧直，你还是这般不信任朕！”

左钧直从来没有独自行过这么远的路，从来没有骑过这么久的马。

她知道她这是将括羽南下的路重新走一遍。风雨如磐，披星戴月。

此时方知自己这二十年来，其实是被养得娇弱，所吃之苦，与他所历根本无法比拟。

臀股俱被硬鞍磨出血泡，磨破了粘连在衣上，随着马身的每一次颠簸疼痛无比。

可是还有什么比她心中更疼呢？

那封八百里加急军报中，字字句句触目惊心，几令她无法卒读。

三江府一战虽捷，却惨烈之至。

军机密报并不向兵部和内阁之外的大臣公开，那些臣子眼下但知黎季犛再无扭转乾坤的可能，可是谁知道前线儿郎浴血而战的悲壮！

黎季犛弃城而逃时，欲再行初时灭陈天平之计，水淹三江府。

彼时正值交趾雨季，三江泄流，全赖江上数座堤坝。

黎季犛残部撤出时，不顾三江一带百姓死活，下令炸开堤坝，滔滔洪水从三江汇入，直冲三江府。

括羽耳力极强，隐隐听见雷鸣山动之声，立即号令全军紧闭城门，向高处攀登。

他与林玫、左杭、陆挺之等武艺高强者，试图凭借人力绞起城底暗河泄水口之闸，令大水通过。

然而那闸门却被黎季犛离去时扣死。

倘无暗河泄水，此城必将被冲垮，届时数十万大军、百姓，都将葬身洪水之中。

括羽和阮友等四名南越大将潜入暗河，闸开，洪过，这四人却失去了踪迹。

无论是死是活，她都要见到他。

她走时回家换了男装。没有敢惊动爹娘，只怕他们担心。头一回揣了把薄刃在身，便带着那银龙手谕、衣裳、干粮和银子上了路。

凭着那手谕，她一路驰行官道，夜宿馆驿，换马和补给食水，终是平平安安到了交趾地界。

改作交趾装束，凭着一口地道的交趾话，她循着天军主力大营而去。

途中时常能听闻括羽和天军的传说。

令她心惊胆寒的是，括羽失踪于三江府、尸骨无存的消息也得到了印证。

她心中此前还抱着一线希望。可这路上十多天过去，竟然仍没有括羽生还的消息。

她愈走愈怕，开始整夜整夜地无法入眠，索性昼夜纵马，赶往叱劫江——天军与黎季犛最后一战之所在。

弃马，渡一叶小舟，穿过江上重重硝烟，去往那一片海口沙洲。

似是大战初定，江面上静寂得可怕。

浓烟下淀，满地尸身，不见一个活人。

当年她在关外，到底是没有去前线，不知战地竟是如此一片修罗场。

她强忍着眩晕和恐惧，却一步步往尸体更多的地方走去，渐渐便见到提着担架查看有无幸存者的兵卒。见到那青衣赤带的天军军服，左钧直眼中有热流涌来，踉踉跄跄跑过去抓着一个人问道：“你们……你们找到括羽了吗？”一开口，才发现由于嗓子干渴、心中紧张，险些发不出声音来。

那士兵甚是警疑，见她一身交趾男子打扮，声音却又似是女子，问道：“你是何人？找我们将军作甚？”

左钧直喉中难受，干呕了两下，喘着气央求道：“我听说他失踪了，求求你告诉我，他回来了吗？”

士兵看她黑瘦不堪，满身尘土，倒像是个交趾饥民，不耐道：“我们将军回没回来关你什么事？如果想讨碗饭吃，西走十里有粥食施舍！快走吧！”

无论左钧直再怎么央求，士兵只当她是个疯子。聚过来好些个士兵，又有一个千总策马过来道：“上头有令，谨防奸细！闲杂人等，速速离去！”

左钧直无法，只得拿出那银龙手谕道：“我从京中过来，求见林玖将军……”急火攻心，体力不支，终是晕倒在地。

梦中血火纷飞，他手执雪缨冷戟，于硝烟之中蓦然回望，笑容艳盖云天。

左钧直惊叫一声：“常胜！”猛然坐立起来，胸口似被大石碾过，沉重得喘不过气来。

一转头，却是一双魂牵梦萦的眼睛：“姐姐。”

左钧直呆呆地看了他会儿，喃喃道：“原来我还在做梦……”

她伸出手试探着碰了碰他的脸，竟还是熟悉的光滑温软，就像真的一样。她睁大了两只眼睛，咕哝道：“不要不见……”仰头触了一下他的唇，见他仍在，笑得眯起了眼，大着胆子紧贴了上去，含糊不清道，“就这样……不要醒了……”

整个人忽地被箍进温暖的怀中，唇齿被抵开，舌尖儿被吮出来不轻不重的一咬，疼得她哼了一声，却又被更用力地吻住。

“等等……”她被吻得有些喘不过气来，脑中更是一片混沌，隐隐觉得有什么不对——她竟然能感觉到疼？梦中的感觉，如此真实？

他一双手抚上来，她才发现自己仅被套了一件单袍，里面未着寸缕。

脑中嗡的一声，她猛地推开他，惶然道：“你……你真是括羽？”

他漆黑的眼仁动了动，似是不解她为何这样问，拾起膝上的软巾低头将她的指头一只一只擦过，道：“如假包换。”

左钧直这才意识到自己浑身清爽，连头发都是湿的，显然是从上到下都被洗过一遍……她仍无法从震惊中回过神来：“你……你……”

“我被大水冲走了？”

左钧直忙不迭地点头，眼神简直是粘在他身上，唯恐这一切都是假的。他黑了好多。玄青战袍上有大片深色暗渍，是他的血吗？

他擦完她的手，将软巾丢进一旁木盆里，双手从她瘦削的肩滑落到双臂上，叹气道：“瘦了这么多……肯定又胡思乱想不吃不睡了。你看了军报？怎么不去问皇帝要我的密报？明线上探出有内奸，那军报是将计就计，让黎季犛以为我死了，放松警惕。”

括羽握住她清减的腰肢带入怀里，含住她的耳珠道：“傻瓜……我临走时是怎么跟你说的？看我回头罚你……不过你竟来了这里，我真高兴……”

左钧直直至此时，心中的一块大石方落了地，呜咽一声，小兽一样将他扑倒在床上，压了上去。

“常胜哥……啊！你们……”

惊闻人声，左钧直方想起这当是在他的军帐！

她平素面皮最薄，这时眼角余光一瞟，见军帐门帘被撩起，门口绰绰然四五条人影，登时面红如血，头低得几乎要埋入双膝里，湿漉漉的发丝坠落下来，遮住了她羞得不敢见人的脸颊。她心中微恼，他这军帐，还真是任人来去！

括羽面不改色地坐了起来，镇定地介绍道：“我媳妇儿，左钧直。”侧脸见左钧直的头越垂越低，恨不能抱成一只刺猬，无奈笑道，“她害羞得很。回头让她穿戴整齐了再去见人。失礼之处，诸位见谅。”

孟秋生见括羽唇上色鲜，尴尬道：“无妨，让老夫号个脉吧。”

括羽拿着左钧直的一只手递了过去。

旁边的千总和那小卒哭丧着脸道：“大将军，我们不知道这位是夫人……”“大将军，你罚我吧……”

左钧直慌忙道：“没关系！我……”

括羽笑得一脸春风：“该赏！”

林玖酸酸道：“得意忘形！括羽，别忘了军规！”向那个千总和小卒一挥手道，“走啦走啦！咱别站在这儿碍眼！”

孟秋生号完脉，对括羽道：“常胜放心，媳妇儿没什么事，就是受了惊吓，加之疲劳过度，好生休养几日便无碍了。倒是你的伤……”

左钧直吓了一大跳，也顾不得矜持，一只手在他身上四下摸索：“伤在哪里？要不要紧？刚才怎么不对我说呢？”

括羽笑着握住她的手，孟秋生咳了一声，阿惹眼睛红红地别过头去。

“无大碍了，再换两次药就好。对了孟叔，她骑了太久的马，被磨伤了，给我些药吧……”

阿惹从医箱里取了一瓶药泥搁下，道：“给你！”提起长裙跑了出去。

孟秋生亦起身道：“好好儿休息，别累着。”

左钧直又红了脸，伸手去解他的衣袍，非要确认他伤势无碍才肯放心。

括羽拗她不过，只得褪了上衣给她看背后的白纱。左钧直见那白纱上还渗着血色，想着刚才压倒了他，定是又碰到他的伤口了，眸中溢泪，定要下床去请孟秋生回来再给他看看。括羽却抱着她不许她去：“这算什么？当年打韩奉后去见你，伤可比这重多了。”

左钧直泪眼婆娑，咬着唇道：“你就会惹我伤心……”怯怯然小心问道，“那还疼吗？”仿佛语气重了，都会弄疼他的伤口一样。

括羽极爱她这副不禁的怯弱模样，心中情意激荡，微噘着嘴道：“不疼了，可是别处好疼……”

左钧直心惊胆战，慌忙问：“哪里？”

他指指心口："这儿疼，你这么远跑过来，又黑又瘦的，一身伤。——居然还带了刀！你想怎样！"

左钧直窘迫垂首，乖乖受训，忽然想起什么来，问道："你伤在背上，自己定是换不了药，难不成都是方才那个姑娘给换的？"

阿惹年纪尚小，心里想什么都写在脸上，自然瞒不过左钧直。括羽踌躇了会儿，老老实实道："她随孟秋生孟大夫学医，她父亲就是给我取名字的军师……"

没说是，那也必然是了。左钧直作势推开他，皮笑肉不笑道："真是青梅竹马。"

括羽初时还有几分做大将军的正经，现在已经完全变成了一副无赖模样，谄媚着又贴回去，甜言蜜语道："吃醋我才高兴呢，吃醋是真喜欢我。我心里只有姐姐一个，什么江山，什么美人，都比不上姐姐一笑。"

一说到江山，左钧直又想起他的身世。朱镝……这个名字永远都会是悬在明严心头的一把刀啊……

括羽见她面色有异，关切地问道："怎么了？"

左钧直软软地靠上他的胸膛，难过道："好想捷儿……你都还没见过他……"

括羽连连吻她的面颊，心中叹息。她孤身前来，儿子必然是留在了宫中。若非如此，皇帝肯定半路便将她劫回去了，又岂会允她一路畅通无阻来交趾与他相会？他低声安慰道："放心，皇帝一定会好好照顾捷儿。若捷儿少一根头发，我定反了他。"

左钧直惊得捂住他口："勿乱说！哪处没有他的人？"

括羽拿开她的手，在她耳边吹着气道："是吗？那我更该同你当着人面多多亲热，让他清清楚楚地知道你永远都是我的人，别再打你的主意了。"

左钧直双颊云蒸霞蔚，叹道："他算是个君子，居然会救捷儿。我本以为……他不想给你留后。"略略说了生子之事。括羽越发心疼，摸着她瘦得算盘子儿似的背脊道："这仗打完了，我再也不离开你。"

左钧直揪着他胸前衣襟，闷闷道："这仗还要多久？……我知道你们军纪严明，军中留不得女人家眷。难道我好不容易见你一面，又要回去？……"

她在他面前又蹭了蹭，撒娇道："不想回去了。罚你把捷儿弄出来。"

括羽扑哧一笑，揉揉她的发顶，道："宫里挺养人的，先把捷儿寄养两天。我估摸着皇帝让你来，可不是为了让我俩团聚，是想让你把交趾的后事给料理了。所以——"他放低了声音，眸中闪着黠光，"我打算假公济私……"

两人都是年华正盛，年余别离再重逢，情浓更甚新婚。然而到底是在军营中，又各自带伤，终归是不敢逾矩。不多时有士兵来请括羽前去处理战俘之事，左钧直在他军帐中自个儿上了药，疲倦至极，又合目睡去。也不知睡了多久，隐约听见帐外熙攘人声，说的是黎季犛父子已被擒获入营，她心头大安，翻身又沉沉入眠。自别离以来，从未有一日睡得似今夜这般安稳。

醒来时帐中依然无人，帐顶透入的浓烈光亮告诉她已是次日中午。她从包袱中取出一套从京中带来的男装换上，发现床脚一个小泥炉上文火煨着一小锅米粥和半罐汤药。

左钧直出得帐门，守卫行礼道："将军吩咐，让左大人先吃饭喝药，然后随在下去见兵部侍郎大人。"

果不出括羽所料，她昨日方至军中，今日皇帝的任命状就紧随而至，任她与兵部侍郎何中同为钦差，共理交趾战后之事。那何中当年是与她一同去过关外的，也算是老熟人了，今天刚刚抵达军营，肯定也累得够呛。

左钧直小口抿粥，只觉得淡而香，问那守卫道："你们将军呢？"

守卫是个十六七岁的英武少年，模样十分机灵，只是对着左钧直局促不安，说话也有些腼腆："禀告夫……大人，将军昨晚带兵出去清扫叱劫江敌军余党，捉回了黎季犛。今早回来了一会儿，又去和诸位将军议事了。”

“没睡？”

少年挠挠头：“将军连夜写军报，在案上小憩了一会儿。”

“总这样？”

“军情紧急时一连三四天不睡也是常有的。”见左钧直脸色似乎不对，少年忽然觉得自己好像说了不该说的话，忙摆手道，“不不不，将军睡起来也很能睡……呃……将军是习武之人，精力过人……”

左钧直差点被一口粥呛住。少年更窘迫了：“夫、夫……大人呃，卑职不是那个意思……”越描越黑，越说越歪，再这样下去，她真是没脸见人了。左钧直忙抬手示意他不用再解释，换了些战事话题来说，才让那少年慢慢自在下来。

左钧直见那少年偶尔看她一眼，满脸都是仰慕，问道：“是你们将军吩咐让叫我左大人的？”

少年点点头：“将军说了，左大人是以钦差大臣的身份住在军营中，不是因为是他夫人。”

左钧直又一口粥差点喷出来，想括羽向来八面玲珑，这回却做出这种掩耳盗铃欲盖弥彰的事情来！原来这就是“假公济私”！怎么不干脆直接把“军营”改成他的军帐啊！

罢了，反正她昨天就已经在军中丢尽了脸……

后面的日子，左钧直和括羽各自忙得不可开交，虽同住一帐，见面说话的时间却少得可怜。

黎季犛父子被槛送京师，左钧直寻访交趾、南越官员、百姓千余，询国运，问民情，结成文字。她上万言之书，建议立已寻得的陈氏后人为交趾王，交趾将继续为天朝朝贡之属国，年年奉天朝正朔。书中援引历朝历代之大量案例，又详叙民众之愿，论证缜密，论据翔实，言辞恳切，被后世誉为夷务策文之典范。

朝中激烈交锋一月之久，终于应左钧直之请。

接到皇帝旨意时，左钧直刚刚住进交趾京都承天的公馆。连日随着大军奔波，军帐中样样简陋，沐浴都只能就着木盆简单擦洗。直至进了城，才算有了个正经床可以歇息，有了浴桶可以干干净净洗个澡。

左钧直睡了一觉醒来，听到浴房水声阵阵，不多时轻薄被角被撩开，挤进一个人来，从背后环抱住了她。

她两只小手抱住面前的大手，闭着眼调笑道：“听说你以性命起誓天朝不会侵犯交趾寸土——我这算不算救你一命？”

身后人在她耳边轻笑：“算。”

热气呵得她耳郭酥痒，她扭头躲着，含笑问道：“那要怎样报答？”

他不言语，窸窸窣窣把什么幽凉的东西套到她手腕上。

左钧直抬手，月色下看见晶红如玛瑙的红豆串儿，在莹白纤臂上绕了许多圈儿，好似雪上胭、月下梅，煞是动人。

愿君多采撷，此物最相思。

她心中喜爱，嘴上却不轻饶：“大将军好小气。”

他二人向来对身外之物都不甚讲究，偶尔互赠一些小物事，也都是讲求心意，不论价值。没想到她今日竟向他讨要回报，括羽颇有些措手不及，无奈道：“我穷得叮当响，人家还有饷银拿，我连一个铜板都没有。去摘了这三百七十二颗相思子儿，还被士兵们笑话……”

三百七十二，恰是他们分离时日。左钧直心中酸了酸，想到他在士兵的一片哄笑声中把这些姑娘们最爱的相思子儿数出来，还是忍不住笑了。她翻过身来，指尖儿在他胸前轻划：“就没见过做将军做成你这样儿的！”

他捉住她不安分的手，可怜巴巴道：“我早就许给姐姐了……特别穷酸，姐姐你养我吧。”

他面朝着床边小轩窗，月色下眉清目秀，左钧直心摇神荡，凑过去在他嘴上咬了一口。

他扭头躲着，弱弱道："不要！"

左钧直捶了他一下，怨道："好像我在轻薄你一样。"

括羽搂住她，点着她的鼻子揶揄笑道："什么好像？根本就是。姐姐——嘿嘿……你……"

左钧直被他瞧穿了心思，羞恼至极，背过身去不理他，却被他自身后压了下来。

一夜雨疏风骤，摧心相思尽化无间缠绵，情话喁喁，情花靡靡，十指相扣，两心相印，天上人间再无欢愉若此。

陈氏后人登基为交趾国王后，左钧直本欲留下来同何中一起处理余留事情，却被括羽强带回了南越。

左钧直扒着马车车窗，担心道："就这样溜号了，皇上怪罪下来怎么办啊？"上回磨伤了腿，括羽便舍不得再让她骑马。

"将在外，君命有所不受。"

她恨恨道："你是将，我又不是！"

"爱怪怪。"

"……"

本以为在南越只会待上几天，没想到是一个月。一一见过了旧日带着他长大的守将，在独秀山上拜祭过了罗晋，他便带她在南越四处玩耍，遍吃海鲜、水果和各种美味佳肴。圣旨来了两遭，他偏压着不理。这月左钧直月信未至，被括羽带去给孟秋生摸了一回脉，果道是又有了身孕。

何中奉旨亲自来南越带她回京。括羽将她的马车改装了一番，装上了厚厚软垫，备好细炭软食，又好生叮嘱了许久，方放她上路。

何中心知这左钧直是皇帝少不得的能臣，更是括羽的心尖尖，眼下又有了第二个孩子，自己是千万怠慢不得，一路上小心翼翼，不敢有半点差池。

第十二章　四海俦侣

左钧直心里很清楚，括羽带着她在南越游山玩水，不理军中事务，其实也是迫不得已。

于他，仗可以打，政不可涉。

交趾政权未稳，南伐大军还需驻扎一段时间。

他到底还是背着征夷大将军的名号，不可以离了大军，私自同她返京。

万里云阔天高，雁过无痕。

她的括羽是长空之鹰，绝不会剪了翅膀，养在笼中做一只金丝雀。

左钧直回到文华殿，朱捷已经摇摇晃晃会走。她去南越后，皇帝命人将左载言和脩脩接入宫中，监视之外，也方便他们照顾朱捷。听着小小朱捷奶声奶气地唤了声娘，左钧直眼泪都要下来，又听他口齿清晰地叫爷爷、奶奶，还背了几句《笠翁对韵》，更是惊得合不拢嘴。原来这孩子竟是早慧，有言语之才，在左载言入宫启蒙之下，未断奶倒是先会说话了！

弘启十年五月，南征大军凯旋。

前一天晚上，左钧直在房中写奏章，忽觉烛影忽忽摇晃，一道黑影自窗口掠入，方要惊叫，便被热热的唇舌堵了口。下一刻整个人被横抱起来，直直入了里间放上床榻，探手便解她衫子。

她惊呼着推拒他："别……还有……"

他避狞笑道："我看过了，你爹娘都睡了。那些翊卫的套路我最熟，发现得了我才怪。"

"不是……是……"

"嗷！"

想他括羽武艺高绝，十四岁起至今世间再无人暗算得了他，刚才莫名其妙挨的那一下是怎么回事！

摸着后脑勺，他恶狠狠地抬起头来，不期然看到一张同样是恶狠狠的小脸！和他一模一样的小眉毛，黑水银般的眼仁，圆乎乎的两只小爪子抱着个木枕。那枕头差不多和那小娃娃等高，小娃娃抱得煞是吃力，却兀自抱得英勇，疾恶如仇地站在他女人旁边。

"坏蛋！放开娘亲！"

奶声奶气的，却十分有气势！

他的儿子！

哈哈哈哈哈哈哈啊哈哈！

他心中狂笑，一把把那小娃娃搂过来，哄道："乖儿子！叫爹！"

小娃娃呆呆地瞪了他一会儿，突然哇的一声大哭起来，挣脱他扑进左钧直怀中："爹爹不是坏蛋，坏蛋不是爹爹……"

他傻了眼。

这一夜他悲剧地没能爬上他女人的床，因为他女人床上的那个小男人，一看到他就开始大哭……

左钧直满怀歉意地看了他一眼，抱着那个小男人睡了……

他眼泪汪汪地咬着被子在窗下的竹榻上辗转难眠。犹不死心，夜里他几度试图把那小东西抱在他女人身上的爪子拨开，却发现小肥爪子抓得死紧，俨然是防着他这一手！

就这样被“篡权夺位”，大将军括羽也终究只能欲哭无泪了。

秘史载，弘启十年六月，上欲封北齐旧帝第三子镝为齐王，就藩东北，镝婉拒。

十月，镝次女降生，单名朱。上赐金银宅邸，镝固辞不受。镝殊无异志，赋闲于家中，含饴弄子为乐，不复理世事，人皆嗟叹。

弘启十一年五月，镝携妻儿一夜间失迹于京，上震怒，举国搜捕。

天山古道。

石峡窄如甬道，松林似海，五色花簇。河水在谷底流淌，淙淙之声在峡中回荡。

三匹马儿漫步涉过一条浅浅河流，小娃儿看着马蹄溅起的水花兴奋尖叫。

出得那峡口，天地豁然开朗。粗犷山脊在眼前拉开广袤原野，雄峻雪峰横亘天际。山光峰影，壮美无伦。

纵是那一路叽叽喳喳说个不停的小娃儿，也被这壮丽山河震撼得闭了口。

“捷儿，喜欢吗？”

小娃儿站在马鞍上，欢欣鼓舞地回头，抱着身后肤色如雪的女子响亮地叭了一口：“娘亲，原来你讲的故事都是真的！”

“娘亲什么时候骗过你？”女子一笑，看似平凡的容颜顿时灵动起来，“以后爹和娘带捷儿看遍天下美景，但是要走好远好远的路，捷儿怕不怕累？”

小娃儿大声道：“不怕！”揪着马鞍爬下马，小小短短的身子竟是十分灵活，“兔子！”欢叫着飞奔而去。

望着小娃儿在山坡上滚来滚去，怀抱着熟睡女婴的男子轻拽马缰，向一旁的女子并辔过去。

“累不累？”

女子含笑摇头：“其实我害怕深水，从陆上走，反而更快一些。”接过男子手中的女婴，她笑道，“皇上必然是没有想到，你手握海令，却带我走了陆路。”

天朝海令，可号令内库四海分支，以天朝国使名义，畅行大洋万国之间。

朱镝在天姥山，没有见到云中君，却由空蝉女使赠予了海令。

接过海令，实际上就是取代了云中君在海外的位置。

“过河西走廊，借道西域，不都是你的熟人吗？哼哼，我看那位帮助咱们出关的唐旷唐大人，对姐姐你很是不一般呢。”

左钧直脸红，反唇相讥：“谁像你桃花那么多，随便吃个饭都不得安宁！”

朱镝挑着眉道：“嗯，你的是不多，可是朵朵都够大，还差点成了我舅娘。”

左钧直垂目不言。朱镝道：“也许，他是看着我们离开的。”

左钧直勉强笑了笑：“活着就好。”

朱镝道：“我们还会回来。”

左钧直点头：“就算行遍海内，根还是在中原。爹爹和翛翛不愿意和我们一起走，也是这个原因吧。”

她望向身边容俊无双的男人，抿唇笑道：“你不懂夷语，不怕被我卖了吗？”

他倾身过去，揽住她的腰身，涎着脸道：“不会，我是你的心肝儿、你的宝贝儿，你才舍不得呢。”

左钧直大笑：“自作多情！”

他无辜道：“你自己说的呀，第一次送你回家，你就说是捡到宝了。

后来向我求婚，你还说要留我做传家宝。”

左钧直大窘，挥鞭打去，却被他捉住了亲吻，久久不放。

弘启十二年，原左相第五子左载言重返朝中，任国子监祭酒，掌天下庠序之教，后加太师之衔，辅弼新君，以其才学品德为世人敬重。

弘启十五年，皇帝明严三十六岁大寿，段昶呈上十卷《万舆志略》，皇帝阅之，久不释卷。

弘启十八年，扶桑国犯流求岛，流求王求援于天朝。上命广宁伯之子莫飞飞率海军御战。莫飞飞得奇人赠予海上战船及西方火炮图纸，据坚船利炮，天军大获全胜，海师称雄一方。

弘启十九年，明严帝积劳成疾，重病三月而崩，终年四十。皇后沈慈守灵七日，伤绝而逝，与帝同葬。

同年，太子明德即位，改元鼎治。

四夷定，四海平，四方来朝，万国宾服。

崇光、弘启两代励精图治，鼎治一朝千古盛世华章，正徐徐拉开帷幕。

力潮文创
POWER TIME
白鲸文化

为纯粹的乐趣而读

四隻課字傳奇

番外本

小狐濡尾 著

番外 壹

一

南楚地境温暖，却也有冬季，当北齐的寒风越长江而至时，则木叶枯黄而摇落。

然而在这个雨湿黄叶地的萧瑟冬日，南楚都城里却家家户户挂起了红绸喜幡，处处张灯结彩，洋溢着欢欣喜庆的气氛。

天边方蒙蒙发白，结满了薄霜的街道上尚看不到什么行人，只有送菜的、淘粪的、卖炭的匆忙来去。

一个身材魁梧、肤色黝黑的汉子从城西走来。

春意楼的老板陆方羽笼着手，从门口往外看了看。这条街上各家铺面都还是大门紧闭，就他家开门开得早。

汉子看见陆方羽，驻了足，问道：“早饭有的吃没得？”

我这是茶馆，哪里有早饭吃？陆方羽方要随口拒绝，一抬头，却见那汉子生得雄壮威武，鼻直口方，眉如长剑，一双眼又冷峻又坚毅，扫过来便让他没了主意。讷讷之间，他已经不由自主应了：“有！”

一碗热气腾腾的红烧牛肉面，是陆方羽亲自进厨房做的。汉子又问：“酒有没得？”

陆方羽拿了一瓶温着的绍兴黄酒给他看。

汉子摇了摇头：“白的。”

陆方羽想了想，道：“自家倒是酿了些老白干，只是大早上的，冰凉得紧。”

汉子道：“无妨。”

汉子一声不吭地低头吃面，大口喝酒。他本就穿得不多，吃得身上热了，便敞开襟怀，胸前肌肉垒实，还有几道粗粝的疤痕。

陆方羽状不经意地打量着这个陌生的汉子。他穿着青灰色袍衫，看花纹当是蜀布。一个简单的包裹，一个半旧的大木匣子，都放在触手可及的位置。这人身上虽然拾掇得干净整洁，被磨得粗糙破损的靴子却显示出他是经过了长途跋涉而来。又见这汉子腰悬短剑，目蕴精光，分明有绝技在身。这样一个看着就知道不简单的汉子，也不知道在这多事时节，城守怎么会让放进来。

陆方羽是个镇定人，思虑了半晌，觉得还是问问比较好，回头万一出了事，城卫追查到他这里来，他也有的交代。

“……看着客官是外地人，不知是从何处过来？”

“西蜀。”还未待陆方羽开口，汉子晃了晃手中的酒碗，道，“这老白干滋味纯正，南楚哪里酿得出这样的好酒？”

陆方羽心道，还没问出个所以然便被反将一军，这汉子看着是个武人，心底却透亮敏锐。他当即不敢怠慢，坦诚答道：“鄙人和内子本就是郢京人士，北齐裂国时，随父母流亡到这里。”他看了看茶馆寥落的四周，苦笑道，“这小店本不该称作‘楼’，只是家父对郢京的产业念念不忘，这才沿用了旧名。内子空闲时酿酒，也都是自家人喝。”

汉子点点头，仰头喝干了这一碗，道：“无须忧愁，我南楚迟早一统山河。”

品着这话中的壮阔之意，陆方羽竟觉得喉中哽塞，一时间感动非凡。犹记得幼年时郢京火树银花，何等盛景。然而随后战火频仍，一家子流离失所到了南地。南地虽好，终非故乡。心中偶尔升腾起来的思乡之情，岂足为外人道？他对汉子的那一点戒备之心，在此刻烟消云散了。

汉子望了望春意楼外面悬挂的大红灯笼、树上缠绕的红绸，道：“年关未至，怎的城中就这样喜庆布置？”他看向陆方羽，棕黑色双眸中有些锐光，“莫非皇上即将大婚的传闻，是真的了？”

陆方羽不知为何，看着汉子竟有点畏缩之意，老实答道：“客官远道而来，有所不知。皇上虽然尚未亲颁诏书，但大婚的事儿据说是落实了的。朝中大臣为此事闹了许多日子，皇上却是铁了心要嫁。我等小老百姓虽然不知那些老大臣为何要阻挠皇上大婚，可谁不希望皇上尽快为皇室开枝散叶呢？有些话说出来大不敬，可皇上确实早就过了大婚之龄，再拖些年月，想要生养，可就不容易了。我们城中百姓家家户户挂出红绸喜幡，正是为了给皇上造势。”

汉子问道：“可知皇夫是谁？”

陆方羽摸摸头，道：“这就不知道了。我们小老百姓，自然都希望是沈大将军。这是皇上方出生，先皇便定下来的婚事。沈大将军愿为皇上战死沙场，皇上也对沈大将军情深，孤身至今。你说拖了这二十几年，为何不成就这一桩美事呢？”

汉子一口一口吃着面，道："让皇上嫁沈大将军，岂不是要让皇上与民女共侍一夫？皇上是何等身份，于情于理，都容不下这等事情。"

陆方羽为难道："客官这话说得在理。倘若让沈大将军休妻，那便是陷皇上和沈大将军于不义……唉！难哪！"他一拍大腿，颇为懊恼。

当今之南楚女帝，虽是上下数千年来第一位女皇帝，却能受天下百姓齐心拥戴。传说女帝诞生之日，五色祥云缭绕明堂而不散，异香十里可闻，方呱呱坠地，便得了宗庙神谶：日月齐辉，山河共仰。后来家国飘零，女帝屡屡遭齐人陷害，却又都能奇迹般归来，在人心绝望之际力挽狂澜。是以后来女帝弑兄于奉天门前，自立为帝，竟得文武百官齐齐下拜，山呼万岁——上自一品大臣，下至贩夫走卒，早已将女帝视为南楚的命定之主！

女帝尚是公主时，颇亲民，许多百姓都曾亲眼见过女帝，见女帝性情温和仁善，都视作自家人一般。而今女帝要大婚，百姓们竟像嫁女儿一般操心，仿佛女帝喜就是他们喜，女帝忧便是他们忧。

"唉！"陆方羽又大大地叹了口气，道，"当年要不是阴差阳错，沈大将军怎么会娶了别家女子，弄成如今局面？听说当年沈大将军娶妻，皇上还亲自去送了厚礼。婚宴上皇上强作欢颜，出去后上马车时，却有人分明看到皇上目中含泪。世事弄人，世事弄人啊！"

汉子往面中加了许多辣椒。面汤红彤彤的，一见便知辣得很，他却一口口吃得从容。蒸腾的热气里，他的面容的轮廓越发显得硬朗。

"倘若是沈大将军，朝中重臣不至于这般破天荒地反对皇上的主意。"

陆方羽唉声叹气道："客官这话说得在理。可除了沈大将军，还能有谁呢？说起来，我们大楚，皇室女子倘不和亲，下嫁掌权军将乃是常例。不是沈大将军，如今这年纪相当又无妻室的，也就罗晋罗大将军了。”

“罗大将军”四个字一落，正举着碗的汉子动作忽然一顿，猛一仰头喝尽了面汤，道：“休要胡言乱语！”

他浓眉一凛，平生威严。陆方羽这才恍然发现自己说得过了头，懊悔地拍了自己的脸一巴掌：“瞧我这张嘴，总也管不住！”

汉子一言不发，点下几粒碎银子在桌子上，拎起行李和木匣大步出了春意楼。陆方羽定睛一看，这银两是饭钱的两倍有余。他追出门去喊了两声“客官，客官”，可那人已经头也不回地消失在了清晨的薄雾中。

“真是个奇怪的人。”陆方羽咕哝了一句，捏着手中尚有余温的银子，仰头看那红艳艳的灯笼，发现细细小小的初雪已经开始飞舞。

二

“罗晋，就算你身为大将军，皇宫又岂是你可以擅闯的地方？没有皇上谕令，除丞相和六部大臣之外，任谁也不得入宫！”

高高大大的汉子站在奉天门前面，像一座山一样，面前是一队手握长矛身披重甲的皇城守卫，矛尖齐齐生硬地对准他。手执拂尘的总管大太监吕和佝偻着腰，气势十足地与他对峙。

罗晋面无表情地望着一门又一门的皇城深处，丝毫没有退返的意思。

“那么请通报皇上，说罗晋有要事觐见。”

“罗晋！”吕和尖着嗓子大喝一声，气得浑身发抖。他在大楚皇室宫中这么多年，经历了几朝风雨，女帝都是他看着长大的。如今哪怕是外廷重臣，见着他都要礼敬几分。这个从来只闻其名的泥巴腿子罗晋，居然敢在他面前如此无礼。

“消气！消气！吕公公！”宫城那边匆匆奔来一个穿官服的少年，生得风神秀澈，却拎着长长的官服下摆跑得甚没风度。他气喘吁吁地安抚着吕和，脸上挂满笑意：“罗将军从来没来过京城，不晓得这些皇城中的规矩也是情有可原。吕公公您大人有大量，千万别气坏了身子！”

吕和的气却不是那么容易消的，他冷哼了一声，架子越发大了起来：“不懂规矩，就能不守规矩啦？姜离，别仗着皇上恩宠，就到处瞎掺和！”

姜离赔着笑，道：“姜离阶品卑微，自然不敢擅自干涉宫廷事务。只是皇上有令，让罗将军入宫觐见。”他低着头，双手向吕和呈上明黄手谕。吕和见了，长长的白眉一皱，又尖锐地看了姜离一眼，向守卫道：“既然是皇上的意思，那便放行吧！”他抚着拂尘，傲慢道，“把他的兵器都卸了。”

那些守卫放下长枪，上前去卸罗晋的佩剑。然而要收缴罗晋背后的木匣时，罗晋却下意识地紧了紧肩上的匣带。

“吕公公，”姜离又道，“皇上还有口谕，说穿云箭罗将军向来箭不离身，特许他携箭入宫。”

“这……”吕和鼻子里呼哧呼哧着，一双老眼滴溜溜地打量罗晋。姜离见他面露难色，道：“罗将军忠君不贰，随皇上出生入死，难道吕公公还有所怀疑？”

吕和自然不肯承认，瞪了姜离一眼，干笑道：“罗将军劳苦功高，咱家一向景仰，只是公事公办罢了。得，咱家还有要紧事，姜离你便为罗将军引路吧。”

他话虽这么说，却朝守卫使了个眼色，示意他们紧盯着些，切莫出了差池。

姜离见状苦笑，带着罗晋向宫中行去，道：“这吕公公看着惹人厌烦，却是看着皇上长大的，无比忠心。数年前皇上于祭山大典中被齐人掳去，吕公公深悔自己护主不力，自戴足镣于佛像前日日忏悔，直到皇上回来，方出苦行寺院。”

罗晋见姜离领着他，路过了正殿却也未停，径直穿过应天门向内廷行去，不由得停了步伐疑惑道：“皇上不在勤政殿？”

姜离摇摇头道：“还是东吴之事。皇上虽然未费一兵一卒收服了东吴之地，但吏员、财政、军队等等，仍有诸多大事悬而未决。皇上昨儿又是寅牌时分才去就寝，睡了半个时辰，又起来上朝。”他低声对罗晋道，“皇上曾被齐人用过刑，落了病根，这些时日又被东吴、大婚的事情弄得心力交瘁，凤体欠安，这时候正在宫中暂作歇息。”

罗晋闻言皱眉：“那我且回。”

姜离摆手笑道：“不瞒你说，你入城门时，皇上便已经知晓。皇上既然命我去奉天门迎你，那自然就是要见你了。”

罗晋在重熙殿见到女帝时，她正半靠在榻上闭目养神，一名女太医正以银针灸疗，旁边的女史则轻声细语地读着一份邸报。她穿着银月色锦缎宫服，明黄、朱赤线绣日月章纹。女太医施针之下她容颜舒展，眉心却仍有浓浓倦意。这份倦意抵减了她的君王之气，使得她看着就像个柔弱无助的女子。

大部分人会忘了她本就是个年轻的女人，包括罗晋，只有这种时候，才会勾起一些深藏的回忆。

“罗晋，你擅离职守，擅闯皇宫，现在见了朕，又不下拜，你该当何罪？”

女帝的声音凉凉散散，却令罗晋心神一震。她猛然抬头，但见女太医和女史都已经退下，女帝拢衣而立，鬓发如云，身形消瘦却有一种岿然气势。

这是罗晋第一次见到女帝登基之后的样子，和当年在西蜀并肩作战时候的模样，已经截然不同了。

罗晋屈身，俯首：“臣罗晋，拜见皇上万岁、万岁、万万岁！”

女帝温声道：“平身吧。”

这重熙殿是女帝寝宫之侧的一座配殿，其中的地龙烧得尤其大，罗晋方才进来前，瞅见庑殿顶上竟生着几株细弱青草，在北风中轻轻摇曳，宛如初露的生机。

罗晋衣着单薄，发上肩上细雪初融。女帝淡淡扫过一眼，道：“究竟什么事，能让你罗晋罔顾军规，擅自入京来见朕？”

罗晋道：“听说皇上已经开始部署北伐。”

女帝闻言，忽然爆发出一阵清越的笑声：“罗晋，没想到你身在西蜀，连这种枢密庭的军机密事都知晓！”

女帝自归返南楚，开始控制军权抵御北齐、征讨西蜀，就特设了一个由亲信大将、兵部重臣组成的军务处，总揽机要；女帝登基后，军务处便正式成为枢密庭，辅佐女帝处理军国大政。

“是臣自己探听得知，与他人无关。”

女帝笑得轻松，罗晋却没来由地头皮一麻，竟是头一回觉得看不透她是喜是怒。人说君心难测，难道真是因为皇帝这个身份？

女帝凤眸细长，微微一眯就是似笑非笑：“就因为这事，你便千里迢迢上京来了？人说来者不善，善者不来，罗爱卿有何指教？”

“臣知道皇上志在天下，臣也希望我大楚早日一统江山。然而我朝军力疲敝，粮资匮乏，若不休养生息，如何支撑北伐？”

“倘若朕说，军资粮饷都已经解决了呢？”

罗晋愣住了。

他曾无数次推演北伐战局，计算所需的兵力、粮草、军饷、车马、武器，种种可能性推算下来，结果都令人失望。以南楚目前的国力，他在有生之年恐怕难以见到江山一统。那日他收到密信，得知女帝已经开始着手谋划北伐，便连续几日辗转难眠，最终决定亲自上京，阻止女帝贸然出兵。

北伐战火一旦燃起，百姓要面临的便是征兵、加赋……苦不堪言。女帝国破家亡，两番被齐人所掳，她想要踏平北齐理所当然，但绝不能以南楚民众为代价。

初见女帝时，他还是个无名士兵，女帝还是个双十年纪的公主，聪慧老练，有不忍之心。他当时重伤，要被急于转移的部队抛弃，是女帝将马给了他，自己徒步而行。

然而这一步步走过来，她越来越铁血狠戾，以至于他都不得不做出女帝要不惜一切北伐的揣测。

但或许，这回真的是他错了？她并非贪功冒进，而是成竹在胸？

“皇上是指东吴富庶之地……”

只是东吴富庶，百姓又岂能用于盘剥？甫一归顺，便要沦为战争附属物，如何能令东吴百姓心服？

“北极会堂。”女帝打断了罗晋的话，“北极会堂一切财富，均可为我所用。”

天姥城城主明殊那个老怪物、守财奴，这些年从南楚北齐战争中买卖军火、粮食、布料、食盐、马匹，不知道发了多少国难财。这些钱财为北极会堂所聚敛，富可敌国。

“有何代价？”罗晋讶异之余，仍然清醒。

“倘若将来江山一统，天下军械、矿冶、车船运输，需授予北极会堂运作。”

罗晋忖思不言。这些都是国之命脉，岂可轻易授予一个北极会堂？只不过来日方长，眼下要筹资北伐，恐怕也别无他选。却不知女帝数月前去往天姥城，究竟耍了些什么手段，竟然能令东吴归顺，还将北极会堂收入囊中。

“你对北伐，还有什么异议？”

“没有了。”

“没有了就回去。朕就当你没有离开过西蜀。”女帝以拇指和食指按压着太阳穴和眉心，拂袖转身，下了逐客令。

将领擅离驻地，是何等罪名，罗晋比任何人都清楚。女帝素来是铁面之人，这次肯放他一马，自然是出于私情。望着女帝尚是未出阁女子的发饰，罗晋手心湿润。他偌大一条汉子，刚明决断，这一刻却无法决定自己的进退。

“皇上——”

他几乎是不由自主地说出这两个字，嗓音喑哑，然而没有办法再说下去。

那一句话，不能再多说。罗晋低着头，双手紧握成拳，费力克制。

“还有何事？”女帝转过身来，目光温和，并不似方才显露锋芒。

罗晋忍了又忍，抬起头来，道：“听闻皇上已经打算册立皇夫，于正旦举行大婚仪式？”

女帝淡淡一笑：“这等尚未颁诏的事，你远在西蜀也晓得了，姜离还有什么没告诉你的？”

罗晋道：“姜离没有告诉我皇夫为何人。”

女帝大笑起来：“罗晋，你这可就僭越了。”

殿宇中一时沉默，罗晋看向窗外，雪花一片片飘得越来越大，这间宫殿的屋檐却在往下滴水。

“皇上对臣有救命之恩，臣对皇上也是一片赤忱之心。”罗晋缓缓地说着，“皇上对沈将军多年情深，臣都看在眼里。只是沈将军做不了皇夫，臣不希望皇上将终身任意托付。”

他的声音愈益低沉，殿中熏香香烬如霜，无声下坠。

女帝冷笑：“原来你也和那帮大臣一样，是来拦着朕成婚的。”

“不一样。”罗晋低声，然而坚持。

“朕决定的事情，谁也改变不了。难道你们就不希望朕早日开枝散叶，诞下子嗣？”

“倘若只是为了子嗣，那么臣也可以！”

殿中气氛瞬间像结成了冰，罗晋扑通一声跪倒在地，道：“臣失言冒犯，请皇上降罪！”

女帝趔趄后退了一步，瘦可见骨的手指死死抠在一柄玉如意上，微微颤抖。她仰头闭目，深吸了口气，道：“你随朕来。”

内殿层层帷幕之后，正中是一张挂着纱幔的白玉床，其中影影绰绰，一动不动地躺着一个人。

女帝揭开纱帐挂在帘钩上，床上那人的样貌便完完全全呈现在了罗晋眼前。他几乎屏住了呼吸。

“古之枭雄，都是宁可我负天下人，不令天下人负我。朕最引以为豪的，便是不曾负过天下，不曾负过黎民百姓。

“但是朕负过一个人。”

是个男人。

可是罗晋怀疑他究竟是不是一个“人”。他是死的，还是活的？他双目紧闭，面如玉石，没有半点红尘气息，若说是那庙宇中供奉的仙人像，亦有人信。

“他叫云霁，明殊的养子，北极会堂的幕后主人。”

女帝没有再说下去，罗晋心里已经了然。

女帝如何能够不费一兵一卒收服了东吴，又如何令北极会堂甘心为她做嫁衣？

都是因为这个人。

北极会堂之名如雷贯耳，背后掌权者人道是云姓公子，天姥少主，可见过他的人还远不如见过女帝的多。北齐、南楚相抗争时，扶桑趁机侵犯东吴。那时候天姥城隐藏的军队终于显山露水，大败扶桑。那一战不仅令扶桑元气大伤，更是让中土见识了天姥城的实力。只是人人都在猜测天姥城将逐鹿中原时，这位风云一时的云姓公子却又如往常一般，消匿了踪迹。

罗晋不曾见过这个人，总觉得盛名之下，其实难副，或许这个人，只是东吴造出来的一个偶像罢了。哪承想，这个人不但存在，还与女帝渊源匪浅。

“为何会变成这样？”

“朕与他相识十年有余。当年朕被齐贼掳去，是他救的朕。只是那时候朕被齐贼折磨，失去神志，恍然之间，与他做了一年多夫妻。后来的事你也知道一些。沈昼在西征中中了蜀王女的奇毒，无人能解。沈夫人去天姥城求明殊，而我恰好于那时候醒来。我那时并不知晓云霁与明殊有什么交涉，总之明殊终于同意救下沈昼。”

女帝拿了床头盛着清水的玉碗，以蘸水的棉签去滋润那人的嘴唇。剔透的水珠一落即融，润出几分颜色。

“一晃三年，再没有他的消息。朕平定了西蜀，去天姥城想要联合东吴一致抗齐，那时候才知道，他已经变成了这个样子……是他请求明殊救沈昼的代价。明殊知晓云霁已经不再与他同心，便索性毁了云霁。”

女帝搁下玉碗，清水微漾，碗底落下时却没有发出任何声音。她语意阑珊，说话间，目光始终牵在床上那人身上。

“……现在回想，他那时候是料定留不住朕了。”

三

“你是说，罗晋并未回西蜀？”

姜离道：“禀皇上，罗晋说，他愿为北伐之先锋。北伐之策，他已经谋划良久，希望能与枢密庭一同商议。”

啪的一声，女帝的手重重拍在御案之上：“自作主张！”

她忽然想起什么，锐利的目光刀子一样射向姜离：“老老实实告诉朕，为何要将枢密庭开始筹划北伐的消息透露给罗晋？你知不知道这是死罪？！”

迎着女帝的怒火，姜离不慌不忙地跪在地上，道：“罗晋毋庸置疑是北伐的最佳人选，微臣相信皇上心中也早有决断。只是皇上内心始终为私情所蔽，于是迟迟不能宣罗晋入京议事。”

女帝冷冷道：“私情？朕有何私情？”

姜离道：“皇上心中始终觉得，不选择沈将军北伐，是不希望沈将军再出任何差池。当年沈大将军中蜀王女之毒，皇上至今心有余悸。皇上觉得宣罗晋入京，对罗晋不公平。”他见女帝陷入沉默，道，“皇上既然下不了决心，那便让罗晋自己选择。”

女帝已经不记得姜离是如何离开，她又是如何一步步走进了内殿。她惘然离魂，被咚的一声惊得回神，只见云霁身上缠着被子，胡乱趴在地上。他睁开了眼，却茫然无神。

云霁五感俱失，女帝觅尽良医，照着六尘的配制秘方去研制解药，如今耳、鼻、舌、身的感觉俱在缓慢恢复，唯独治他的眼睛还缺一味药引子。

这是他第一回醒过来——不，他一直都是醒着的，意根未断，他一直能够思考，只是无法感知自己的身体和外物，就像被封闭在了一个黑匣子里。

女帝悲喜交加，奔过去将他扶起来，急切呼道：“云霁！云霁！”

她方才一直是那样茫然，脑中一片混乱。姜离的话、罗晋的话都交织在她耳边，有无数个声音在说："皇上的内心，始终为私情所蔽！""皇上要立云霁为皇夫，究竟是为了掌权，为了报答，还是因为真心？"……

她的心在不断被拷问，焦灼不堪。

她一直认为自己爱的是沈昼，哪怕爱而不得，这份感情也已经成为一种习惯。

她对云霁到底又是怎样的感情？过去她一直以为是恨，恨他的欺骗，恨他的专横，恨他的心机，恨他竟然敢趁她心智尽失，将她束缚在天姥山上，让她为他诞下一女。这于她而言，莫过于最不堪的侮辱，比北齐人施加于她的还要不堪！

可她与云霁十多年相缠，十多年相斗，或你死我活，或相互利用，早就像两棵并生的大树一样，地面上各自生长，地底下根系已经纠结不清。

她想起天姥山上她离开之前，愤怒之下给了云霁一巴掌，竟打得他站立不稳。她当时没有放在心上，可现在回想，云霁是武学修为极深的人，怎可能被她轻轻巧巧一巴掌打得险些摔倒？他那时已经服了六尘，是硬撑着回了天姥山，再看她一眼。

又看他抄给她的药方，到最后几页，已经写得字迹歪斜，难以辨认。他把这些药方托侍女空蝉交给了沈昼，用意为何，已经不言自明。

……

他赠之以琼瑶，她弃之若敝屣。

点点滴滴，她回忆起来，涓涓细流渐成汹涌波涛，冲击她的心房。

这样令她恨至极点又痛至极点的人还能有几个？

三年多了，她再一次抱住他。这个躯体无疑是熟悉的，这种熟悉中又带着陌生的感觉令她心中忽然一空，异样的失落的心伤毫无预兆地袭来。

她紧紧咬着牙关，双臂无意识地收拢……云霁……云霁……

他在她的怀抱中窸窸窣窣地轻动，僵硬无巧，仿佛一切都是无意识无目的的动作，根本感受不到她的存在。

女帝心中生出悲愤，大声怒道："云霁，你不是最有能耐吗！你敢强迫朕，敢欺骗朕，敢把朕软禁在天姥山上！其他没一个男人敢对朕做的事情，你都做了，怎么现在又把自己弄成这个样子，不敢面对朕？！"

她忽然听见他低低地发出一声嗯呜，似是疼痛。

女帝闻声忽然欣喜，温软了动作，道："好，好，我就知道你会好起来，你也能听见我说话了，是不是？"

这样的问话自然只是徒然，但是女帝说了下去：

"你所加诸朕的一切，朕都要从你身上讨回来！

"朕要夺了你的名号，将'云霁'二字从史册上除名，令你永远以皇夫身份附庸于朕。

"朕要将你禁锢于宫中，一生一世，生生世世，都只能陪伴朕一个人。倘有二心，朕会令你生不如死。

"朕要……"

……

女帝的话，一句一句狠辣又决然，回荡在重熙殿蒸腾的暖气里。

窗外大雪雾雾而下，把重重宫阁覆成无边无际白茫茫一片，一直绵延到崇光二年的新年。

正旦之日，女帝不顾满朝非议，举行大婚。诏书之中，仅言封皇夫为云中君，余则半字未提，举国哗然。

大婚那日，女帝与皇夫前往宗庙祭祀，南楚都城万人空巷，争睹云中君之真面目。

然御辇外以纱幔遮掩，但见其形，不见其容。将至宗庙，忽而大风自天边来，红纱纷飞若云。但见辇中静穆端坐一人，鸦发长目，宛如神祇。惊鸿一瞥间，众皆伏拜，呼“云中君千岁”。自那以后，民间俱传说云中君乃是谪仙下凡，来配他们的女帝，若非如此，人间哪有那样的男子，生得那样的神仙品貌，又能显出那样的宁谧庄严？

吕和在宫中巡视时，恰听见几个刚入宫的小太监、小宫女躲在偏殿角落里窃窃私语，谈论的正是云中君。

吕和怒极，将他们拉出来好一通训斥：“君上的事情，岂是你们能议论的？”

恰其中有个胆子大的，不服气地顶嘴：“外边大家都这样说，为何我们说不得？我们入宫这么久都没见过君上，为何连说一说也不成！”

吕和直气得浑身颤抖，命令身后的侍卫：“这些人忤逆不道，拖出去掌嘴，罚入苦役！”

那些宫女太监这才惊惧起来，齐齐磕头求饶。正在这时，忽闻女帝声音冷冷道：“外边都怎样说云中君？说来给朕听听。”

女帝朝后衮服着身，雍容威严，凤眸一凛，便令一众小宫女、小太监吓得趴在地上发抖不已，胆子小的都哭了起来。那个胆子大的此刻也无助了，望向吕和，一脸的央求。

吕和到底老练，一边示意他们闭口不言，一边对女帝道：“民间对君上俱心怀景仰，赞颂君上英明神武，和陛下乃是天作之合。”

女帝淡淡一笑，不无寥落，叹道：“看来朕果然是年岁有些大了，刚才听到什么琴瑟不和，是朕的耳朵不大灵便了吧？”

“皇上！”吕和此刻冷汗涔涔，“是老奴失职，让这帮奴才在这里乱嚼舌头！恳请皇上下旨，将这帮奴才赐死，断了这些无稽之言！”

女帝不置可否，悠悠笑了笑，对方才顶嘴的那个小太监道：“他们不准你说云中君，朕准你说。”她微微倾身，修长的镂金护甲钩起他发冠下的两条长带，柔声道，“说吧。”

冰冰凉凉的护甲擦过小太监的脸颊，小太监只觉得刺激得要命，头僵硬地向后别着，一双眼眯得紧紧的。

女帝的声音有如蛊惑，这时候哪里还由得小太监决定说还是不说，话已经逃命似的从他嘴里冒了出来：“有人说君上其实就是天姥城的主子，皇上和君上成婚，只不过是做做样子，让西蜀民心顺服！成婚数月，皇上从不曾与君上同房，所以至今未孕！还有人说君上重病在身，活不了几天了！”

这话一气说完，小太监自己都傻了，痛哭流涕，只觉得自己命不久矣。

“死小奴才！来人哪，还不拉出去斩……”

女帝忽然抬手，止住了吕和。

“朕——”她深深吐了口气，“朕已经和悯行大师交谈过，朕想在城中造一座高塔，为云中君祈福。”

女帝看向面前跪成一片的宫女太监们，道：“你们的君上确实带恙在身，但他会益寿延年，陪伴朕白首。他也会与朕养育子孙，保我皇朝延祚万年。

“宫里确实容不下舌头太长的内侍。朕为云中君持斋，不想开杀戒。你们都回家吧，从此可以说自己想说的话。”

那群宫女太监被带了下去，吕和小心翼翼地前来问道：“这些奴才，要不要……”

“留着。”女帝淡声道，唤来静侍一旁的侍卫长。

“皇城之中，宫城之内，看来都已经混了不少齐人的奸细。给朕好好地查清楚，但切勿打草惊蛇，朕还指望着他们给齐帝传话。”

四

春花已经盛了，南楚宫中更是姹紫嫣红。

紫绸朱衣的宫女们从来不疑，她们的皇上是极宠那位被呼作云中君的皇夫的。

两个多月前，只因为云中君初初起身，站在窗前，忽然去嗅了嗅窗边的梅花，皇上便命人在宫中遍植百花，而且是带有香味的花。她要令宫中无论何时都有鲜花盛放。

这自然非同寻常。须知皇上自幼喜爱的是颜色冷冽的松柏，并不喜欢那些短暂盛放然而又很快凋零的鲜花。

宫女们都很开心，不光是因为宫中的颜色忽然多起来了，生动起来了，更是因为她们能经常见到那位云中君了。

随着城中的千秋塔一天一天地高起来，直入云霄，云霁的身体在女帝良药的滋养之下，也在日渐好转，宛如因蒙尘而黯淡的珍珠，一天一天地渐渐焕发出莹润光泽。他开始频繁地在宫中走动，起初尚需人搀扶，一些时日后便能自行行走。只是他的眼睛始终没好，辨不清方向，仍然需要人引路。

女帝日日忙于政事，甚少有空与云中君相处，却不曾疏漏过听取宫人每日对云中君行迹的汇报。

“今日君上去了重华宫，路上险些掉进秋梧池中。”

“今日君上在重霄宫，打翻了两个花瓶，把宫中原来养的鹦鹉全放跑了。”

“今日君上在御花园，把所有的树都摸了一遍。”

“君上……”

宫人们喜欢这份工作。云中君毋庸置疑生得和女帝一样养眼，只是女帝威仪隆重，喜怒无常，谁敢多看她一眼？但云中君似乎不一样。他看着没什么喜怒哀乐，可做出来的那些行为，总让宫人们捂着嘴无声发笑。他就像个孩子一般探索着这个陌生的宫廷，有趣的是他每天指出来要去的地方，都不曾重样过。

宫人们喜欢看他站在宫中分岔的路口，左嗅嗅，右嗅嗅，然后指出要去的方向。他不喜欢被人牵引着，也不喜欢手握长杖来探路。于是宫人们又有了一项经常被争得头破血流的差事：以言语给云中君指路。

那是宫人们最欢乐的时候。“左边！”“再左边一点！”“君上，小心右边！”年轻无忌的宫女们欢快地叫着。没有人不喜欢云中君，对于那些宫女来说，每天哪怕就看他一眼，这一天就有了奔头。有些胆大的宫女，故意给云中君指错路，云中君一头撞在茶花花丛上，沾得满身花粉。他也不过摇摇头，换个方向继续走。

只是宫人们欢喜，女帝听着，却一日日地皱起双眉。听闻云中君沿着宫城内墙走了一遍之后，她忽然起身，厉声道："带朕去见他。"

女帝见到云中君时，他正在宫城西南角楼之上迎风而立。熏然南风扬起他的雪白衣袂，和湛蓝空中堆积的云朵一样的颜色，容颜澄澈无瑕，不似这尘世间人。

一种没来由的心慌从女帝心中涌起，那尖尖的护甲扎向掌心，才令她没有当众失态。

"云中君的衣饰，如今由谁负责？"

"禀陛下，是尚衣局的冯姑姑。"

"换掉。传朕的旨意，云中君的衣服，一律依照朝中礼制制定，不得再作这般纯白颜色！"

"是！"

"再传太医萧还真过来见朕。"

……

春去夏来。

女帝在外殿就换下一身衮服，穿上一身柔软轻便的袍衫。有宫女想向内殿通传，被女帝止住。

便鞋足底贴以厚缎，履地悄无声息。女帝绕过内殿正门，从侧面花窗看了进去。

云霁正在用早膳。

他的五指仍不够灵活，试了许多遍都拿不起筷子。然后换作勺子，碗中那几个精细如元宝的银丝细饺却仍然像小鱼一样，舀不起来。

他不知是累了还是沮丧，摸着勺子一动不动了。旁边的内侍试图帮助他，被他挡开。

歇了好一会儿，他方继续去和那个勺子作斗争。有时候饺子带汤都已经被舀出来了，手指一抖，又淋得自己一身。如是几次，狼狈不堪，勉强吃了三四个饺子。

女帝紧紧咬牙，险些就要进去帮忙。然而这时候太医萧还真过来，给云霁奉药，要退下时，却被云霁拉住了衣裳。

云霁缓缓抬手，指了指自己的眼睛。

他那眼珠子犹如琉璃子儿，漆黑剔透，却没有感情。

萧还真明知道他看不见，却总觉得被他看透了，仓皇失措地应道："尚缺一味沧海月明珠的药引子，皇上已经命人去往乌斯藏寻找。如今……如今恐怕还是治不好君上的眼睛。"

云霁闻言定了一定，也看不出脸上有何表情，落下了手。

萧还真匆忙出殿，险些撞到女帝，几乎痛哭流涕。女帝示意他退下，进了内殿，去为云霁更衣。她刚碰上云霁的衣带，便被他挥手挡出。

"是我。"女帝低声说。

云霁眉心微动，收回了手。

女帝帮他脱了弄脏的外衫，拿熏香在他周身划过，驱散了食物的味道，方拿了件新衫与他换上。

“这么久了，你就没有一句话想对朕说？”

云霁摇了摇头。

女帝拂袖而去。

又过数日，女帝下朝后正与枢密庭议事，吕和忽然急急慌慌在殿外求见。众臣一脸不解，面面相觑。须知枢密庭议事，必然是军国大事、机密要务，若非紧迫情况，任何人不得打扰。

女帝命宣见吕和，只见他擦着满头满脸的汗水，叩头道：“皇上，是老奴们无能，拦不住云中君啊……”

女帝厉声道：“云中君做什么了？”

吕和颤声道：“君上……君上闯宫，根本无人拦得住君上……眼下已经闯过了三道宫门，皇上若再不去阻止，恐怕外面两道，上值十二卫也拦不住了……”

女帝脸色倏尔苍白。

第四道宫门之外，萧山五虎等数名将领已经与云霁鏖战起来。云霁白衣一身，被围在数柄兵刃中央，身形诡谲飘忽，竟无人能沾上他半片衣袂。

女帝身边围着枢密庭群臣，韩奉忽然上前，压低了声音道：“皇上，恕臣直言，云中君在宫中尚能为皇上所控，一旦出宫，与旧部取得联系，那便是鱼入大海、龙出生天……皇上虽然不令他恢复视力，但眼下来看，依旧是困不住他。依臣之见，不如……”

女帝未待那个“如”字说完，便伸手止住了韩奉，双目凝视场中。

沈昼出手，一柄长戟正抵上云霁的喉咙。

云霁身形骤凝，左手二指夹住戟尖，右手一捺袍服下摆，眉动唇冷，王霸之气尽显。

沈昼冷喝道：“求仁得仁，何不珍重！”

云霁但抿唇不言，他虽已服食耳、口、鼻、身四感解药，言语之能恢复却最为缓慢，语不成调，他断然不会开口。他双指暗暗蓄力，便要将那长戟震开。

这样的一幕，在场的所有人许多年以后依然记得。于群臣而言，这是云中君公开出现在人前的第一次，也是最后一次。而于宫人而言，那看似温和无害的云中君，第一次显露了不逊于女帝的威势与锋芒——宫中所有他所涉足的地方，他无不铭记在心，一张冷淡无欲的相貌，何人又敢拦他半步？

只是在那一刻，他们的女帝在云中君耳边低声说了一句话，却令云中君无声收手，散了这一场的煞气。

日暮，宫人们端着蜡烛，入重熙宫，将宫灯一盏盏点亮，薄烟伴着暮雾缈缈。重熙宫为云中君所居，素来不燃灯烛，除非是女帝驾临。

玉盅频传，散发着清淡的食物香气。

女帝靠在殿门外，手指紧紧攥着一个白瓷小瓶。

——皇上，这剂药，轻，则阻塞经络，废了人的武学；重，则要了他的性命。

——皇上，此人，留不得。

五指捏紧了又松，松了又紧，掌心都是冰凉的汗。

她活到现在，没有如此优柔寡断过。

殿中响起浅浅的脚步声，来回往返。这世上有一种走路声她分辨得清清楚楚，无论是轻是重，是虚是实。

——那一年她常在天姥山顶驻足遥望，那脚步声在暮霭中由远而近，最后落定在她面前，眉目含笑。

眉目含笑，尽是情意。

五指一松，白瓷小瓶落入墙边花丛之中。

女帝款款入殿，与云霁相对而坐，共进晚膳。女帝就如同什么事情都没有发生过，娓娓然谈论国政之事。云霁缓缓进食，静默倾听。

末了，女帝只见他以手蘸上茶水，在桌案上一笔一画写下：“为君，难否？”

女帝骤然只觉鼻子一酸，险些落下泪来。

为君之难，谁人能知？能诉与谁闻？

一统江山，固然是她毕生之志，然而伐齐之凶险，关乎数十万将士性命、百千万黎民安稳。她既然选了这一条路，千辛万苦，也只能一肩担了。能进不能退，能成不能败。

女帝平静了情绪，冷淡道：“何难之有？”

云中君又写道：“我须出——”

后面尚未写下去，女帝便喝断：“休想！”她站起来，烦躁不安地来回踱步，终是粗暴地抛下一句，“今夜侍寝！”

云散雨歇，天际一轮凉月。枕边空空如也，人一去，这偌大宫殿的夜色似乎都凄迷起来。

女帝鸦发散披，墨绸般泻落一榻。成婚年余，不曾同衾共枕过。

就这样放他走了？女帝摸着枕上的一根发丝，虚浮地一笑，满是自嘲。

五

云中君一走便是月余，未有任何消息。女帝似个没事人一般，知晓云中君已经不在宫中的吕和、姜离等人却忧心不已。

这日女帝入得枢密庭，但见几名军部大臣脸色沉沉。看了急报，女帝才知是西方边疆异动，高昌国与乌斯藏秘密往来，似有结盟之意。

“乌斯藏赞善王之妹墀真公主嫁与高昌国王为后，本就是交好之意。最近两国私下频繁有使者、王族来往交流，恐怕是想趁我朝西蜀初定，与北齐战争一触即发，坐收渔翁之利。”

女帝忽觉胸腹不适，隐约犯起恶心来，忍耐着道：“既然是结盟，拆了便是。”

几名大臣不解。女帝沉吟道：“法子倒是简单，只是颇不光彩。”她想了想，道，“也罢，那高昌王本就是个淫逸之徒，只是可惜了墀真这位奇女子。”她呵地一笑，颇有惺惺惜惺惺之意，“将沧海夜明珠送还给墀真公主，以示我南楚之好。派出暗卫，刺杀高昌王。”

“皇上此举的意思是……”

“以高昌习俗，高昌王死了，墀真便要嫁给其非亲出的长子，继任王后。朕虽不曾见过这位公主，却晓得其脾性——她断断不会下嫁。如此一来，乌斯藏与高昌便会反目成仇。”

女帝一番政事料理下来，越发觉得头晕恶心，匆匆出殿，哪知未曾出门，一口酸水涌上喉头，哇的一声吐了出来，呕得一下急过一下，扶着墙喘不过气来。

那些匆匆赶过来的大臣慌得要去找太医，被女帝止住。女帝曾生过一次，心知必然是那一次成了事。这本是遂了她的心意，然而放眼宫墙，绿瓦凌云，终究只有她一个人而已。

她淡淡苦笑，道："无妨，朕这是有了。"

众臣惊愕不已，竟都忘了恭祝。女帝也不甚在意，接过宫人送过来的水漱了口，道："都回去吧，接着议。"

这日女帝仍是朱批到将近亥牌时分。临歇息时，姜离呈上密信，道是西蜀那个贪了军饷的提督已经被秘密处决。女帝点头示意姜离退下时，他却迟疑道："有件事不知道应不应该与陛下说。"

女帝看向姜离，姜离低着头道："这位提督有一名极宠爱的小妾，这小妾长得……和陛下有七八分相似……照规矩，这小妾将送入教坊司……"

女帝只觉得恶心不已，方要挥手将这个小妾放了，忽然意念一转，冷冷道："之前不是查出来京中有齐人细作？设法将这个女子送与他们，让这些细作代朕给齐帝送上一份大礼。"

"皇上，这……"姜离试图阻止，女帝已经站起身，双手轻柔缓慢地落上小腹，喃喃道："是个皇子，朕能感觉到。"

"皇上……"

"朕自掌权以来，施的是大仁，行的是大义，朕，问心无愧。"

"朕亦造恶无数。"女帝缓缓呼出一口气，"倘若真有什么报应，便都冲着朕一人来吧，朕命硬，扛得住。"

日子一天天过去，朝中风平浪静。云中君虽然消失，北极会堂的财富物资却仍是源源不断地供向军中。本来紧张无比的枢密庭众臣这才渐渐放下心来，见女帝始终是波澜不惊的样貌，不由得感叹不已。

女帝小腹微微凸起，越发觉得心慌气短，头晕目眩。太医诊了，一个个眉头紧锁，竟没人敢说话。女帝挥挥手道："朕的身子朕最清楚，都退下吧。"

女帝独自一人闭目坐着，身边宫人大气也不敢出。良久，女帝微弱道："召姜离过来。"

想找到那个人，难，可是要让他知道一件事，易。只是回与不回，却是他自己的选择。

女帝这日掌灯时分勉力回宫歇息，忽然听见重熙宫中有女童稚嫩娇柔的声音。几个侍在重熙宫的宫人守在宫门前，惶惶然告知女帝："君上回来了，还带了个女童，将奴婢们都赶了出来！"

女帝嘴角不由自主地上扬，心中忽而大为松快，命宫人们都退得远远的。她抬足将要进去时，忽然听见女童在里面道："空蝉姑姑，听说我娘快回来了，咱们快点给爹爹取了药走！"

那被唤作空蝉的女子道："阿澜，你还没见过你母后一眼，难道不想见一见？"

女童道："刚才不是远远儿地见过了吗？她老是欺负爹爹，还不让爹爹看见我，我才不喜欢她！"

空蝉叹了口气道："阿澜，等你长大了自然会明白，堂主不是不能，而是不愿。"

女帝心中猛然一震，冰凉凉地通透。

从来都只有她的猜忌，云霁这一生，却从没有负过她。

有什么凉而湿的东西滑下面颊，女帝软软地靠着墙，透过蒙了轻纱的窗棂向内看去，遥遥地，那女童脸上遮住了半个额头和眼睛的朱砂记仍旧看得分明，赤艳如火。

女童好奇地问：“为什么要长大了才能明白？”

空蝉伸手轻轻摸着女童额上的朱砂记，叹息道：“阿澜现在当然还不懂，女人是如何看重自己的一张脸。将军最怕白首，美人深恨暮年。堂主如今的气血运行较往日要缓慢许多，手上的指甲，半年才会完全更换一次。将来恐怕阿澜长成大姑娘了，堂主还是如今这般模样。阿澜自然不用介怀，可是你的母后呢？阿澜，无论你喜不喜欢你的母后，堂主都是要陪她到白头的。”

女帝向宫外一直走。

一直走，一直走。千秋塔那么高，她一步步爬了上去。

她建这千秋塔，是为了小看这江山。

今日她却明白，她小看了这江山，却也小看了他。

有过那样被封禁的三年，他还有什么没有勘破？权位、名誉，还有什么能束缚得住他？东吴还是南楚，她是皇帝还是公主，他是皇夫还是庶人，于他而言无差。

那么她之于云霁呢？

女帝遥看月色千里，清辉笼罩万间。

声音仿佛从一个遥远的回忆里传来，在空蒙的夜色里，清晰又温沉。

“天晚了，回家。”

女帝倏然转身，对面人长衣如霜，皎皎如月，似真似幻。她紧紧将他一只手握住，张了张口，没有说话，只是仰头将他望着。

那五指缓慢反握，一点点施力，将她带到面前。

他伸手去摸她的脸，到眼睛时，她别过头去，不让他摸。

他凝着眉，果真不去摸了，一只手轻轻落到她腰身上。

她不悦地拧了一下，忍不住道：“胖。”

他叹了口气，将她半侧着身子抱进怀里，极轻极轻地没有碰到她的已经粗圆起来的腹部。

“明辉——”

这个名字这天下何人敢叫？

独他而已。

她之于他是什么？

天晚了，回家。

她是天下人的女帝，却只是他一个人的妻子——明辉。

她紧紧地抱住了他，头埋在他怀中，无声地啜泣了起来。

他云霁已经无须向她解释离开是去做了什么。

而她明辉亦无须向她解释过去的一切猜疑，甚至是动过的杀机。

他们只不过是一对寻常夫妻。

番外 贰

（〇）

天上的月亮很亮，是介乎白与黄之间的颜色。有时候又似乎变成灿灿的黄油饼，在明谅感到十分饥饿的时候。

但她这时候已经不太觉得饿了，手臂也完全没有了力气，桨横在窄小的船上，整个人随着小船载沉载浮。

远处的大船像月亮一样亮，每层都点着灯火，火光仿佛一轮一轮的太阳。巨大的白帆遮蔽了暗蓝色的天空，像传说中只手遮天的巨人。船头扬着百面大旗，在海风中招展，旗上绘着蟠龙、玄凤、白象、朱雀、海水、江崖、红日、火焰。大船之后，又跟随着十数艘稍小的船只，备铁甲利炮，形成一支所向披靡的船队。

她的小船和这些船只相比，就好像蚂蚁与大象的区别。

她追逐这支船队，从京城到崖州岛，从崖州岛乘坐异国商船到吕宋，前后历经半年时间。错过了船队在吕宋一个小港口短暂驻留的时间，她不得不孤注一掷，用仅有的银钱从渔夫手中买到一艘小船，从港口追逐至此。

从日出海面到月上中天，她觉得和船队最近的距离也就止步于此，因为她已经精疲力竭，喉咙胸腹好似火烧。

“朱捷！”

明谅用尽全身的力量大喊了一声。浩渺的海洋上她的声音变得特别渺小，仿佛被海底无尽的游鱼吞掉了。白色的海鸥盘旋在她的头顶上，是在等待她的尸体漂浮在海面上后竞相分食吗？

又喊了两声之后，她不再做无谓的挣扎，安静地坐在小船上，静静地望着离她越来越远的船队，等待她的命运主宰者的到来。也许是狂暴的飓风海浪，也许是炽烈到能够榨干人的一切水分的毒日，也许是海底不知名的巨兽怪鱼。

她有一点害怕，可是也觉得坦然。在命运被他人决定的前夜，她至少选择过，努力过。

风越来越大了，带着陌生的腥涩。明谅闭上眼睛。

（一）

弘启十八年的腊月，和往年并没有什么不一样，不过是雪大一些，风烈三分。

风里雪里、满城的花灯彩旗里，明谅依然过得像往常一样天真烂漫，要担忧的无非是功课、礼仪、骑射，欢喜总是比忧思要多上许多。她丝毫不知道在即将到来的一年里，她将要得到什么，又将失去什么。

她还记得那是腊月二十九，下了功课，听闻老师左先生说，左夫人正在家中带领女弟子们扎花灯，样式都是新的。她好奇，于是缠了左先生，爬上他的马车，随他一同回家去。

她幼时顽皮，文渊阁那些久负盛名的老先生都教不了她，直到换成左先生，她方能坐下来，安安稳稳学几个字。左先生教得久了，她竟然连性子都改了，变得好学起来，甚至能就一个“人”字的上古渊源，与老先生们争个面红耳赤。她有时候觉得，左先生左夫人比她的父皇母后还要像自己的亲人长辈，她被其他迂腐的老先生训斥了，到左先生和左夫人那里总能求得开解与安慰。

所以明谅经常溜去左先生家玩耍。左先生和左夫人没有儿女在身边，她便能独享他们的关爱。更何况左先生的家不像其他朝臣那般宅邸森严。左先生的家在热热闹闹的涌金口，周围街巷经常鸡飞狗跳的，好耍得很。左先生家里也像一座巨大的宝库，她每次去总能发现一些从来没见过的书籍、花草果实和各种小物件。

这一天去也是一样，大雪压满了路面，车轮轧过去咯吱咯吱地响。明谅一边揉着雪球一边满心里憧憬：今天的灯笼，又会有怎样的惊喜呢？最好能找左夫人讨两个，带回宫里去送给父皇母后。不过，无须她去讨，左夫人那般宠爱她，在她走的时候，一定会往她左手右手里塞满红灯笼的。

“先生，想在你家过年。”明谅说，“最好还能带上父皇母后，还有我那个好讨厌的皇兄。”

左载言笑了：“为什么？”

明谅道：“先生家热闹。”

左载言笑道：“童言无忌。我家就两个人，怎么就热闹了？”

明谅道：“我也说不清楚。但是我总觉得，就算有几百个宫人，几百个朝臣、几百个侍卫，还有几百个戏子，宫里边儿还是没有先生家热闹。”

左载言摸了摸明谅的头顶。

到了左家，马车从后门进去。明谅雀跃地跳下车，蹬着小靴子径直前去敲门。

“翛翛夫人！翛翛夫人！”

明谅来惯了，只当是自己家，小拳头砸得门震天响。

忽然拳头敲了个空，大门洞开，出现在明谅面前的是一张全然陌生的面孔——是个小小少年，皮肤偏黑，身形矫健，容貌算不得出众，一双眼睛却亮得惊人，像是初初磨砺出锋刃的剑，散发出如霜如雪的寒光。

“你是……”明谅诧异，话还没说完，屋中一群人却已经奔了出来——

“爹！”“爷爷！”“您回来啦！”随着一通激动的叫嚷，众人蜂拥一般地围向后面被仆人推来的左载言。

明谅险些被挤到，被小少年拉了一把，带到了一旁。

所有人都聚在左载言周围，把他围了个密不透风，只剩下明谅和小少年面面相觑。

小少年看起来年纪比她还小，可是个头蹿得快，两人身高不相上下，就这样大眼瞪小眼地对望着。

明谅不太开心，有一种被鹊巢鸠占的感觉，气鼓鼓地望着小少年。

小少年张口，目光忽闪，说：“明谅。”

好大胆！竟然直呼她的名字！明谅刚想问他怎么知道，一低头，看到了身上狐裘领子的明黄内里。

想起刚才众人的称呼，明谅迟钝地反应过来：左先生的家人回来了，阔别近十载的家人都回来了，鹊巢鸠占的原来是她。

所以……这个小少年，就是左先生的长孙……

“朱捷！”一个女声唤道，“过来见过祖父。”

朱捷看了明谅一眼，向左载言走去。

明谅看着朱捷走到左先生面前，跪下施礼，唤祖父祖母，又被左载言和倏倏先后搂在怀里。这样的亲密感让明谅觉得有一些陌生，她也有祖父祖母，但他们隐居世外，极少与她见面。

她忽然觉得自己是这个院子里最多余的人。看着大门，她下意识往外挪了两步。

久别重逢的一家人度过了初初见面的激动，才想起一群人都还在纷飞的大雪里，于是赶紧让左载言和倏倏进屋去。一片人声喧嚣中，终于有人注意到了还呆呆站在门边的明谅。

“你是谅公主？”

明谅注意到问她的人是朱捷的母亲。听宫里人说，她是个颇有些惊世骇俗的大人物，曾经带着刚出生的朱捷在宫里住过一阵子。但她那时候才两岁多，已经没什么印象了。

据说后来他们一家人去了很远很远的地方，漂洋过海，近十年没有再回过国朝。她在宫里很少听到他们的消息，左先生与倏倏夫人也鲜少向她提起。所以这一次他们全家人回来，于她就像做梦一般：原来传说中的人竟都是存在的。

左钧直注意到明谅在发呆。这个少女继承了明氏皇族无双的美貌，眼睛里闪烁着天真无邪的目光，但不再有上两代公主那种气吞山河一般的桀骜不驯。

她笑了笑，把朱捷叫过来："你和公主一起去玩吧，你们小时候就在一起玩得很开心的。"

朱捷看了一眼屋内的左载言。

左钧直笑道："祖父那边你不用担心，有我们呢。公主来了就是客人，你要好好招待她。"

朱捷点了点头，左钧直就笑着进去了，虚掩了门。

院子里就剩了朱捷和明谅两个人。鹅毛般的大雪飞舞在两个人之间，朱捷伸手拨开鼻尖上的雪花。

明谅说："我是来看花灯的。"

朱捷："花灯？"

明谅拉起他的手："我带你去看吧。"

虽然她是"客人"，可这个院子，她比朱捷熟悉。

明谅带着朱捷径直去往偏院，那边是左载言的书房，也是脩脩弹琴谱曲做手工的小作坊。

明谅轻车熟路地从树洞里摸出钥匙，打开了小作坊的门，里边果然有四尊一人多高的天王头，威武雄壮而又狰狞，极是壮观。

两个人手牵着手，都忘了放开，仰着头惊叹了一番。

"它的耳朵可以进去！"明谅率先发现了这一处机关，拉着朱捷走进西方广目天王的灯首中。

里面空间巨大，然而光线暗淡，于两名小小少年而言，好似闯入另一番天地。

哧的一声，朱捷点起了火折子，小世界瞬间明亮起来，明谅开心地望着他。摇曳柔光中朱捷的鼻梁又高又挺，眼睛漆黑而坚定，明谅忽然觉得他长得其实很耐看。

正中是一株高大似树木的灯架，每一根枝干末梢都嵌有蜡烛。明谅拿过朱捷的火折子，小心翼翼地把蜡烛点燃。灯架上的蜡烛一层层亮了起来，只是更高处她够不着。

明谅发愁要不要去外面找点灯杆，朱捷仰头看了看，道："我来吧。"他拿过火折子，明谅没看清他是怎么借的力，只见一道黑影闪过，他已经干脆利落地跃上灯架，点亮了最上面的蜡烛。

及至他悄无声息地跳落地面，所有烛火依然直挺挺地燃烧着，没有丝毫的晃动。

明谅艳羡无比："你功夫真好！"

"没有我爹好。"朱捷闷闷地说。

"等你长大了，就比他好了。"明谅说，又去拉他的手，把他从广目天王的耳朵里拉出去。

清清冷冷的作坊之中，此时广目天王光芒万丈，青绿的面孔、赤红的嘴唇、光华流转的龙蛇，尤其那一双巨目，眼睛中套着眼睛，一重光烁着一重光，低头威严俯视，整个头颅看着就像活的一般。

明谅和朱捷被这样的景观所震慑，张着嘴呆呆地看了许久。

好一会儿，明谅才回过神来，问："你见过吗？"

朱捷摇了摇头。

"听说你们在海上乘着大船，去过好多国家，没有见过这么大这么美的花灯吗？"

朱捷又摇了摇头。

“翛翛夫人可真厉害。”明谅骄傲地说，“这四个天王花灯定是要夺魁了。”

开心了一会儿，她又有些失落：“这么大的灯，我就不能带回宫里去了。”

“宫里没有灯吗？”

“怎么会没有？你以为皇宫是什么地方？”明谅觉得他问得怪里怪气的，有些同他置气。但转念一想，他一直待在海上，会说汉话就不错了，哪里会知道皇宫是什么样子呢？

于是明谅又问：“其他国家的花灯是什么样子的？”

朱捷摇摇头：“他们没有花灯。”

“没有啊！那多无聊呀！”明谅有些失落。外面呼唤朱捷的声音突然响起，明谅赶紧又拉住朱捷的手。“先别走。”她压低声音说，“快帮我一起把火吹灭了！”

两个人一起闪身躲进花灯，对着烛火一通使劲儿吹。及至吹灭最后一柱火苗，整个天王头里一片漆黑，两个人稍稍一动就头碰头地撞在一起，各各捂着头咯咯笑起来。

（二）

在小院分别时，明谅许诺要带朱捷在皇宫里游玩。然而这个许诺直到五年后才得以实现。

小院一别之后，明谅和朱捷只再见了一面。括羽与左钧直夫妇携子女回朝，行动隐秘。皇帝召见，也只是秘密地在行宫设了一场小宴。那场小宴过于正式，以致从头到尾，明谅都没有单独与朱捷说话的机会。两人都穿着庄重的礼服，朱捷向明谅行礼时，明谅甚至要毫无感情地说出“平身”这两个字。于是她再没有听到他叫她的名字——明谅。

明谅不知道朱捷一家是什么时候离开京城的，但元宵夜中，四大天王首象征着新一年的风、调、雨、顺，毫无悬念地夺得花灯节魁首。明谅看到了目烁重光的广目天王，却没有再看到朱捷。

朱捷走的时候没有和她打招呼，甚至一个口信都没有传来，这让明谅很不高兴。

她不知道这份不高兴从何而起，她和他算是朋友吗？似乎并不是，至多算是君臣。倘若是君臣，他离开京城时，又为何要专门向她送信呢？

但明谅说服不了自己，她越想，越觉得朱捷这小子甚是讨厌，倒不如忘了的好。

于是她就真的忘了朱捷。事实上她也没有心情再想起，因为几个月后，父皇重病，再三个月后驾崩。紧随其后，母后亦追随父皇驾鹤而去，只剩了她和皇兄相依为命。

皇兄明德是个没心没肺的人，他似乎早就预料到了这一天的到来。然而她不一样，她仿佛什么都不明白，还是个懵懂无知、期待被宠爱的小孩子，父母就猝然离开了。她在帝后灵前哭得昏死过去，醒来之后，就变了个样。

左钧直过了一个月才得到消息，及至赶回京城，已经是新帝登基三个月后。

明德托她去见一见明谅，宫中没有说得上话的女性长辈，或许她能帮助明谅走出失去父母的哀痛。

正史没有记录左钧直与皇室的会面，只在野史中掠过一笔。然而野史中也不曾提到，左钧直究竟对明谅说了什么。只是在左钧直离京之后，鼎治帝册封明谅为长公主，并允其入朝听政。从此，国朝多了一个聪慧温厚的执政者，令鼎治帝如虎添翼。

（三）

寅时，长公主明谅起来准备早朝。梳洗完毕，宫女帮她换上朝服，在此期间，女官成琅入殿，为长公主宣读今日一整天的日程安排。

“辰时，兵部、户部就军费削减议事。

“巳时，四方馆会见亦力把里国使者。

“巳时三刻……”

宫女给明谅上妆，贴上金钿时，明谅听到了下午申时的安排。

“今日要去南柏林寺礼佛听经？”她微微皱起眉，吓得宫女赶紧停了贴额心的手，低声提醒“长公主请勿过于思虑”。她于是顺从地展开眉毛，但脸色依然带着几分不悦。“从未有过如此安排。”她说。

成琅笑道：“今日是阿罗舍小师父头一次开坛讲经，皇上为他专门开了一场小小法会。不过，除了寺院僧众与皇上身边亲近的人，并没有外人。”

明谅提着朝服裙摆起身，低喃道：“知道我最不喜端坐听经，为何叫我？倘若想找人捧场，叫刘戏蟾便是，找我作甚？”

一连两个对皇帝的反诘，是这位端庄矜持、从不出错的公主最为反叛的一面。成琅好笑，公主虽然才十七岁，却已经变得老成持重，时时处处克己复礼，谨遵皇室规范、国朝礼仪，想看到她现在这个表达不满的样子，实属难得。

然而不满归不满，下午申时，长公主的凤驾还是如约抵达南柏林寺，并在僧众接引下进入讲经堂。

明谅不似皇帝明德，不喜听经，每每听讲经文便昏昏欲睡。久而久之，她练出一个本事，便是能以端坐之姿酣然睡去。此时，她找了个最后排紧靠梁柱的蒲团，莲花趺坐，微合眼眸，俨然入定。

不知过了多久，她醒来时，讲经坛上不过十岁的小和尚依然在一板一眼地讲着《维摩诘经》。她叹了口气，想继续睡，却发现讲经堂中多了一些人。

坛下正中，皇兄的身后，坐着一个也是不到十岁的小孩，长得竟和坛上的阿罗舍一模一样，只是梳着发髻、穿着世俗的衣服而已。

这还不是让她惊讶的。让她惊讶的是小孩旁边还坐着一个着蓝衫的少年，皮肤微黑，身形高且身体结实。他转过头来时，明谅感觉到了身体的僵硬。

后来明谅就再没有睡着觉。她得到了一种比听经还要痛苦的体验，是她从未感受过的。

讲经结束之后，阿罗舍下来，那个和他长得一模一样的小孩围着他跳了几圈，拽着他的手把他拉了出去，刘戏蟾也疯疯癫癫地跟了出去。皇帝和蓝衫少年交谈了几句，似乎很满意的样子，也与众僧一同，背着手走了出去。

偌大一个讲经堂里只剩下明谅和蓝衫少年两个人，却也不知是故意还是无意。明谅有些不自在，她也不知道自己为什么留了下来，仿佛有些期待似的。但意识到这种期待，又让她颇为羞恼，于是她转身，也向外走去。

少年却喊住了她："公主。"

明谅止步，回转身，她听到自己不受控制地问："你是谁呀？"带一点俏皮、一点故意，还有更多埋怨。

他说："我是朱捷。"

明谅于是说："哦，太久没见了，我已经忘记了。"这话说完，气氛就变得沉闷起来。见朱捷沉默，明谅忽然又觉得自己有些过分，她问："那你还记得我的名字吗？"

"记得。"朱捷说。

"我叫什么？"

朱捷迟疑了下，似是在斟酌是否能直呼其名。明谅觉得他变得无趣了。正当她开始失望的时候，她听见他说出了她的名字："明谅。"

"嗯。"明谅看着讲经堂高高的屋顶，觉得自己还是生气的，看到他就生气。这时候明谅才知道，五年之前她因他不告而别的郁怒，至今也没有消散过一分一毫。

明谅想到就气鼓鼓的，不说话。她觉得自己似乎都变得小气了，别扭了。

“我带弟弟回来见一见阿罗舍和外公他们，会在京城停留三天。”

她忽然急了：“就三天吗？”

朱捷点了下头：“船队半个月后会从天姥城起航。”

明谅险些说“那就留在京城好了”，忽又惊觉，自己为什么会有这样的想法？

明谅的指甲不自觉地刮擦着刷着红漆的梁柱，一颗心忽冷忽热的。

朱捷看着明谅道：“你不开心？”

明谅看了朱捷一眼，不知道为什么，她心里很快闪过一个念头：倘若能把他留在自己身边，或许她会很快乐。

但是她也很快知道她不能。或许换作任何一个别的人，她都能做到，唯独朱捷不可以。

因为他是朱捷。

为什么总有那么多想做，但是做不到的事情？明谅惯于克制自己的欲望，她闭上眼睛，扶住身边的梁柱，说：“我有些头疼，我该回宫了。”

她身体晃了晃，朱捷扶住了她。靠在他身上时，她发现他已经比自己高出了不少。他身上有海水的气息，陌生而新鲜。

她问：“海是不是很大？”

“很大。”

“比王土还要大吗？”

“大很多。”

明谅于是闭了嘴，过了一会儿，轻轻地说：“那你在海上的话，我是不是就找不到你了？”

她已经站直了，朱捷于是放开了她。她看起来并不瘦弱，但很轻，很柔软。

“我明天会入宫与皇上议事。”他说。

第二天，朱捷与皇帝议事完毕已是黄昏，明谅与朱捷一同走出殿外。浮荡起来的暮色像烟一样，让人与人之间看得不甚清楚，却又多了一层缠绵的朦胧。明谅觉得这样的黄昏好像是紫色的，手偶尔碰在一起，两个人都不甚自在地收回去，被触碰的地方像在灼烧。

明谅拒绝了内侍与宫女的跟随，可似乎依然没有什么话和朱捷说，只是问问他现在在做什么，读什么书，弟弟妹妹们都怎么样。方才朱捷与皇帝议事时她也在，朱捷话起事来不似一个十五岁的少年，老练沉稳，不输正当盛年的朝臣。所以，她也不知道她该说什么，她忽然觉得自己在宫中的生活太贫瘠了。

明谅履行诺言，领着朱捷在宫中走了一遍。朱捷问：“你最喜欢的地方是哪里？”

明谅停下脚步，指了指高处的城楼。

朱捷问：“我们可以上去吗？”

明谅犹豫了一下，点了点头。

这是最高的一个城楼，能够俯瞰整个宫城，也能看到宫城之外的风云万千、山河表里。

风从树杪林梢吹过来，带着昼夜交替时刻的神秘气息。

“这个城楼没有守卫，是从崇光帝开始定下的不成文的规矩。”明谅说，“崇光帝不希望云中君出宫，但也不能不让云中君出宫，所以留了这么一个城楼。”明谅说着露出一个浅浅的向往的笑，“我好羡慕他们。”

“为何羡慕？”

明谅看了看朱捷，说：“皇祖母过得很开心，但父皇并不开心。皇兄可能不想和父皇一样，纳了许多妃嫔，天天嘻嘻哈哈的，但我也没觉得他很开心。”

“你呢？”

“我不知道。”明谅收回了目光。两个人肩并着肩在城楼上吹着晚风，似乎离得很近，又似乎很远。月亮升起来了。

酉时过半的钟声响起了，明谅随侍的内宦在城楼下提醒她该去用膳了。

明谅用很矜持的语气说：“留在宫里用晚膳吧？”

朱捷却摇了摇头，说：“不了殿下，祖父祖母做好了晚饭在家等我。”

明谅于是不再言语，走下城楼时，独自走在前面，长长的裙摆拖在阶梯上也不管。朱捷轻轻帮她提着，她不回头，走得很快。

待走到宫门口，她停下脚步，背对着朱捷说：“你走吧。”

朱捷走到她面前，道：“公主，我明天中午走。”

明谅眼睛看着一边：“知道了。我明日上午要去太庙祭祀，就此作别吧。”

朱捷向她行了一礼，道：“日后若再回京城，再来探望公主。”

明谅闻言笑了一笑，道：“你在海上动辄三年五年，待你下次回京，我已经成婚出宫，不必探望了。”

朱捷忽地愣住，明谅觉得他的样子竟然有点痴呆，于是不再与他玩笑，正色道："就此别过，来日再会了。"

朱捷从腰间衣袋里摸出一个小巧玲珑的物件，递给明谅道："送给你的。"

夜色中小物件黑黢黢一片，也看不清是什么。朱捷向明谅行了一礼，便离开了。目送朱捷的身影消失于幽深的宫门之中，明谅怅然若失。身后的内宦与宫女已经点起灯笼来，明晃晃地照开一条长路。明谅从来没有这么想离开宫城。

晚膳之后是晚课，其间来来往往的有宦人、宫女、皇帝、翰林院学士、女官各色人等。明谅并不想与人分享那一件小小的物事，于是一直攥在袖中，只觉得那物事表面坑坑洼洼崎岖不平，像块小石头一样，却也不知道是什么。

一直到回了寝宫，沐浴后卧于榻上，明谅方拿出来看。

艳艳烛光之下，这物事是一枚婴儿拳头大的小球，通体由某种她所没见过的贝壳制成，一共有七枚。难得的是这七枚贝壳大小形状几乎完全一模一样，紧密地啮合在一起。这些贝壳的表面黑沉沉的，仿佛能把所有的光都吸进来，而且丑陋，像是一枚风干的老柑橘。

明谅摸索了一番，触到了某处的机关，七枚贝壳竟如花瓣一般张开，露出了里面婴儿手指粗细的蜡烛——原来是个灯笼。明谅引了火，把贝壳里面的细芯点燃，萤火一般的烛光亮起来，这些丑陋贝壳的里侧竟然流光溢彩，仿佛云霞星河。

明谅看得呆了，谁能想得到，如此丑陋的外表之下，竟然藏着如此美妙的景色？仿佛一个世人都不曾见过的神秘仙境在她面前展开，而制造这个世界的人，又何其有心。

（四）

“又在烦恼什么？”括羽从身后轻轻抱住左钧直，“姐姐总是多思多虑。”

左钧直顺势靠在他身上，由着他给自己喂酒。“自然还是捷儿。”左钧直闭着眼睛叹口气道，“原本以为他是最省心的一个，没想到到头来还是不省心。”

“建立海库这件事，本就是先帝下定决心要做的。只是因为先帝走得早，明德、刘戏蟾年纪还小，耽搁了些年。现在明德重启建海库这件事，我们自当全力配合。老大愿意担起这件事，不是挺好吗？”

“唉，我烦恼的不是这个。”左钧直叹了口气，“前日里和一个老船工聊天，才知道这些年捷儿热衷于收集一些新奇的小物件，自己鼓鼓捣捣，托船商带进京城里去。”

“哦？是送给老四的吗？”

“我初时也以为是送给老四的。结果你知道捷儿说什么？‘阿罗舍修的是四大皆空，不受外物挂碍，不需要这些小玩意儿。’——这是老船工复述给我的。”

括羽噗的一声笑了出来：“既然不是给老四的，老大攒那些小玩意儿给谁？”

左钧直神色古怪：“你猜给谁？”

“难不成是刘戏蟾？不应该啊！刘戏蟾四方走动，应该不稀罕这些玩意儿。”

“明谅。”左钧直道，“我又去问了袈儿，那小子吞吞吐吐、躲躲闪闪了半天，才招供说四年前在京城，他和阿罗舍玩耍，捷儿单独去会见了公主。”

“明谅……”括羽品着左钧直这话的意思，“你的意思是老大他……”括羽脸上想笑又不敢笑的表情，憋了半天，说，“长大了……”

“唉！”左钧直重重地叹了口气道，“我们老大，心气儿可真够高的！”

括羽劝慰道：“老大小小年纪就代我们两个管事儿，知轻重，懂大局，指挥若定。倘若他真打算和明谅好，那一定是万般都考虑清楚了的。”

左钧直道：“但他到底才十几岁，想不到人三五十岁之后的事情。不娶明谅便罢，娶了明谅，这整个人，一辈子，都是要献给国朝，万死不辞的了。”

括羽肃然沉默，良久，道：“他定是晓得的。我们左、朱两家，无论身在何方，终究生是国朝的人，死是国朝的鬼，白骨寄山河，精血化为土，这是我们的命运。”

左钧直闻言，忽地想起自己第一次出使，向大海中纵身一跃的遥远往事。那时火烧火燎的疼痛、苦咸呛入口鼻的恐惧已经不太记得，但那种义无反顾的感觉依然清清楚楚。

或许恰如括羽所说，他们会做这样的选择，他们的孩子也同样愿意做这样的选择。左钧直终究点了点头。

（五）

“这一次接连三天的秋狝，俊秀人才可真不少啊！”从猎场回到宫中，成琅依旧兴奋不已，“且不说叶家、林家这些将门之后，那些文官家的公子小姐也个个精通射御，英姿飒爽啊！”

明谅摆弄着一个铁皮小匣子，头也不抬地道：“国朝崇文倡武，推行文武兼修，看来颇见成效。”

“哎呀，我们公主满心满眼里都是这些国家大事。我说的重点不是这个啦。”

明谅抬起头来，慢悠悠道：“那是什么？”

尽管日日相处，成琅还是时不时被公主的容光所震慑。这些年，这个女孩彻底长开了，用一句“国色天香”来形容也毫不为过。她本想说秋狝中出众的男儿无数，公主可曾为谁心动，此时却觉得出众的男儿无数，但无一人配得上公主。

“我是想说……皇上安排这样一场声势浩大的秋狝，分明有为殿下择佳偶配良婿之意，为何殿下却始终心不在焉，倒像一心盼着秋狝快些结束呢？”成琅看着明谅继续扒拉铁皮匣子里那些漆黑丑陋的小东西，道，“也不知道殿下结交了些什么人，得来这些不知是什么的小玩意儿……”看着明谅嘴角的笑意，成琅心中猛然一耸，“莫非……”

“莫非什么？”

成琅心一横，大胆地说：“莫非这些都是殿下的心上人送的？”

明谅没有正面回答她的问题，只是道：“今天下午，你同我出宫一趟。”

“不行啊殿下，”成琅道，“今天下午您要与皇上一同面见今年秋闱的三鼎甲。”

“那三位的诗文我都看过了，四平八稳，中规中矩。这样的人才，让皇上见见就行了。”

成琅目瞪口呆。谅公主过去勤政勉学，宫中为她定下的日程，她竟一次也没有违逆过，哪怕身体抱恙，也会强撑病体前去参加；为人更是谦逊恭谨，礼贤下士，即便是对那些轻狂无礼之人，也从不曾有一句重话。似今日这般不留情面，还是第一次听到。

成琅愣了愣，笑了起来。

成琅没想到的是，谅公主说要出宫，竟是扮作平民，不光是平民，还是抹了不少烟灰尘土、粗衣旧裳毫不起眼的平民。

扮作平民也就罢了，成琅本以为明谅是想出宫散散心，抑或探查一下民情，孰料她径直去了运河的码头喝茶。码头的茶专供漕运工人，喝起来粗涩咸苦，茶棚里混着汗味酸味，成琅才尝了一口茶就险些呕出来，被明谅按住。周围投来一些打探的目光，成琅只好闭气饮下，强忍着胸口的翻腾，暗暗叫苦不迭。明谅却镇定自若。

等了约有半个时辰，正在成琅开始心焦火燎之时，码头来了一艘大船。这艘船与寻常商船、漕船都不一样；船身竟是用铁甲制成，闪闪发光，好似一条矫健银龙；船头高高扬着一面丹朱色大旗，猎猎舒展，好似巨大火焰。

这艘船看着着实新鲜，码头边很快围起厚厚的人群看热闹。成琅和明谅到得早，占据了有利位置，成琅这时方心喜起来：“殿……姑娘，原来你早就知道这船要来！”

船下了锚，一队黑衣黑裤的人齐齐奔来，船首站出来一个红衣男子，与为首骑马的黑衣人相互施礼。这样的阵势，又引起围观人群一番骚动。成琅听见有人说：“内库的岳大掌柜带船工亲自来迎了，也不知这艘红船是什么来头。”她扭头看明谅，却见明谅面色平静，似乎毫不惊讶，只是眼眸中淡淡生光，似有期待。

很快，红船放下船板，内库的船工上船，不多久就见黑衣的内库船工与红衣的红船船工将一箱一箱货物搬运下来。而内库的货车早已备好，将编有号码的货箱一车车运走。整个码头只见人来人往，繁忙不已，却秩序井然，鸦雀无声。

这些船工，一个个身强体壮，搬运时脱了上半身的衣衫，露出亮晶晶的壮实肌肉，看得成琅目不转睛，哪里还想得起之前那几碗粗茶的滋味？

到后头，船中走出两匹从未曾见过的高大骏马，随即走出两头白色巨象。围观人群顿时沸腾起来，推推搡搡地往前挤。人浪之中，明谅赶紧抓紧成琅。巨象身上坐着驯兽师，两边都有红船上带刀的精壮汉子护送。

“豹子！”忽然有人喊道。果然，巨象之后，一只古铜色斑纹的豹子紧跟了出来。那只豹子毛色油亮，目光凶狠，尾如鞭，爪如刀，尽管锁着粗实铁链，但每踏出一步都像在寻找猎物。

牵着豹子的有四个壮汉，还跟着一个手握皮鞭的年轻男子。此人高大壮健，竟比在场的其他所有人至少要高出一头。发辫高束，皮肤黝黑，十足的野性气息。

成琅拽了拽明谅的衣袖道：“殿下快看这个人，感觉比豹子还凶狠。”没听到言语，扭头一看，竟见明谅直勾勾地盯着那人看。

可能是看豹子被约束得紧，许多人还在往前拥，想要亲眼见见这稀罕神物。站在最前面的成琅和明谅到底是轻飘飘的女孩儿，很快被挤得踉跄前去。豹子受了惊吓，顿时奔突狂吼，被四名壮汉死死拽住。那个年轻男子忽然怒叱一声，不但豹子喑呜畏缩，连那些拥挤之人也都被慑得后退两步，登时不敢再动。

年轻男子以皮鞭止住了将要跌倒的成琅和明谅。成琅抓住皮鞭，满心感谢地看了年轻男子一眼，却见他握住了明谅的手腕。成琅大急，也顾不得此人悍猛，且刚刚帮过她，冲他大吼道："哪里来的南洋小崽儿！懂不懂得国朝的规矩？男女授受不亲，我家姑娘的手岂是你能碰的！"

她这般一吼，年轻男子果然放开了明谅，示意她们二人走到他身后。

成琅急急地捧着明谅的手腕："没事吧殿下？！"她急得要命，要是给皇上知道，公主私自出宫还受了伤，她还不得被发去守陵悔罪？！

好在明谅的手腕依然白白净净，并未有半点伤痕。明谅的心情似乎不太好，道："没事，我们走吧。"

成琅惴惴的，但很快又被近在咫尺的豹子吸引。也算是因祸得福，能这般清楚地看到豹子了。成琅看了会儿豹子，又去看走在前面的年轻男子的背影，只见猿臂蜂腰，每一块肌肉都在薄衫之下蓄势待发。他和这豹子，竟是相得益彰。

成琅拉着明谅的手，小声叹道："可惜是个黑皮小子，长得又普通了些，不然能在宫里谋个带刀侍卫统领的职位。"

明谅淡淡道："是吗？"

（六）

夜深沉，明谅静静地躺在床上。待三更天的滴漏滴答一声入水，她悄无声息地起身，换了一身轻便的衣服，穿过外殿熟睡的宫女们的床铺，出了自己的静福宫。

明月下缥缈着些许浮云，朦胧了月色。明谅一路走向最高的城楼。

一如曾经云中君与崇光帝那个不言自明的约定，城楼上依然无人值守。

他会在那里吗？

明谅怀着一丝若有若无的，却又无比顽强的信念走到城墙边上。

城楼上灯火通明，城墙下黑影漫漫。

明谅看了半晌，叹了口气。

这片城楼虽然无人值守，楼下却是十数丈宽的护城河。除了曾经飘然若仙的云中君，还有谁能越过高墙深河，来到宫城之中？

这高高的城楼、宽广的河流，把人拦在外面，也把人困在其中。

明谅又呆呆地站了许久，天边星子寥落，数只乌鸦扑棱着翅膀从墙下树丛中飞起，她忽然觉得有些寒冷。

她束紧了衣衫，准备反身回宫去时，忽见城下水上，一竿长竹破水而来，竹上立着一人，抬着头，瞧见了她，向她招了招手。

明谅忽然就忘了冷，手指紧紧按着冰凉的青砖，她疑心这是幻觉。

但他动作很快，已经来到城下，向她张开了手臂。

为了让她能看见他，他站在了月色里，安静沉稳，像一棵树。数个时辰不见，他换了国朝装束，着一身月白箭衣，更显凛然。

明谅仔细地看着他，确定他是在让她下来。

她应该跳吗？且不说这十数丈的城楼，她跳下去会不会粉身碎骨，单说她这一跳，就意味着，她要与过去那个在姓氏的庇佑之下辉煌地生活着的明谅，彻底作别了。

从此会是一个新的明谅，不再仰仗血脉带来的权力，而要依靠自己。

为什么人长大了，就注定要做这样的选择？

明谅畏怯地向后退了一步。她看不见那个人了。回首见宫墙，盛大庄严，再看城外，万里烟波，渺茫无极。

她闭上眼睛，深吸了口气，向前一步跳了下去。

朱捷一个箭步踩上城墙，猱身而上，将急坠的明谅轻轻一推卸去重势，随即展臂将她稳稳接住，放在地上。

明谅惊魂未定，抬起的眼睛里颇多慌乱。朱捷犹豫了少时，有些不太自然地将她抱进怀里。但随着明谅伸手抱紧他，他慢慢就习惯了，轻缓地用手拍着她的背，陪伴安抚。

两个人许久没说话，只是紧紧地拥抱着，头颈相交，像两只小兽一样嗅着汲取着对方身上的气息与温度。仿佛等待了三年，千万里奔波与守候，就为了这一刻。

“你怎么把辫子解了？”她摸着他的头发，有些遗憾地说，“我还想亲手摸一摸呢。”

朱捷露出一个小小得意的神情：“猜到你会喜欢。”

“那你还解。”她有些不太高兴了。

“会被当成外族人。”他解释说，“下次再编给你看。”

明谅看了看天：“离天亮还有好几个时辰，你要带我去哪里？”

“带你去看看我的船。”

朱捷示意明谅到他背上来，他以竹竿为船，在水上如履平地。明谅稳稳地趴在他背上，仿佛御风而行。

“你在海上也能这样吗？”

“在海上，我会更厉害一些。”

明谅笑起来。朱捷和她认识的其他人都不一样，他可没有半点谦虚。于是她也说出她想说的话：

“我想看。”

朱捷果真带明谅去看了他的船——这是明谅第一次踏进这么大的船。但朱捷说，他们在海上，还有比这大数倍的船，但无法开进河道中。

守夜的船员训练有素，目不斜视，堪比军士。不过明谅知道，这些船员平时就是被当作士兵来训练的。在大洋上航行，时有凶险，常有战斗。她轻轻捏了一下朱捷的手，他看了过来。

“你遇见过海盗吗？”

朱捷道：“小时候跟着爹娘一起出海，第一次就遇到了。”

“运气不太好呢。”明谅说，“那后来呢？”

“后来也运气不太好。”

那就是遇见很多次海盗了。明谅有些想笑，但是笑不出来。他的手心滚烫，但也很粗糙，能够摸到不少伤疤。

“那你每次都能打赢吗？”

朱捷看了她一眼，道：“如果没有赢，现在就不能站在这里了。”

“我们朱大哥真厉害。”

“一定要这么叫吗？”

“朱大弟弟。”

朱捷不吭气了，谁让他比明谅小上两岁呢？不过等他把明谅带到最隐秘的一层船舱，明谅终于不再笑了。

那是整整一舱威力极强的新式大炮。

一个十来岁的少年守在船舱里，见到朱捷到来，行礼叫了声“大哥”，朱捷点了下头。明谅记得朱捷曾说过，他的父母收养了许多孤儿，有的是遭受海盗掳掠的渔民留下的孩子，有的是去世船工的孩子。这些孩子都会被供以衣食，和朱捷的弟弟妹妹们一同念书学习，彼此以兄弟姐妹相称，长大后，则按照他们的意志选择想走的路。

少年看到明谅，有些害羞地笑了笑，点燃了船舱里的灯，随后退出去掩上了舱门。

灯焰炽烈燃烧，浓郁的动物油脂气味弥漫开来，大炮在火光下闪闪发亮。

“这是……”明谅随皇兄一同听政数年，朝中大小事情尽数在握。看到这满舱从未见过的大炮，明谅心中已经有了猜测，但她不敢相信，朱捷才十八岁，就要担起那一件事……

“这些是要秘密献给皇上的。”朱捷毫不避讳地说，手指按上冰冷坚硬的炮筒，“但皇上曾经和我说过，不希望你见兵家不祥之器。所以这件事，他未必会让你知道。”

朱捷顿了顿，又道：“但我想娶你做我的妻子，我觉得，应该让你知道。”

“你……”

明谅满面飞红，她万万没想到，他竟会如此直白。

“我、我如果不愿意呢？”明谅退后两步，靠在了钢铁做的舱壁上，舌头都有些打结。

朱捷漆黑的眉拧了起来：“你不愿意吗？”

“我……”明谅急道，“男女婚约，终身大事，怎能在此处由我二人草率议定！更何况……更何况我还是一国公主！”

朱捷似是思考了一下，道：“我与你之间的婚约，自然由你我二人做主。”

“那、那也不能……”

“你不要急。”朱捷上前一步，把仓皇的她从蒙有油脂的舱壁上拉开，道，“我没想逼你。倘若你不愿与我成婚，我也会一直等你，除非……”

“除非什么？”明谅抢白道，“除非我嫁了别人，你再去娶别的女子吗？”

朱捷看着她，笑了起来。他甚少笑，明谅才发现，他笑起来时才有几分属于他本来年纪的稚气的样子。

朱捷慢吞吞地说："我一直以为，国朝的公主，不但容貌冠绝天下，心胸气度同样冠绝天下。但如今一见，我只想对了前面一半。"

明谅闻言撸起袖子，作势打来："朱捷，我告诉你，你这辈子都别想娶到我！还以为你这个臭屁小孩忠厚老实，没想到才过三年，就学得这么油嘴滑舌！"

朱捷任她捶打掐挠，道："对不起。"

明谅道："对不起什么啦？"

朱捷道："二妹说，我长得不如三弟、四弟那般令人心喜，性子更不讨姑娘家喜欢。倘是想让公主心悦，应当对公主多说些话。"

明谅气道："那你还是不要开口为好！"

朱捷便缄口不言，只是端正老成地站在那里。

明谅绕着他转了两圈，又有些心软，从身后抱住他，轻轻贴在他背上道："我喜欢你的。不用你长得像三弟、四弟那般俊，也不用你有讨人喜欢的性子。我就喜欢你这样子的。"

她感觉到他的手包住了自己的手，像火一样炎热，沙砾一样粗糙。她细嫩的肌肤感到轻微的疼痛，但没有抽出来。她小声问："你喜欢我吗？"

他没有马上回答，这让她感到忐忑。她害怕他仅仅想要一个婚约，而并不需要真正的爱。她害怕他是和父皇、皇兄一样的人。

但是朱捷转身，和她面对着面。他的瞳孔漆黑得像夜，里面倒映着粗犷的动物油脂燃烧的火光。

他说："你给我开门的时候，我就喜欢你了。"

明谅垂下眼眸，忽然不敢看他的眼睛。他的眼睛太过直率、明亮，他眼睛中的火快要让她的脸都烫得烧起来了。

但他还说：“倘若你不愿与我成婚，我也会一直等你，除非我战死在海上，再也不能回来找你。”

明谅吓得不行，连忙阻止他说：“呸呸呸！不要再胡说八道了！”然后一双手叉来叉去地比画，“叉出去叉出去！朱捷刚才说的话不算数的啊！”

朱捷见她比画来比画去，甚是有趣，又见她脸上的神情无比庄重，仿佛在举行一套再重要不过的仪式，为他祈祷厄运不要降临。他心中涌出许多喜爱与冲动，低头在她张合不停的红唇上轻轻一吻。

她似是愣了一下，仿佛受惊的小兽。他于是大胆地把她拥入怀中，凭借本能去探索她柔软的、馨香的口唇。她挣扎了两下之后便也食髓知味，更深地与他亲密起来。

番外 叁

（1）叶轻

那一年与往年相比似乎并没有什么特别，太子身边的少年侍读经过几年的选拔与筛选，已经稳定下来，在朝野中渐渐得了“八英”的称号。

相比其他更年少的侍读生之间激烈的争夺，作为叶家最受重视的长子，我几乎是毫无悬念地进了侍读班，和虞少卿一同成为陪伴在太子身边最久、地位也最稳固的侍读生。家族之中，对我寄予厚望。

女帝已经有一年多没有再给太子选拔新的侍读，我们以为“八英”就是“八英”，不会再变时，秋日的一个傍晚，女帝来到校场观看我们武训之后，似是随意地丢下一句“侍读班会再来一个小孩，是罗晋将军的义子”。

当夜我回到家中，见家中气氛一片肃穆，才知道驻守南疆的罗晋将军已经故去，只是为了南疆稳定，秘不发丧。

我告诉了祖父和父亲罗将军的义子将进入侍读班的消息。父亲很是意外，罗将军的义子过去籍籍无名，怎会被女帝收入侍读班？须知侍读班过去所选拔的俱是人中龙凤，是将来太子登基之后最为信任的左膀右臂。

祖父却不以为然，他认为让罗将军义子来京，乃是女帝常用的牵制之术。罗家军对罗晋忠心耿耿，罗晋去世后，要想让罗家军继续为国朝效忠，必须引罗晋义子为人质，牢牢控制在皇上左右。

那一晚祖父与父亲谈论了许多国家大事，主要是罗大将军去世可能会带来的内、外政局震荡。

很多内容我很快就记不大清楚，但我记得祖父说，六七年前他曾去南疆，见到过括羽这孩子一面。

彼时罗家军刚剿灭南疆一支残余的敌军，在营地畅快地喝酒吃肉。一群战马也得了优待，粮草丰厚。祖父心细，注意到马群中竟有一个两三岁的小娃，在地上爬来爬去。祖父看得心惊胆战，担心哪匹马一蹄子下去把那个小娃踩成肉泥。

祖父忙叫罗将军把小娃抱回来好生看管，没想到罗家军一众人竟哈哈大笑，说那孩子是他们在战场中捡来的，至今不会说话也不太会走路，唯独与战马特别亲，于是就由他去了。

祖父始终不放心，后来又去瞧那小娃，却发现他不知怎的爬上了马鞍，已经伏在马背上睡着了。小娃满脸满身的泥巴草料，却在梦里咧嘴笑得开心。

听完祖父的话，我有些同情那孩子。侍读班里最小的孩子林玖和左杭都十二岁，那孩子才十岁。从小在南疆之地无拘无束地长大，义父去世之后不得不以质子身份入武英殿，好比飞鸟入了牢笼——自然，这种话，也就是在心里想想而已。

他入侍读班后，日子怕是不会好过。

（2） 莫飞飞

如果林玖知道那个南越小崽子长成那样儿，断然不会答应带着鸾郡主一同去瞧他。

那南越小崽子不知轻重，进宫竟敢随身携带弓箭。宫门侍卫要收了他的弓箭，他竟死活不给。最后竟惊动圣上亲自下了口谕，许诺弓箭会原样奉还与他，南越小崽子才肯交出。

南越小崽子无知顽固到这等地步，引起了我们所有人的注意。无论大家对他是何态度，但有一件事所有人都十分肯定——还没进宫就惹了这么大的麻烦，他以后在宫里的日子不好过了。

果然，当他找到武英殿，请求面见太子时，太子迟迟没有出殿，就让他在殿前跪着。

我们几人幸灾乐祸。鸾郡主刚抵达宫中，听说了这事儿，就闹腾着要和我们一块儿去看那个南越小崽子挨罚。

我们从墙上翻过去，果然见到殿前跪着一个身形单薄的小孩，穿着未经染色的粗布衣衫，裤腿和鞋子上还粘着很多草泥，头发也束得有点凌乱。除了脊背笔直，其他看起来都像是个被押解进京的囚犯。

和想象中的一样，我们都笑起来。鸾郡主有些嫌弃：“他好脏啊！”捡了块碎瓦片去砸那个南越小崽子。

令人意外的是，那小蛮子挨了一下砸，竟然没有回头看我们，甚至一动不动。鸾郡主又砸了他两下，他依然毫无反应。

“木头人，真没劲。”鸾郡主跳下墙头，跑去小崽子面前。林玖和我们惊呼了一声，纷纷追了下去。

鸾郡主是气冲冲跑过去的，然而站到小崽子面前时，却愣了一下。林玖说：“怎么啦？”我们一同走过去，看清小崽子的脸时，我们也愣住了。

这可和我们想的完全不一样。

一个在南疆酷热之地长大、自小在马厩厮混、两三岁了还不会说话走路的人，怎么长了这么好看的一张脸？

真是咄咄怪事。

鸾郡主说：“喂，你叫什么名字？”南越小崽子竟看也不看她，就盯着殿前的大理石台阶，一言不发。

鸾郡主素来骄蛮，斥责了几句，他竟依然沉默不语，一动不动。鸾郡主越发生气，想要动手，段昶说了句：“郡主，他从小说的是南越语，可能听不懂官话。”鸾郡主这才哼了一声，气消了些。

鸾郡主道：“真是块木头！既然他不会动也不会说，那就让他一直跪着吧！跪上三天三夜！我去跟皇兄说！”

鸾郡主提着裙子进了武英殿。也不知太子是听了她的话，还是自有主张，竟真让南越小崽子跪了三天三夜。

最后一天鸾郡主又来了，南越小崽子已经十分虚弱，但依然跪得笔直，目不斜视，没有求饶。

大抵就是这三天三夜，南越小崽子倔到鸾郡主心里去了。

（3） 韦小钟

叶寡言近来有了个小小的牵挂。

括羽的到来，的确打破了侍读班过去几乎已经稳定下来的平静——但主要是对段昶、莫飞飞、林玖、左杭几个十三四岁的小孩而言。我们几个年龄大点的，依旧我行我素，时不时约束一下那几个胡闹发疯的小孩。

我对括羽并未投入太多的关注，毕竟就是个十岁的小屁孩，声音都还没变呢。

但叶寡言似乎不太一样。

括羽初到宫中，就在武英殿前跪了三天。第二天的晚上，我无所事事，想起轮到叶寡言值夜，就想去逗他一逗。

我藏到墙头，看到括羽正跪在殿前。他之前有点打盹，但在我上到墙头时，他动了一下，又跪得笔直，像是清醒了过来。

我掸了一下身上的灰，一抬头，正和括羽的目光相遇。他的眼睛在黑夜里发亮，简直像狼一样。我吓了一跳，慌忙做出让他噤声的手势。我们“八英”白日里在一起出现过，他应该见过我。他看了我一会儿，眼睛不再像狼了，我疑心是我的幻觉。他又看向了面前的大理石台阶。

不知为何，我竟有点心有余悸，甚至还有点做贼心虚，就仿佛我这一趟来得特别不该似的——虽然，我夜半宫中爬墙，是有些不合规矩。

但这些事，我们过去可没少做啊。

我正安慰着自己，叶轻来了，我慌忙屏息凝神。

叶轻脚步很轻，悄无声息。我感觉括羽跪着的身体似乎挺得更直了。

叶轻在括羽身后三尺的位置停了下来。

此时已经是人定时分，武英殿中寂静无声，人都已经睡了。

风声火影，绰绰然间，我忽然看到叶轻的手慢慢抬到腰间，握住了剑柄——那是他们叶家的秋叶剑。

我不知道叶轻到底想做什么，但那柄剑的杀气那么重，在那一刻我的汗毛都竖了起来。

恰在那时，我看到括羽放在身前的手指动了一下，从平展着放在腿边，变成了拿捏的姿势。

武英殿中灯火通明——这是崇光女帝定的规矩，太子常宿武英殿，正殿中夜不熄灯，以便在危险之时迅速反应——我看到括羽手中捏着一枚碎瓦片。武英殿中素来干干净净，想必是鸾郡主此前砸他之物，却不知什么时候被他藏在了手中，又不知他为何会藏一枚碎瓦片在手中。

叶轻把手从剑柄上放了下来，括羽的手依然贴着腿边，五指展开。不过瞬息，殿前汹涌的兵戈之气烟消云散，留下来的只有我一身的冷汗。

两个人都没有出手，却仿佛已经完成了一场激烈的较量。

这就是两位未来的名将初遇时的对决吗？

我看着括羽，他依然垂着目光看着大理石台阶，看起来不过是一个稚嫩的小孩，但我已经不敢再轻视他。

这时的我已经打消了去逗叶轻的想法，但叶轻还在殿前，我不敢离开，连稍大声的呼吸也不敢有。

叶轻走到括羽面前，指了指他腰间的水囊。括羽愣了愣，警惕得没有动作。

叶轻招来殿中值夜的侍女，侍女呈上一壶茶水。面对括羽并不信任的眼神，叶轻举起茶壶，仰头往自己口中倒水，然后看着括羽。

括羽迟疑了半晌，伸手递出了他的小水囊，水囊瘪瘪的。

叶轻为他灌满了水囊，括羽接过，大口饮用，只是双眼依然紧盯着叶轻，明亮如星。

侍女退回殿中，括羽目视叶轻离去的背影，我悄然从墙上退下。

这是一个只有我知道的秘密，两个人生死之交的开端。

（4） 左杭

几位哥哥，既然武试难不倒那小崽子，不如在文试上下点功夫，不然那小崽子不知道天高地厚。

我去让我爷爷请凌岱泯凌大人亲自给小崽子出题，不信难不倒他！

（5） 凌岱泯

老夫有了一个新的小学童。说起来，还是左相推荐的。

老夫年事已高，管不了侍读班那帮精力十足的小崽子，不去给他们讲课已经好些年了。

左相与老夫弈棋，故意扰我心神赢我半目，让老夫为侍读班出三道考题，越难越偏越冷僻越好。

这倒不是什么难事，老夫挥笔而就，出了三道能难倒天下秀才的题目。

只是老夫后来才知道，这三道题，是那个名叫括羽的孩子进侍读班的考题。

老夫有几分气恼。这好比拿百斤重锤，去击打一枚竹钉——那孩子才十岁，之前又在行伍长大，哪里答得出这种须得寒窗苦读十数载才有可能答出的题目？

实在不妥，实在不妥！

皇上起事之时，老夫曾与罗晋将军共同御敌，素来敬佩他的“仁将”之风。这样欺负他的养子，断送那孩子在京中的前途，老夫于心何忍！

无奈皇上金口玉言，考题既出，不可悔改。老夫也被皇上特地叮嘱，不得对那孩子暗中提点。

老夫心中焦躁，却也无可奈何。

兴许是出于愧疚，老夫对括羽那孩子上了几分心。找翰林院给侍读班上课的几名同侪要来括羽此前写的卷子细读，老夫意外发现这孩子虽然才十岁，写的文章倒是不错，朴实平易，切中要害，只是文字上欠缺了些。听说罗大将军过去招在军中的文人，都须得在三十个字里把所有事说得准确明白。看来这孩子传承了罗大将军的这个作风。

唉！这孩子天赋不凡，将来必能成股肱之臣。倘若皇上要因这孩子答不出老夫那三道题而埋没了他，老夫必将竭力进谏！

（6） 虞少卿

谁都没想到，括羽竟然过了侍读班的文试。凌大学士出的那三道题，我自认不可能在三天之内答出来，一道也难。

括羽其实就写出了一道题的答案。在纸上写得工工整整，很平静地交给了皇上。

皇上问他为何另外两道题没有回答，他坦白说没有找到出处，也看不懂。皇上竟笑了。

皇上又问他这道题是怎么做出来的，他沉默了片刻，说是在文渊阁翻书翻出来的。

皇上当即变了脸色，厉声斥责他小小年纪竟敢欺君。皇上疾言厉色，我们周围众人俱被吓得心惊肉跳。

进入侍读班的考核，都是由皇上亲自进行的。

我作为最早进入侍读班的人，见过许多平日里飞扬跋扈的名门之后在面对皇上时两股战战。别说被皇上斥骂，就连交上不尽如人意的试卷时，见着皇上的一个眼神都能吓得面如死灰。

然而括羽竟然不惧。

他在皇上面前跪下，直言皇上若是认定他欺君，尽可将他斩于午门之外。

皇上直视他许久，命他诵读答卷，括羽诵之，一字不差。皇上又就“孰荒于门，孰治于田”几句反复考问括羽，括羽对答如流。观点或失之粗浅，却胜在正气浩然。

皇上最后屏退众人，只留下凌大人、姜侍郎等近臣商议。

后来，我从祖父那里听到了凌大人转述的皇上对括羽的评价：

没想到罗晋能带出这么一个孩子，是国朝之幸。

（7） 叶轻

殿中应试出来，我背上的衣服都湿透了。不为别的，为了那个胆大包天的括羽。

括羽自然是欺君!

他有三天的时间答题。那三道题，我相信所谓的“八英”中没有一个人能答出来，括羽自然也不能。我没忍住，问括羽打算怎么办。括羽用他还带着很浓重南越口音的官话说，他也不知道怎么办，只有一个很笨很笨的办法：去文渊阁翻书。翻三天，万一能够找到一个答案。

文渊阁有数十万藏书，此举不啻大海捞针。我为括羽感到绝望，然而他竟然真的去文渊阁了。

他只能晚上去，因为白天其他侍读生不会给他单独去读书的机会——刁难新人，向来是侍读班不成文的规定。

括羽很坦荡，去文渊阁翻书找答案的事情，所有人都知道。他自然也收到了许多嘲笑。

前两夜他都空手而返。第三夜他回来，带着伤痕的脸庞疲倦然而眼睛明亮。

他偷偷告诉我，他在文渊阁遇到了一个仙女姐姐，那个姐姐指点了他如何答题。

我疑心括羽在重压之下出现了幻觉，文渊阁中怎么可能会有女子出现？

在我的细问之下，括羽又描述了那名女子的长相，听来并无甚特征。他说仙女姐姐有一枚珍珠，光华流转，美丽绝伦。我越发觉得括羽恐怕是着了妖魔，怕不是个河蚌成精吧。

话虽这么说，我却不信这世上真有精怪。次日，我检查了文渊阁的出入记录，一切正常，并无异人，又仔细检查了阁中一切位置，亦无人藏匿。括羽口中的“仙女姐姐”，究竟是何许人？

括羽出殿，我拉着他在无人处责问："你如此大胆欺君，倘若皇上真下令斩了你，你又当如何？！"

括羽竟比我无畏许多。

他告诉我，那位姐姐嘱咐他切不可告知其他人她在文渊阁中，否则她必死无疑。

我责备括羽："你竟为了这一句话，置自己的安危于不顾？难道她的性命，比你的还重要吗？"

括羽毫不迟疑地点头："我答应了她。"

我叹气。

又问："那么为何又要告诉我？"

括羽道："因为你不会随意杀人。"

这句话再一次令我脊背生寒。我果然还是低估了括羽，他虽然年纪轻轻，来自荒野之地，却远不像我们所以为的那样单纯。

"你不会随意杀人"，言下之意，皇上会。

他什么都知道，什么都懂。

我同他一齐走回武英殿，一路无话。他矮我半身，我低头可见他背上的弓箭。

望得见武英殿的殿门时，我问："你的箭见过血吗？"

他沉默地看向一边。

风声飒然。

我以为他不会回答了，心想算了，抬足踏上殿前台阶，他忽然点了下头。

"我说的是人的。"

他又点了下头。

我打了个寒战，秋深，风有点冷了。

我忽然觉得左杭、林玖他们几个福大命大。

后来括羽有了去文渊阁的习惯，每每深夜去，回来时则面有失望。

我忽然领悟，他去找他的“仙女姐姐”了。文渊阁中我密切布防，然而那个女子再也没有出现过。

一晃三年，括羽虽然去文渊阁不再那么频繁，但只要有空，还是会深夜过去。

我本来可以忘掉那名女子，却因为括羽的这般行径，时不时地想起她来。

就当我开始怀疑那名女子是不是真就是个河蚌精时，某一个晚上括羽突然兴奋地告诉我：

他终于找到她了。

她是真的，真真切切的。

番外的番外

（8） 姜离

深夜，落雪，有人敲门。

吕公公竟又带着两个小太监，抱着暖炉提着酒来找我了。

于是去湖心亭煮雪温酒，烹茶赏月。

但凡吕公公深更半夜跑到我这里来，多半只有一件事：宫里的那两口子又吵架了。

一帝一君，两位都是龙非鱼，是虎非猫，吵起架来惊天动地。吕公公跑到我这里来，一是逃命，二是大吐苦水。

这不，吕公公又是一张苦脸。

“君上生气了？因为皇上瞒着他让括羽入武英殿的事儿？”

吕公公大叹一口气，喝了口闷酒：“我就知道迟早要吵，君上眼盲心不盲，皇上趁他不在办了这事儿，瞒得了一时，瞒得了君上一世？”

我笑道：“皇上先斩后奏，现在括羽来京已经大半年，南疆局势已定。君上现在才发现，已经晚了。”

吕公公一拍大腿：“所以君上才生气啊！他认为皇上如此对待名将之后，未免太过无情。你猜皇上怎么说？皇上说：‘我有情，我全部的情都给你了！’我一听这句，大事不妙赶紧跑了！”

我哈哈大笑，吕公公怨道：“我要是像你这般笑出声，我的脑袋现在已经不在了！”

我说：“无妨，天知地知，你知我知，雪知酒知。来来来，敬您一杯，伴君如伴虎，您辛苦了。”

吕公公气呼呼地一饮而尽。

吕公公道：“也不光是括羽的事。皇上对左载言的处理，也让君上不满。”

我道：“若不是君上动辄数月不回宫，也不至于这么晚才知道括羽、左载言这两件事。”

吕公公侧目看了我一眼，道：“人都说你是皇上的佞幸宠臣，我看八九不离十。皇上从不作宫怨之叹，原来都被你越俎代庖了。”

我笑道：“皇上和君上之间的家事，我哪敢置喙？我说的乃是国事。皇上的性子你是知道的，近年来越发深沉。反倒是君上如今越来越心慈了。君上多居宫中，两人互相牵制，咱们才都有好日子过。”

吕公公点点头：“这话是真。”双手捂着红泥小炉，又忧心道，“只是君上无拘无束，不愿在宫中长居。”

我为吕公公斟满酒，笑道：“眼下这不就有变数了吗？”

“怎讲？”

“公公觉得，皇上为何在侍读班的甄选上靡费心力？”

吕公公皱着眉，道："不就是为太子选拔左膀右臂吗？"

我道："皇上为选拔侍读生，亲自考察无数青年才俊，文武兼收，恐怕不光是为太子寻找辅佐良才，也是为了给君上寻找传人。不过踏破铁鞋无觅处，皇上千藏万藏的括羽和君上打了一架，君上怕是看中括羽了。"

吕公公愣了一下："你说君上看中了括羽？此话怎讲？"

我道："君上这火气，恐怕有点借题发挥的意思。他是在找皇上要人。"

"你的意思是……"吕公公拈着酒杯喃喃，忽地大悟，"先让皇上心虚，然后……云中君这个老狐狸！"

"皇上有意以括羽为质牵制罗家军，再加上括羽这孩子显然在习武和军事上天赋不凡，倘若得到云中君的亲传，只怕是如虎添翼，连皇上和太子都要忌惮。所以皇上自然不肯轻易把括羽交给云中君。"

吕公公摇头叹道："皇上和君上这两个祖宗，真是冤家！斗来斗去斗成了夫妻，如今还要斗。"

我笑道："斗来斗去，其实都是为了国朝繁盛安宁。"我站起身，亭外的雪下得越发大了，湖面浮起了薄冰，俨然水晶世界。"还没完呢！如今天下大定，君上游历四方，潜心经营海库，正是风云际会之时。皇上择定了'八英'，云中君在武上相中了括羽，文上又会是谁呢？"

"金鳞岂是池中物？我看哪，也快要显形了。"吕公公显然已经不再为皇上与君上的争吵而烦扰。他也站起来，抱着暖炉与我并肩看雪。"宫里头的那两位啊，还得继续斗下去。"

"辛苦公公了。"

"岂敢岂敢。"

力潮文创 POWER TIME 白鲸文化

《四夷译字传奇 2》随书番外本